**Hauptbahnhof,
grau und zugig**

Im Bahnhof ist eine Uhr mit großen leuchtenden Ziffern. Ich kann Zahlen lesen, du hast es mir beigebracht, als ich zehn Jahre alt war. Und ich weiß, was es bedeutet, wenn gleich die roten Striche umspringen und aus dem 23:59 eine 00:00 wird. Es heißt, dass ein neuer Tag begonnen hat. Es ist der Tag, an dem du endlich zurückkommen wirst. Ich kann es kaum erwarten. Mit einem der staubigen Züge wirst du dich auf den rostbraunen Gleisen in den Bahnhof schieben. Irgendwann heute.

Ich stehe an eine Plakatsäule gelehnt und kaue auf einer Käserinde herum, die ich aus dem Container hinter der Bäckerei gefischt habe. Die Leute um mich herum sind müde und schlecht gelaunt. Eine alte Frau schimpft im Vorübergehen, ich solle verschwinden, ich sei Ungeziefer, ihr Gehstock trifft meine Schulter. Es tut nicht weh. Ich schreie zurück, ziemlich schmutzige Verwünschungen, das würde dir sicher nicht gefallen, wenn du mich hören könntest. Aber sie behandelt mich wie den letzten Dreck. Und ich werde mich nicht von diesem Ort hier entfernen. Ganz egal, wenn die Menschen mich vertreiben wollen. Selbst wenn die Kinder nach mir rufen – du weißt, wie sie sind, immer wollen sie was von einem, man soll Streit schlichten oder was zu essen besorgen –, und auch wenn das Aurolac ausgeht, der Klebstoff in der Tüte seine Wirkung verliert und mein Kopf anfängt zu schwellen. Ich werde hierbleiben. Ich möchte keinen Zug verpassen.

Denn aus einem wirst du aussteigen. Und dann wird alles gut. Ich weiß es. Du wirst lächeln und mich in den Arm nehmen. Du wirst mir etwas Köstliches mitbringen, was ich noch nie gegessen habe. Du wirst mich nach den anderen fragen und wissen wollen, ob ich mein Lesen und Schreiben noch weiter verbessert habe. Du wirst wieder da sein. Und das bedeutet Glück.

Ich weiß, wenn die Ziffern der Bahnhofsuhr das nächste Mal auf einen neuen Tag umspringen, wird das Jahr vorbei sein. Das Jahr ohne dich.

Es ist so weit.

00:00.

Heute ist der Tag, an dem Aurel nach Hause kommt.

Lagerschuppen in einem Wald bei Aurich, Deutschland
dämmrig und staubig

«Schade» war das erste Wort, welches Wencke in den Sinn kam, als sie nach einem Jahr Abstinenz ihre erste Leiche sah. Sie erinnerte sich an viele andere Worte, die ihr im Laufe ihres Kriminalbeamtinnendaseins durch den Kopf gesprungen waren, wenn sie an einem Tatort eintraf. «Kopfschuss» war eines davon oder «Fehlalarm», manchmal auch «Igitt» oder ein deftiges «Scheiße». Doch noch nie hatte sie angesichts eines vermeintlich gewaltsamen Todes «Schade» gedacht.

Der Junge, den man heute Morgen in einer abgelegenen alten Lagerhalle im Südbrookmerländer Moor gefunden hatte, hatte dichte schwarze Wimpern, die ihm fast bis zu den sichelförmigen Brauen reichten. Seine Augen mussten einmal geglänzt haben, als sie noch lebten. Die dunkle Haut war samtig, und das war es auch, was Wencke so schade fand, dass diese Haut weder warm noch pulsierend sein würde, wenn sie den Mut hätte, die Finger darauf zu legen. Manche Leichen sahen aus, als seien sie schon immer tot gewesen. Doch bei diesem jungen Mann hatte man das Gefühl, das Leben stünde noch neben ihm und wartete nur darauf, wieder in den Körper zu schlüpfen.

Meint Britzke jedoch machte wie immer dasselbe: Er suchte sich in dem riesigen, schlecht beleuchteten Lagerraum eine Sitzgelegenheit – in diesem Fall einen derben Holzbalken –, zückte seinen Notizblock und begann mit der Aufklärung des Falles an Ort und Stelle. Während er mit dem Stift über das karierte Papier flog, murmelte er leise vor sich hin.

«Männliche Leiche, Tod durch Erhängen, Seil bereits durchtrennt, Knoten unprofessionell, aber effektiv, Augen geöffnet, Hocker umgestoßen ...»

«Britzke», unterbrach Wencke ihren Kollegen. «Du kannst dir die Kritzelei sparen. Die Spurensicherung ist bereits auf dem Weg.»

«Manche Dinge ändern sich nie: Wencke Tydmers wehrt sich mal wieder gegen bodenständige Polizeiarbeit.» Er blickte auf und grinste, sodass sein Oberlippenbart eine ganz neue Form bekam, nicht mehr nach Seehund aussah, eher nach den Schwingen einer Möwe. Sie hatte ihn schrecklich vermisst. Diesen Blick, diesen Kollegen, diesen Job.

Ein Jahr lang hatte sie sich mehr um das Leben als um den Tod gekümmert. Es war eine Umstellung gewesen, sich auf das Windelwechseln zu konzentrieren statt auf Schusswunden. Brei zu kochen, statt Verdächtige zu vernehmen. Nun stand sie seit Anfang des Monats wieder im Dienst der Polizei Aurich, halbtags nur, aber immerhin. Sie vermisste ihren Sohn Emil schon, wenn sie sich auf den Weg zur Arbeit machte, winkte ihm zu, wenn er am Fenster klebte und die Welt nicht mehr verstand, weil die Mama auf einmal wegfuhr. Zwar hatte sie seit zwei Monaten ein Au-pair-Mädchen aus Serbien, das sich liebevoll um Emil kümmerte, doch das erleichterte den Abschied nur geringfügig. Als sie noch Tag für Tag zu Hause geblieben war, war die Sehnsucht nach ihrem Job ebenso stark gewesen. Vielleicht – hoffentlich – war es jetzt nur eine Sache der Gewohnheit, bis sie beides unter einen Hut bekam, ohne sich ständig zerrissen zu fühlen.

Britzke hatte sich wieder in seine Studien vertieft: «... nicht älter als fünfundzwanzig ... Strangulationsfurche weist starke Einblutungen auf, hat wohl länger gedauert, der arme Kerl ... sieht nach Selbstmord aus ...»

«Sieht nach Selbstmord aus?», hakte Wencke nach und trat noch einen Schritt näher an den Leblosen. «Warum sollte sich ein so junger hübscher Kerl in einem solch finsteren Loch freiwillig einen Strick um den Hals legen?»

«Man merkt, dass du eine zu lange Auszeit gehabt hast, liebe Wencke.» Meint Britzke schaute diesmal nicht auf, als er mit ihr sprach. «Du hast vergessen, dass die Welt voller Verzweiflung ist, auch hier in Ostfriesland. Selbst wenn man hübsch und jung ist, kann es einen umhauen.»

«Aber wir sind hier in Moordorf!», entgegnete Wencke und biss sich gleich auf die Zunge, weil sie sich zu dieser unbedachten Bemerkung hatte hinreißen lassen.

«Moordorf, das Land der fliegenden Messer», kommentierte Meint ironisch. «Nur weil wir hier eine der höchsten Kriminalitätsraten in Norddeutschland haben, muss es sich nicht bei jedem unnatürlichen Tod um ein Verbrechen handeln.»

Er schrieb weiter und sang dabei leise ein Lied, es war ein Kalauer hier in Ostfriesland, die bissige Variante mit der Melodie des traditionellen Bergvagabundenliedes: «Ja wenn die Fahrtenmesser blitzen und die Victorburer flitzen und die Moordorfer greifen an, was kann das Leben Schöneres geben, ich will ein Moordorfer sein.»

«Wer sich den Mist wohl ausgedacht hat», überlegte Wencke.

«Das ist eine der wenigen Sachen, die ich nicht weiß. Aber den Text kannte ich schon als kleiner Junge in- und auswendig.» Meint summte weiter.

Wencke schaute sich um. Die Fläche der Lagerhalle war fast so groß wie ein Fußballfeld, die löchrige Holzdecke, in etwa so hoch wie ein zweigeschossiges Haus, wurde von Stempeln gestützt, die in Form und Farbe alten Galgen glichen. An einem der Balken baumelte das abgeschnittene Stück Seil, es war aus rauer Naturfaser, hellbraun und kratzig. Wencke fasste sich unwillkürlich an den Hals, auch wenn es ein seltsamer Gedanke war, sie würde sich niemals ein solch unbequemes Material aussuchen, sollte sie sich irgendwann einmal erhängen wollen. Und der Junge hier auf dem Boden sah mit seiner weichen, gepflegten Haut auch nicht aus, als sei im egal, welche Fasern mit seinem Körper in Berührung kamen. Er trug ein weißes T-Shirt, darüber einen hellblauen Pullover mit V-Ausschnitt, beides schien aus Baumwolle zu sein, dazu eine Jeans aus weichem Denim. Sportmode, praktisch und bequem. Das borstige Seil passte nicht ins Bild. Doch Wencke ahnte, Meint Britzke würde diese intuitiven Gedankengänge ohnehin nicht verstehen, deswegen behielt sie ihr Bauchgefühl für sich, auch wenn es ihr sagte, dass hier kein Selbstmord passiert sein konnte.

Die Maisonne blitzte durch die fast blinden Scheiben der kleinen Fensterchen, und in ihrem Licht flirrten dicht an dicht winzige Körnchen, dünne Fädchen, Heufasern. Auf dem Boden stand nicht viel herum, ein paar alte Maschinen und Werkzeuge zum Torfstechen, die wahrscheinlich besser verschrottet werden könnten, daneben einige Bretterkästen und Paletten. Es roch nach feuchter Erde und Schimmelpilz.

«Statt so verdattert herumzustehen, könntest du mit Sebastian Helliger reden. Er hat den Toten gefunden.»

Wencke zuckte zusammen. Vor ihrer Babypause war sie Meints Vorgesetzte gewesen, und wenn sie in absehbarer Zeit wieder voll ins Berufsleben einstieg, wäre dies wieder der Fall. Trotzdem ließ sie sich von ihm Anweisungen geben, was nun zu tun sei. Hatte sie in den letzten Monaten denn alles verlernt?

«Meinst du den Moorkönig Helliger?»

«Ihm gehört diese Halle hier. Er wohnt in dem Haus ein paar Schritte weiter den Weg hinauf und dann links. Geh doch schon mal vor, ich warte auf Rieger und Co., und wenn die ihre weißen Plastikanzüge übergeworfen haben, komme ich zu dir.»

Wencke nickte nur.

Meint blickte besorgt. «Alles klar, Wencke? Du bist blasser als der Tote hier.»

«Alles klar so weit.» Sie ging durch die schief in den Angeln hängende Tür hinaus. Draußen war es zum Glück wärmer als im kühlen Lager. Meine Güte, war der Winter schnell vergangen. Es war heute fast dasselbe Wetter wie am Tag von Emils Geburt, als sie sich mit Axel Sanders auf den Weg ins Krankenhaus gemacht hatte. Eine helle Sonne, ein blauer Himmel, wenige Bauschwolken, Friedefreudeeierkuchenwetter. Trotzdem lag unweit hinter ihr ein toter Mann in einem scheußlichen Schuppen.

Zwei Welten so nah beieinander. Nie war Wencke die Diskrepanz zwischen dem, was sie im Job zu sehen bekam, und dem, was sie sonst um sich hatte, so deutlich geworden wie in diesem Moment. Es lag alles an dem Kind. Emil hatte ihr Leben aufgewühlt. Nie wieder würde sie so unbefangen an Mordfälle herangehen können wie vor ihrem Mutterdasein.

Wencke ging in die Richtung, die Meint ihr beschrieben hatte. Da das Wetter seit einigen Wochen ausnahmslos sonnig gewesen war, war der ungepflasterte Weg hellbraun und fest. Im regennassen Zustand musste er unbefahrbar sein, Schlaglöcher und die Wadis ausgetrockneter Rinnsale zeugten davon. Feiner Sand legte sich auf ihre Schuhe, und bei jedem Schritt fabrizierten Wenckes Sohlen kleine Wolken aus Staub. Zwischen den hellgrünen Blättern der Bäume hindurch konnte sie das gewaltige Backsteinhaus erkennen, in dem die Familie Helliger lebte oder – besser – residierte. Jeder in Aurich und Umgebung kannte den Namen Helliger. Er war fest verknüpft mit dem Zusatz *die Moorkönige*, denn die Familie gehörte schon seit mehr als einem Jahrhundert zu den hiesigen Großgrundbesitzern, die sich mit dem Abbau von Torf ein mehr als imposantes Finanzpolster geschaffen hatten, auf dem sie sich jetzt ausruhten. Zumindest lauteten so die Gerüchte. Insbesondere in Moordorf fiel Reichtum auf. Die Mehrzahl der Bevölkerung zählte zu den Geringverdienern, wenn sie nicht sogar arbeitslos war. In dieser Umgebung stach er hervor, der Gutshof der Helligers, ungewöhnlich groß und chic, wie er war, machte er sich zwischen den geduckten Bauernkaten und den stillosen Einfamilienhäusern in der Nachbarschaft breit.

So nah wie heute war Wencke dem Helliger-Hof nie gekommen, normalerweise fuhr sie lediglich in Sichtweite daran vorbei, wenn sie mit dem Fahrrad zum Biobauern unterwegs war. Doch neugierig war sie schon immer darauf gewesen. Der Hof wirkte wie eine Filmkulisse, zu malerisch, um Wirklichkeit zu sein. Manchmal hatte Wencke gedacht, er sei vielleicht nur eine Pappfassade im flachen Land. Doch nun stand sie im Garten und konnte sich aus nächster Nähe davon überzeugen, dass das Haus dreidimensional und real war. Es hatte im Bereich des Wohnhauses mannshohe Fenster, die in ein weißes Sprossenmuster aus Rechtecken und Kreisen unterteilt waren. Das Dach war reetgedeckt und reichte an dem Teil, der früher als Stall gedient haben mochte, tiefer hinunter. Üppige Blumen quollen aus den gusseisernen Kästen darunter hervor. Der Backstein, der in kunstvollen Varianten zu einer Mauer geschichtet worden war, schien sehr alt zu sein, die Steine waren porös und hatten unterschiedliche Schattierungen. Unter einem Fenster stand stilecht die hellblau gestrichene Holzbank, auf der eine Katze schlummerte.

Es war still hier, bis auf ein leises, metallenes Quietschen und Scheppern, welches unrhythmisch aus einer Gartenecke neben der angrenzenden Scheune zu hören war. Wencke erkannte einige Windspiele aus Schrott, rostrote Objekte, die mit viel Phantasie als menschliche Gestalten zu erkennen waren.

Neben dem Scheuneneingang war ein Keramikschild angebracht. «Annegret Helliger – Kunststücke» stand darauf. Sie erinnerte sich, in den «Ostfriesischen Nachrichten» einmal gelesen zu haben, dass die Moorkönigin sich selbst verwirklicht hatte und Skulpturen zusammenschweißte. Ihr kam eine Fotografie aus dem «Ostfriesland Magazin» in den Sinn, die eine attraktive Mittvierzigerin mit Schutzbrille und Handschuhen neben einer dieser Metallfiguren gezeigt hatte. Wencke würdigte diese «Kunststücke» keines Blickes, sie hatte eine Aversion gegen Dinge dieser Art. Schließlich war sie in Worpswede groß geworden, einem Künstlernest bei Bremen, in dem ihre Mutter eine der bekanntesten Malerinnen gewesen war. Und sie war gern aus diesen kreativen Kreisen geflüchtet.

«Kann ich Ihnen helfen?», fragte plötzlich eine tiefe

Stimme direkt hinter ihr. Sie drehte sich um, aus einer Nische zwischen Stall und Wohnhaus war ein großer, glatzköpfiger Mann getreten. Er trug eine enge Jeans und eines von diesen Hemden, bei denen sich die Ärmel schon automatisch aufzukrempeln schienen. Die Oberarme waren es wert, gezeigt zu werden.

«Sind Sie Sebastian Helliger?»

Der Mann lachte kurz. «Nein, ganz bestimmt nicht. Und es ist auch noch nie jemand auf die Idee gekommen, mich mit dem Boss zu verwechseln.» Er schaute sie durchdringend an. «Sind Sie von der Kripo?»

Wencke nickte.

«Der Chef nimmt es mit der Privatsphäre ganz genau. Aber in Ihrem Fall ...» Er zeigte kurz auf eine Tür, die zwischen den wild wuchernden Rosensträuchern kaum auszumachen war. «Ich glaube, Sie werden erwartet.» Der Zweimetermann trat nach einem gönnerhaften Winken wieder in die Scheune zurück.

Auf dem handbemalten Klingelschild stand «Familie Helliger», der Knopfdruck löste ein melodisches Dingdong aus, kurz darauf hörte sie Schritte auf die Tür zukommen.

«Guten Morgen, mein Name ist Wencke Tydmers, ich bin von der Kripo Aurich», sagte Wencke brav ihren Spruch auf und reichte dem schlanken, blonden Mann die Hand.

Dicht neben seinen Beinen strich ein drahtiger Jagdhund um den Stoff der Hose, er kläffte nur kurz, bis sein Herrchen ihn fest am Halsband nahm und den strammen Rücken streichelte.

«Schon gut!», murmelte er dem Tier zu. Dann wandte er sich an Wencke. «Sebastian Helliger. Kommen Sie doch herein.» Er ging einen Schritt zur Seite und lud sie mit einer Geste ein, in die große Halle zu treten. «Mandy, bringen Sie uns bitte einen Tee in die Bibliothek», rief er in eine unbestimmte

Richtung, und die hohe Holzdecke sowie der schwarz-weiß geflieste Boden warfen das Echo seiner Aufforderung zurück. «Folgen Sie mir?», fragte er Wencke freundlich, dann steuerte er eine massive Tür im hinteren Teil des Raumes an.

«Ich habe mich schon immer gefragt, wie es hier drinnen wohl aussieht», bekannte Wencke.

«O ja, manchmal trauen sich auch Passanten aufs Grundstück und fragen, ob sie mal schauen dürfen.» Er lachte schüchtern, und Wencke konnte sich vorstellen, dass er eher ungern Menschen in sein Haus ließ. Sebastian Helliger schien ein stiller Mensch zu sein, er hatte ein freundliches Lächeln und sah so gar nicht nach einem Moorkönig aus in seiner dunkelblauen Strickjacke und abgetragenen Cordhose. An den Füßen trug er ausgelatschte Pantoffeln.

«Draußen war ein Mann, der mir sagte, Sie würden sich über neugierige Blicke nicht sehr freuen.»

«Hat Holländer das gesagt?»

«Holländer?»

«Er ist mein Mann für alle Fälle. Früher hieß es Hofknecht, heute würde ich ihn eher als Hausmeister bezeichnen. Ich habe zwei linke Hände, was alles Handwerkliche angeht. Und hier fällt nicht wenig Arbeit an, wo es von Nutzen sein kann, mit Hammer und Nagel umgehen zu können.»

«Er hatte keinen niederländischen Akzent.»

«Nein, Holländer ist sein Spitzname. Leitet sich aus seinem Familiennamen ab. Brauchen Sie seine Personalien?»

«Später vielleicht.» Wencke schaute sich staunend um. «Man könnte meinen, Sie leben hier noch genau so, wie man es vor hundert Jahren tat.»

Helliger lachte. «Keine Sorge, meine Familie und ich verfügen über fließend Wasser, elektrischen Strom und Telefon. Aber Sie haben recht, einiges ist seit Generationen nahezu unverändert. Der Hof ist zweihundert Jahre alt. Etliche Historiker lecken sich die Finger nach den Raritäten, die man in allen Ecken findet.» Sie traten in einen behaglichen Raum, dessen eine Wand bis zur Decke mit Büchern bestückt war. Gegenüber der dunkelgrünen Ledergarnitur, auf der sicherlich schon einige Generationen ihre Lesestunde verbracht haben mochten, war ein gemauerter Kamin, eingerahmt von unzähligen blau-weißen Kacheln. Helliger ging darauf zu. «Schauen Sie nur, beispielsweise diese Fliesen hier – ich kenne sie seit meiner Kindheit und habe ihnen bislang keine große Bedeutung zugemessen. Bis zur Beerdigung meines Vaters der Pastor zu Besuch kam, ein Experte für Bibelfliesen, und mich darauf aufmerksam machte, dass wir hier das komplette Neue Testament an der Wand hängen haben.»

Wencke näherte sich dem bebilderten Kamin. «Sie leben in einem Museum.»

«Für Außenstehende mag es so scheinen, ja. Für mich und meine Familie ist es jedoch einfach nur unser Zuhause, in dem wir uns sehr wohlfühlen.» Das Lächeln, welches sich die ganze Zeit auf seinem Gesicht gezeigt hatte, fiel mit einem Mal in sich zusammen. «Bis heute ... fürchte ich.»

«Wegen des Toten?»

Sebastian Helliger nickte betroffen. «Setzen wir uns doch.»

Wencke nahm auf dem Zweisitzer Platz. «Sie haben uns heute Morgen den Leichenfund gemeldet. Kannten Sie den Toten?»

«Ja, er war sozusagen ein Teil der Familie.»

Wencke erinnerte sich an den dunklen Teint des Jungen und konnte sich nicht vorstellen, dass der blonde, etwas blasse Sebastian Helliger von Blutsverwandtschaft sprach. «Ein Angestellter?»

«Nein, er hat seit einem Jahr als Au-pair-Junge bei uns gearbeitet.»

«Ach!», sagte Wencke.

«Aurel Pasat aus Rumänien. Ein wunderbarer junger Mann. Unsere Kinder liebten ihn. Ich weiß gar nicht, wie ich den Kleinen das erklären soll.»

«Wo sind Ihre Kinder jetzt?»

«Mit meiner Frau ein paar Tage auf Spiekeroog. Wir haben dort ein Haus. Durch den Maifeiertag hat man ein verlängertes Wochenende, da haben die drei ihre Sachen gepackt. Ein paar Tage ausspannen. Meine Frau ist Künstlerin ...»

«Ich weiß, ich habe ihre Skulpturen gesehen.»

«Nächste Woche eröffnet sie eine Ausstellung im Moormuseum, in den kommenden Tagen hat sie alle Hände voll mit den Vorbereitungen zu tun. Also kam ein Kurzurlaub auf der Insel vor dem Stress nochmal ganz gelegen. Heute Abend kommen die drei wieder.»

«Weiß ihre Frau schon ...»

Er schüttelte den Kopf. «Annegret wird außer sich sein. Sie liebte Aurel wie einen eigenen Sohn.»

Die Tür wurde geöffnet, und ein junges Mädchen kam mit einem Tablett herein, auf dem das klassische Rosenservice, ein Stövchen, Kluntjes und Sahne standen. Auch das zartgelbe Teegebäck auf dem Porzellanteller fehlte nicht. Sie stellte alles schweigend auf den Tisch, goss den Tee ein, und Wencke bemerkte, dass sie verweint aussah. Natürlich, sie hatte bereits von dem Toten gehört, und wenn er in diesem Haus für die Kinderbetreuung zuständig gewesen war, waren sie sich sicher einige Male über den Weg gelaufen. Wencke nahm sich vor, die traurige Dienstmagd später noch aufzusuchen.

Sebastian Helliger berührte leicht den zitternden Unterarm des Mädchens. «Vielen Dank, Mandy! Nehmen Sie sich frei bis zum Abendessen, ruhen Sie sich etwas aus.»

Sie lächelte leicht und verließ das Zimmer, ohne ein Wort gesagt zu haben.

Wencke nahm einen Schluck Tee. «Wann haben Sie Ihren Au-pair-Jungen – wie war doch gleich sein Name …?»

«Aurel.»

«Wann haben Sie Aurel zum letzten Mal gesehen? Haben Sie ihn nicht vermisst?»

«Gestern Abend war er auf dem Hof. Er hat sich sein Mountainbike geschnappt und ist weggefahren. Ich habe ihn nicht gefragt, wohin.» Helliger seufzte und schüttelte ungläubig den Kopf. «Es waren seine letzten Tage hier. Wie schnell so ein Jahr vergehen kann, da staune ich immer wieder. Und da meine Familie ja einen Kurzurlaub macht, habe ich Aurel frei gegeben, damit er seine Koffer packen und sich von Freunden verabschieden konnte. Heute Abend wollten wir eine kleine Abschiedsparty geben, und morgen wäre er wieder nach Bukarest geflogen.»

«Und dann haben Sie ihn heute früh im Scheunenlager gefunden?»

«Ja.»

«Und Sie haben auch den Strick durchtrennt?»

Helliger schaute fast hektisch auf. «War das ein Fehler? Habe ich Beweise vernichtet?»

«Nun …»

Er hob abwehrend die Arme. «Das geschah instinktiv, ich habe nicht darüber nachgedacht. Wissen Sie, er sah irgendwie noch so … so lebendig aus. Ich hatte gehofft, ihn retten zu können.»

«Es ist schon okay», beruhigte Wencke ihn. «Wir kennen das. Im Grunde haben Sie richtig gehandelt. Sie konnten ja nicht wissen, dass er wahrscheinlich zu diesem Zeitpunkt schon mehrere Stunden tot war.»

«Es ist in der Nacht passiert?»

«Die Spurensicherung überprüft alles, der Rechtsmediziner wird uns heute Abend Näheres dazu sagen.»

Helliger ließ seine Stirn in die Hände sinken. «O mein Gott, Aurel, warum hast du das getan?»

Wencke befürchtete, der Mann könnte jeden Moment in Tränen ausbrechen. Sie hasste weinende Zeugen, denn diese brachten Ermittlungen keinen Schritt voran und waren zudem nur schwer zu ertragen. Sie machten es ihr als Polizistin schwer, einen kühlen Kopf zu bewahren und die Tragik des Ganzen auszublenden. Ihre Erfahrung hatte sie gelehrt, dass man einen solchen Gefühlsausbruch am besten mit sachlichen Fragen hinauszögern, vielleicht sogar verhindern konnte. «Warum könnte Aurel sich das Leben genommen haben? Ist Ihnen etwas aufgefallen?»

«Aurel war einer der lebenslustigsten Menschen, den ich kannte. Sein Lachen …» Seine Stimme klang belegt, und Wencke glaubte einen Moment, ihr Ablenkungsmanöver sei fehlgeschlagen, doch dann sprach er weiter: «Wenn er lachte, blitzten seine Zähne nur so. Ein hübscher Kerl. Es ist so schade …»

Ja, das habe ich auch schon gedacht, kam es Wencke in den Sinn.

Helliger sprach weiter. Er schien sich wieder zu fangen. «Dass ein Mensch, der in einem Land wie Rumänien groß geworden ist, trotzdem noch so eine Fröhlichkeit entwickeln kann, ist ein Wunder. Wenn die Kinder mal übellaunig nach Hause gekommen sind, weil sie eine schlechte Note geschrieben haben oder es irgendwelche Probleme gab, da hat Aurel sie in Minutenschnelle wieder aufgemuntert und ihnen gezeigt, dass das Leben zu schön ist, um sich durch schlechte Laune den Tag zu vermiesen.»

«Dann glauben Sie nicht so recht an einen Selbstmord?», fragte Wencke vorsichtig.

Er schaute sie ungläubig an. «Was wäre denn die Alternative?»

«Nun, ein Unfall sicher nicht. Sie haben das Seil ja selbst gesehen, es war geknotet, er hätte nicht *aus Versehen* hineinfallen können», stellte Wencke fest.

«Mord?», kam es leise über Sebastian Helligers Lippen.

Wencke deutete ein Nicken an.

Es blieb einige Zeit still in der Bibliothek. Auf dem Schreibtisch tickte leise eine Uhr, von draußen hörte man gedämpft die Windspiele aus Metall, noch leiser war ein Weinen aus einem anderen Raum zu vernehmen. Wahrscheinlich das Dienstmädchen, dachte Wencke.

Sebastian Helliger unterbrach die Ruhe durch ein Räuspern, mit dem er seiner Stimme wieder Herr zu werden versuchte. «Nie im Leben Mord!»

Diese Behauptung klang so bestimmt, dass Wencke auf weitere *Weshalbs* und *Warums* verzichtete, zumindest vorerst. Stattdessen erkundigte sie sich nach Aurel Pasats Zimmer, nach seinen Papieren und weiteren persönlichen Gegenständen, die im Haus verteilt sein könnten. Helliger trank seine Tasse leer, stand auf und machte wieder diese Geste, die Wencke aus der Bibliothek in einen anderen Teil des Hauses lotsen sollte. Sie folgte bereitwillig.

Fähre Spiekeroog–Neuharlingersiel, Deutschland
überfüllt und stickig

Wenn die Kinder nur einen Moment, einen winzigen Moment Ruhe geben würden, dachte Annegret. Thorben kletterte über die mit Kunstleder bezogenen Bänke, Henrike maulte, weil sie eine Geschichte vorgelesen haben wollte. Die Fähre hatte ungefähr die halbe Strecke in Richtung Festland hinter sich gebracht. Man konnte bereits den Deich von Neu-harlingersiel sehen, doch wenn man zurückschaute, schien Spiekeroog auch noch nicht allzu weit entfernt zu sein. Ein kleiner Kurzurlaub auf der ruhigen Insel hatte es werden sol-len, eine Ewigkeit schien er gedauert zu haben. So lieb sie die Kinder hatte, drei Tage auf engstem Raum waren einfach zu viel. Besonders, wenn man nichts nötiger hatte als Ruhe, als ein paar Momente Ruhe und Zeit, um sich alles durch den Kopf gehen zu lassen, was in den letzten Wochen geschehen war.

Annegrets Finger umschlossen im Verborgenen ihrer Handtasche wieder den Brief. Sie streichelte über das Papier, welches sie seit ihrer Abreise so unzählige Male auseinander-und wieder zusammengefaltet hatte.

«Ich gehe mal kurz nach draußen. Benehmt euch, Kinder, okay?»

Annegret schulterte ihren Lederbeutel, warf Thorben und Henrike einen ernsten Blick zu und ging an den Bankreihen vorbei bis zur Glastür, die zum Oberdeck führte. Das Wetter war schön; welch netter Maibeginn, besonders hier direkt am Meer, wenn man glaubte, in der klaren Luft die Sonne rie-chen zu können. Ein milder Wind umfasste Annegrets dun-kelblonde Locken, die sie mit einer Holzspange zusammen-gesteckt hatte, eine Strähne löste sich und fiel ihr in das Ge-sicht. Das Kitzeln der Haare an ihren Lippen irritierte sie, denn sie hatte eben an Küssen gedacht. Im Brief stand, dass er sie küssen wolle. Dass er an nichts anderes denken könne. Und seitdem kribbelten ihre Lippen, und sie wusste nicht, ob es Vorfreude war oder die Ankündigung eines Herpesbläs-chens, wozu sie in Stresssituationen häufig neigte.

Das, was er ihr geschrieben hatte, war einfach unerhört. Sie hatte nicht damit gerechnet, dass er so weit gehen würde. Und jetzt schwebte sie seit Tagen in einem Zustand, den sie nicht zu beschreiben vermochte. Es war eine Mischung aus Erregung und Resignation. Sie war vierundvierzig, sie empfand sich als leidenschaftliche Frau, doch solch ein Gefühlschaos hatte sie noch nie erlebt. Und nie im Leben hatte sie damit gerechnet, etwas Derartiges überhaupt noch einmal zu spüren. Als Mutter und Ehefrau schaltete man so etwas doch irgendwann aus. Sie hatte ihre Kunst, ihre Skulpturen, eigentlich hätte sie bis vor kurzem schwören können, das reiche ihr an Emotionalität. Und jetzt?

Annegret zog den Umschlag heraus. Sie hatte eine Skizze auf die Rückseite gemalt. Es war der Entwurf einer neuen Skulptur, die sie gleich morgen beginnen wollte. Ein Mann, ein Lächeln, eine tief gebeugte Gestalt, die sich einerseits abwärts zu bewegen schien, in die Knie sank wie bei einer Unterwerfung. Die aber andererseits über genug Kraft verfügte, sich aufzubäumen, und groß genug war, um alles zu überragen. Sie würde einige Nähte schweißen müssen, zudem hatte sie sich für grobes, dickes Material entschieden, welches nur schwer zu schneiden war. Annegret konnte es kaum erwarten, morgen mit der Arbeit zu beginnen. Es würde kein Modell sein, um das sich die Käufer in ihrem Atelier reißen würden. Doch es würde eines ihrer besten Stücke werden, das wusste Annegret schon jetzt. Bis zur Ausstellungseröffnung nächste Woche wäre es mit Sicherheit noch nicht fertig, aber sie würde es dann später zwischen den anderen Skulpturen auf dem Gelände des Moormuseums unterbringen. Das Motto der Ausstellung – *Gestaltenwechsel – Wechselgestalten* – passte zweifellos zu dieser Figur. Nahezu unleserlich stand der Name des Objektes links neben den mehrfach übergemalten Umrissen: «Rumänien».

«Mama, der Thorben ärgert mich», sagte die Stimme ihrer Tochter, die sich unbemerkt neben sie an die Reling gestellt hatte.

«Henrike, du hast dir keine Jacke übergezogen und wirst dich erkälten, so warm ist es heute nicht.» Sie schob das Kind wieder in den Salon zurück, in dem es muffig roch, weil zu viele Menschen auf einmal mit dem kleinen weißen Schiff unterwegs waren. Einige schauten ihr hinterher. Annegret hatte sich daran gewöhnt, von Blicken verfolgt zu werden, es fiel eben auf, wenn sie mit ihren Kindern unterwegs war. Sie selbst war groß, blond, hatte hellgrüne Augen und sommersprossige Haut. Und Thorben und Henrike waren klein und dunkel. Zu dunkel, um von irgendjemandem für ihre leiblichen Kinder gehalten zu werden. Besonders wenn Sebastian dabei war, der noch größer, heller und blasser war als sie selbst, besonders dann meinte Annegret die Gedanken der Passanten lesen zu können: Adoptiert. Aus Osteuropa. Und manchmal entdeckte sie auch Fragezeichen im Blick: Kann man in Osteuropa nicht Kinder kaufen?

Selten wurde sie darauf angesprochen. Aber immer wurde ihre Familie neugierig beobachtet.

Thorben hatte sich aus dem Rucksack einen Riegel Schokolade geklaut, Annegret erkannte es an seinem verlegenen Blick und der Art, wie er die Hände vor ihr versteckte. «Thorben!», sagte sie ernst. «Noch so etwas, und du darfst heute Abend nicht mitfeiern!»

Sofort war der Junge eingeschnappt. «Das ist unfair, morgen fährt doch Aurel. Außerdem haben wir für ihn ein Geschenk gebastelt. Du hast gesagt, wir sehen ihn vielleicht nie wieder.»

«Nie wieder ist schrecklich lang», fügte Henrike hinzu.

Beide Kinder schauten sie traurig an. Sie hatten schwer damit zu kämpfen, dass Aurel nach einem wunderbaren Jahr die Familie wieder verlassen würde. Sie hatten den Au-pair-Jungen gern bei sich gehabt. Und Rumänien war so weit weg.

Annegret seufzte. «Ja, nie wieder ist schrecklich lang», wiederholte sie und hoffte, die Kinder würden nicht bemerken, dass auch sie diesen Gedanken nicht ertragen konnte.

Im Dachgeschoss eines umgebauten Stalles, Moordorf sonnig

Das Zimmer des Jungen lag im Stallgebäude über dem Atelier. Es war großzügig geschnitten, mit hochwertigen Kiefernmöbeln ausgestattet und hatte eine Kochnische sowie ein eigenes Badezimmer. Man erkannte, dass der Bewohner dieser Räume nicht mehr lange blieb, es lagen kaum persönliche Dinge herum, nur ein paar Kleidungsstücke über der Stuhllehne, ein halb voller Kasten stilles Mineralwasser in großen Plastikflaschen in der Ecke, ein paar Reisepapiere auf dem Schreibtisch. Wencke dachte an ihr Au-pair-Mädchen Anivia, die nun schon seit zwei Monaten in ihrem ehemaligen Arbeitszimmer lebte, auf einer Ausziehcouch schlief und sich zum Waschen mit dem Gästeklo zufriedengab. Wenn sie erfahren würde, wie die Kindermädchen und -jungen auf dem Helliger-Hof untergebracht waren, würde sie vielleicht die Koffer packen. Schließlich war hier soeben eine Stelle frei geworden.

«Wohnen alle Ihre Angestellten so?», fragte Wencke den Hausherrn, der schweigend aus dem Fenster zum Hof hinunterschaute.

Helliger schien über diese Frage verwundert. «So viele Angestellte haben wir privat eigentlich nicht. Nur Holländer, aber er hat eine Wohnung in Aurich, und Mandy, die aus Sachsen-Anhalt stammt und Hauswirtschafterin ist, und unsere Au-pairs. Und da wir ja genügend Platz haben ...»

«Dann stimmt es also, dass Sie mit der ostfriesischen Erde ein Vermögen gemacht haben, von dem Sie jetzt noch profitieren?»

«Wie kommen Sie darauf?»

«Eine Dienstmagd, ein Hofknecht, eine männliche Gouvernante …» Wencke wusste, mit ihrer schnippischen Art machte sie sich manchmal unbeliebt, doch der Mann schaute gelassen, schien sich in diesem Fall eher zu amüsieren. «Immerhin nennt man Sie den *Moorkönig*.»

«Wer tut das?»

«Die Moordorfer.»

Sebastian Helliger lachte. «Mit diesem Vorurteil hatte schon mein Vater zu kämpfen, und ich denke, mein Großvater auch. Nein, richtig reich sind wir nicht, waren wir auch noch nie.»

«Nur im Vergleich zu den Nachbarn…»

«Das mag eine Rolle spielen. Früher einmal hatten die Familien jeder einen Streifen Land, oft nur fünfzig Meter breit, auf dem sie ihren Torf stechen konnten. Dies deckte den Eigenbedarf, und einen Teil konnte man noch an eine Art Zwischenhändler, wie mein Großvater einer war, veräußern.»

«Das hört sich doch gut an.»

«Na ja, aber seit Mitte des vorigen Jahrhunderts wird Torf als Energielieferant nicht mehr eingesetzt. Mein Vater hat nach und nach die Ländereien auf Erbpacht von den Bauern übernommen und sich so ein beträchtliches Stück Land angeeignet. Und da Grundbesitz hier in Gold aufgewogen wird, gelten wir Helligers als steinreich, auch wenn der Ertrag zu wünschen übrig lässt. Torf braucht viele Jahrtausende Reife. Und wir haben hier in der Umgebung nicht mehr viel davon übrig gelassen.»

«Und womit halten Sie hier das ganze Anwesen über Wasser?»

«Ich habe meinen Betrieb modernisiert. Ich bin in die Verarbeitung von Biomüll eingestiegen, importiere teilweise Torf aus Russland oder von der niederländischen Grenze. Daraus machen wir in unserem Werk in Großheide beste Blumenerde.»

«Dann sind Sie also im Grunde genommen gar kein echter Moorkönig mehr?»

«Nein, eher ein Kompostkönig. Aber wer will schon so heißen?»

Wencke lachte kurz, bis sie merkte, dass Helliger den letzten Satz überhaupt nicht als Witz gedacht hatte. Er reichte ihr eine Visitenkarte, auf der neben dem Schriftzug «*Helligers Kompostierwerke*» ein schwarzer Klecks und eine daraus wachsende Blume zu erkennen waren.

In der Mitte des Zimmers stand ein gepackter Koffer. Er war braun und hatte etliche Macken auf dem zerschlissenen Leder. Am Henkel baumelte ein Schild, Wencke nahm es in die Hand und versuchte, die krakeligen Großbuchstaben zu entziffern. AUREL PASAT, STR. LACULUI 21, ARAD, ROMANIA, daneben eine Zahlenfolge, die man für eine Telefonnummer halten konnte.

«Haben Sie Kontakt zu Aurels Familie? Wir müssen sie schließlich irgendwie benachrichtigen.»

Helliger dachte nur kurz nach. «Er hat uns nie etwas über seine Eltern erzählt. Wir vermuten, dass sie entweder tot sind oder ihn fortgegeben haben. In Rumänien ist alles anders, müssen Sie wissen. Nichts lässt sich mit den Zuständen in Deutschland vergleichen.»

«Das klingt so, als hätten sie das Land schon einmal selbst besucht.»

«Ja, nicht nur einmal. Unsere Kinder stammen von dort, müssen Sie wissen. Meine Frau hatte vor Jahren eine schwere Operation, sie kann keine eigenen Kinder bekommen, deswegen haben wir Thorben und Henrike adoptiert, als sie knapp ein Jahr alt waren. Wir haben sie aus einem Kinderheim in Cluj-Napoca in Transsilvanien geholt.»

«Draculas Heimat?», entfuhr es Wencke.

«Ja, und auch wenn es sich bei den Vampirgeschichten um verklärte Schauermärchen handeln mag, die Zustände in diesem Ort sind teilweise tatsächlich ein Horror. Und glauben Sie mir, wenn Sie Heimkinder in Rumänien gesehen haben, dann schätzen Sie sich froh, in Deutschland geboren worden zu sein.»

Wencke hatte schon einmal einen Bericht im Fernsehen gesehen: Straßenkinder in Bukarest, Klebstoff in Plastiktüten, Schläge und Hunger. Es war während ihrer Schwangerschaft gewesen, als sie ohnehin anfällig für das Elend der Welt gewesen war. Sie konnte sich erinnern, irgendwann den Kanal gewechselt zu haben, weil sie die Szenen nicht mehr ertragen konnte.

Sebastian Helliger strich gedankenverloren über den Koffer. «Es lag nahe, dass wir immer Au-pairs aus Rumänien genommen haben. Erstens konnten wir so unseren Kindern ein kleines Stück ihrer Ursprungskultur vermitteln. Die Jungen und Mädchen waren ausdrücklich angewiesen, mit Thorben und Henrike in ihrer Muttersprache zu reden, auch die rumänischen Sprachkenntnisse von meiner Frau und mir haben davon profitiert. Zudem sollten die Au-pairs etwas von der Kultur – der rumänischen Küche, Bräuche und Lieder – verstehen. Rumänien wäre ein wunderschönes Land, wenn nur die Misswirtschaft während der Ceauşescu-Ära nicht ein solches Elend in der Bevölkerung herbeigeführt hätte. Und zweitens konnten wir auf diese Weise auch einem jungen Menschen für ein Jahr ein besseres Zuhause und eine Chance für die Zukunft geben.»

Wow, dachte Wencke, dieser Moorkönig hat ein gutes

Herz. Während ich bei meiner Suche nach einem Kindermädchen nur den Gedanken verfolgt habe, eine adäquate und bezahlbare Betreuung für Klein Emil zu finden, rettet Sebastian Helliger mal eben ein kleines Stück der ganzen Welt. Und wirkt dabei nicht gönnerhaft oder moralistisch.

«Und wenn sie dann in ihre alte Welt zurückkehren müssen, ist das nicht ... doppelt hart?», fragte Wencke.

«In Rumänien gibt es ein altes Sprichwort: *Abschied ist ein kleiner Tod, nur wer Neues begrüßt, wird ihn überleben*, so die sinngemäße Übersetzung.»

«Und? Hätte Aurel überlebt?»

«Ich weiß es nicht», antwortete Helliger. «Er hat nicht darüber gesprochen, was ihn zu Hause erwartet, was er dort zu tun gedachte. Sonst war er kein verschlossener Junge, ich habe selten einen solch offenen Menschen wie ihn kennengelernt. Aber wenn es um Rumänien ging ...»

«Könnte es sein, dass er sich deswegen lieber das Leben genommen hat? Weil er keine Perspektive hatte? Weil er – um bei diesem Sprichwort zu bleiben – sich nicht imstande sah, Neues zu begrüßen?»

Helliger nickte nur, was Wencke allerdings nicht als Zustimmung deutete. Eher als hilflosen Versuch, seinem Unverständnis Ausdruck zu verleihen.

Es klopfte kurz an der Tür, und Meint Britzke trat ein, ohne ein *Herein* abgewartet zu haben. «Ihr Hausmeister sagte mir, dass ich Sie hier finde. Wencke, die Spurensicherung ist jetzt da, sie nehmen sich zuerst den Schuppen vor, anschließend wollen sie dieses Zimmer hier und das Atelier durchsuchen.»

«Das ist gut.» Wencke zog vorsichtig das beschriebene Papier aus dem Kofferanhänger und reichte es ihrem Kollegen. «Und in der Zwischenzeit wäre ich dir dankbar, wenn du herausfinden könntest, wer unter dieser Adresse hier zu finden ist und – falls es sich bei den Zahlen um eine Telefon-

nummer handelt – wer am anderen Ende den Hörer ab-
nimmt. Ach, und für den Fall, dass jemand drangeht,
brauchten wir wahrscheinlich auch einen entsprechenden
Dolmetscher für Rumänisch.»

Meint Britzke grinste sie an. Sie wusste, was sein Gesicht
zu bedeuten hatte: Sie war wieder da. Sie hatte ihm eben
einen Haufen langwieriger Aufgaben zugeschoben, zu deren
Erledigung sie selbst keine Lust hatte. Und das war genau das,
was sie vor ihrer Auszeit auch immer getan hatte. Meint
Britzke freute dies augenscheinlich. Wencke Tydmers war
wieder in ihrem Element. Wieder da.

Hauptbahnhof Arad
hektisch und schmutzig

Ich schaue wieder zur Uhr. 11.23 sagen die Ziffern. Bald ist die
Hälfte des Tages herum, aber du bist noch aus keinem der
Züge gestiegen. Bist wohl noch unterwegs. Ich rechne ohne-
hin erst gegen Abend mit dir.

Wie du jetzt wohl aussehen magst? Ich krame das alte Foto
aus meiner Jackentasche. Du hast es mir damals zum Abschied geschenkt, erinnerst du dich? Du hast gesagt, es sei
nicht gerade die neueste Aufnahme, aber es gebe nicht viele
Bilder von dir, und dieses müsse ausreichen, damit ich dich
nicht vergesse. Auf dem Foto bist du erst fünfzehn. So alt, wie
ich jetzt bin. Das Bild wurde in einem der Heime aufgenommen. Ich glaube, es war in Cluj-Napoca. Damals warst du
noch kleiner, deine Haare waren länger, dein Gesicht war
magerer. Aurel, den *Bleistift*, haben sie dich genannt, ich habe
mich als kleines Mädchen darüber kaputtgelacht. Aber als du

vor einem Jahr gefahren bist, hast du nicht mehr wie ein hölzerner Strich ausgesehen. Ich erinnere mich noch genau, wie du in den Zug gestiegen bist, der dich nach Bukarest zum Flughafen bringen sollte. Du hast dich noch einmal zu mir umgedreht und gewunken. Die Zeit, die du nicht mehr auf der Straße gelebt hast, hat dir gutgetan. Du warst kräftig, hattest Muskeln aufgebaut, deine Frisur war sehr kurz, und du hattest dir einen Stoppelbart wachsen lassen, der dich erwachsener machte. Und die Brille, die du trugst, ließ dich wie einen Gelehrten aussehen. Nun, du kannst ja auch lesen und schreiben. Und es gibt nicht viele Heimkinder, die das beherrschen, also bist du, Aurel, tatsächlich so etwas wie ein Gelehrter. Für mich und die anderen sowieso. Du bist unser Vorbild. Alle wollen wir so werden wie du.

Aber ich werde das nie schaffen. Du weißt ja gar nicht, was ich inzwischen mache. Sicher hoffst du, dass ich noch immer die Schule besuche, die die Deutschen im alten Hotel *Primăvară* eingerichtet haben. Ich weiß, du hast mich mehr als einmal gebeten, weiter dort hinzugehen, auch während deiner Abwesenheit. Es sei meine einzige Chance, hast du gesagt. Die müsse ich nutzen. Lesen und Schreiben und der ganze Kram, auch wenn es schwerfällt, auch wenn die Holzstühle unbequem sind und diese Lehrerin eine Hexe ist, dies sei der einzige Weg von der Straße weg. Ich hatte mir das auch fest vorgenommen, weiter ins *Primăvară* zu gehen, aber zwei Wochen nachdem du nach Deutschland geflogen bist, habe ich etwas erlebt, das alles verändert hat. Du kannst es ja nicht wissen. László ist von seinem Zuhälter zusammengeschlagen worden, so schlimm, dass er ein paar Tage später gestorben ist. Und da habe ich einfach keine Lust auf Schule gehabt. Ich war so wütend. Mit dreizehn ist man noch zu jung zum Sterben, finde ich. Und ausgerechnet László. Er war ein lieber Kerl, er hätte etwas Besseres verdient, wenn schon nicht ein besseres Leben, dann wenigstens einen schöneren Tod. Nicht auf der Pritsche in einem kalten Krankenhaus, wo sie uns Straßenkinder ohnehin immer liegen lassen, bis sich das Problem von selbst löst. Als László starb, haben die Krankenschwestern wahrscheinlich gerade Tee getrunken. Es ist so unfair. Also, warum soll ich Hoffnung haben und daran glauben, dass Lesen und Schreiben mir den ganzen Scheiß ersparen. Kannst du das nicht verstehen?

Ich hab's verbockt, okay. Ich hätte auf dich hören sollen. Denn seitdem bin ich nicht mehr regelmäßig zum *Primăvară* hingegangen, habe mich mehr um den Klebstoff gekümmert und um meine Gruppe, für die ich schließlich verantwortlich bin, seitdem du fort bist. Dass László tot ist, geht auf meine Kappe. Ich hätte besser auf ihn aufpassen müssen, denn ich bin älter, und er ist bei mir, seit er zehn ist. Ich fühlte mich verantwortlich für ihn. Okay, du sagst immer, ich bin erst einmal für mich selbst verantwortlich, ich muss es erst einmal selbst auf die Reihe kriegen. Und ich weiß, du hast eigentlich recht.

Ach, Aurel. Wann kommst du endlich?

Ich vermisse dich so.

Es ist Mai. Gott sei Dank ist die kalte Zeit vorbei. Ich hatte in diesem Winter keinen Mantel, nur zwei Wollpullover, die ich übereinander getragen habe. Jetzt tut es einer, so warm ist inzwischen der Frühling in Arad. Manchmal finde ich die Stadt sogar schön. Derzeit schlafen wir im Teatrul vechi, erinnerst du dich, du hast mir mal erzählt, dass diese verfallene Ruine vor vielen Jahren ein prächtiges Theater gewesen ist. Viel kann man davon nicht mehr sehen. Aber der Ort besitzt noch immer einen Zauber, die alten Steine sind von Blumen überwuchert, die zurzeit sogar blühen und dem Ganzen Farbe geben, es fast fröhlich aussehen lassen.

Es ist allemal besser als die Straßenunterführungen oder

der schmutzige Bahnhof, in dem ich gerade den Tag herumzukriegen versuche. Ich kann nicht mehr stehen, setze mich auf eine Bank und warte.

Ein Mann geht auf mich zu. Er kommt mir bekannt vor, doch es dauert ein paar Momente, bis ich in ihm einen der Sozialarbeiter von *Primăvară* erkenne, seinen Namen habe ich vergessen. Ich weiß, der Klebstoff, ich sollte es sein lassen, das Schnüffeln macht meinen Kopf löchrig, sodass viel zu viele Dinge herausfallen können und für immer verloren sind. So wie der Name dieses Typen, er ist etwas dicker und über vierzig Jahre alt, er ist ein anständiger Kerl, das weiß ich noch. Er lächelt mich an.

«Teresa», sagt er. Wie lange war ich schon nicht mehr in der Schule? Mehr als acht Monate. Trotzdem hat er meinen Namen nicht vergessen.

Das ist nett von ihm. Ich nicke ihm zu.

«Wie geht es dir? Mensch, du hast deine Haare ein bisschen wachsen lassen, es sieht hübsch aus.» Er ist Deutscher, aber sein Rumänisch ist absolut okay. Er ist schon seit ein paar Jahren in Arad, ich glaube, er hat eine Einheimische geheiratet. «Du solltest dich mal wieder bei uns sehen lassen!»

«Ich weiß ...»

«Soweit ich informiert bin, wartet sogar ein Brief auf dich. Von Aurel aus Deutschland.»

«Ja?» Mein Herz pocht.

«Liegt schon seit ein paar Wochen in der Ablage im Flur.»

«Was steht drin?»

Der Sozialarbeiter zuckt die Schultern. «Wir nehmen das Briefgeheimnis ernst. Du musst ihn schon selbst öffnen, schließlich steht dein Name auf dem Umschlag.»

Ich seufze, und als könnte er meine Gedanken erraten, fügt er hinzu: «Und wenn es mit dem Lesen nicht so ganz hinhaut, dann helfen wir dir gern. Komm doch gleich mit!»

Ich bleibe sitzen. «Ich kann nicht. Gleich kommt ein Zug.»

«Wen erwartest du denn?»

«Aurel. Er wollte heute zurückkommen.»

«Wann hat er das gesagt?»

«Als er gefahren ist.»

«Also vor einem Jahr?»

Ich nicke, und auf einmal wird mir bewusst, wie seltsam es ist, auf eine Verabredung zu warten, die vor so langer Zeit getroffen wurde. Es ist so vieles geschehen in den letzten zwölf Monaten. Nicht nur die Sache mit László. Das war ja nur eine von vielen. György ist verschwunden, genau wie die kleine Veronica, die seit mehr als sechs Wochen kein Mensch gesehen hat. Und das sind nur die Kinder, die zu meiner Gruppe gehören. Ich weiß, dass es bei den anderen Gangs ähnlich ist.

Der Mann legt mir die Hand auf die Schulter, und ich schrecke zusammen, weil ich so in Gedanken vertieft war. «Was ist los, Teresa? Kommst du nun mit?»

«Ich kann ja ganz kurz …», sage ich. Das *Primăvară* ist nicht so weit vom Bahnhof entfernt. Wenn ich mich beeile, bin ich in einer Stunde wieder zurück. Ich laufe ihm also hinterher, er hat einen watschelnden Gang, hebt die Füße nicht richtig beim Gehen, hält den Oberkörper leicht nach vorn gebeugt. Wie eine Ente, denke ich und muss lachen.

«Was ist so lustig, Teresa?», fragt er, und in diesem Moment fällt mir auch sein Name wieder ein: Roland. Es ist, als sei die Erinnerung unter einem Wirrwarr verborgen gewesen und die wenigen Schritte aus dem Bahnhof heraus hätten den chaotischen Haufen zum Einfallen gebracht und den Namen freigelegt: Roland Peters, Lehrer für Deutsch und Rumänisch. Er bringt den Straßenkindern seine Landessprache bei, damit sie eine Chance haben, dort ein Jahr als Haushaltshilfe oder Kindermädchen zu arbeiten. Und die meisten, die dann dort waren, schaffen es auch nach ihrer Rückkehr, hier einen richtigen Job zu finden. Deswegen ist es so wichtig, Deutsch zu lernen. Aurel, du hast das gleich kapiert, hast es geschafft, hast Roland Peters in der Schule immer gut zugehört und bist dann ins gelobte Land gereist. Ich mache mir da keine Hoffnungen, jemals so weit zu kommen. Die Sprache ist so seltsam eckig, in meinen Ohren klingt sie hart und verdreht. Und ich bin ja schon froh, dass ich die einfachen rumänischen Wörter lesen und schreiben kann. Eine Fremdsprache zu lernen ist unvorstellbar.

«Ich freue mich, dass es dir gutgeht», sagt Roland Peters schließlich, nachdem er erkannt hat, dass ich seine Frage nicht zu beantworten gedenke. «Wir haben uns Sorgen um dich gemacht, Teresa. Ganz oft haben wir über dich gesprochen. Du bist uns nicht gleichgültig, weißt du?»

Und genau das ist es, was ich an den *Primăvară*-Leuten nicht ausstehen kann. Dieses Gerede, dass man denen nicht egal ist. Immer wieder kommen sie einem damit, und ich hasse es, denn wenn man ein Leben lang daran gewöhnt ist, allen anderen Menschen egal zu sein, dann macht einen so ein Haufen Mitgefühl ganz verrückt. Aber ich will diesen Brief haben, also laufe ich dem Entenmann brav hinterher, folge ihm durch die Calea L. Maniu. Hier bekommt man nicht viel mit von dem Mai und dem Frühling, hier riecht es nur nach Straßenmüll und den zahlreichen Autos, die uns beide überholen, während wir schweigend nebeneinanderher und an den grauen Häuserfronten entlanglaufen.

Die Straße, in der die Schule steht, ist ruhiger, denn sie ist nur an einer Seite bebaut. Auf der anderen Seite ist eine Grünfläche mit einem hübschen Teich. Roland geht schneller, je näher wir dem hellbeige getünchten Haus kommen. Ich war wirklich lange nicht mehr hier. Irgendjemand hat die Tür neu gestrichen, und die Stufen, die zum Eingang führen, sind ausgebessert worden.

Roland sieht meinen Blick und freut sich. «Wir haben wieder Geld bekommen. Aus Deutschland. Du wirst sehen, irgendwann haben wir das schönste Haus in ganz Arad. Nicht umsonst heißt es *Primăvară* – Frühling –, hier ist die Hoffnung zu Hause.»

Wieder ein typischer Satz, für den ich ihn würgen könnte. Ich gehe an ihm vorbei in den Flur. Da, auf der Ablage an der Wand neben der Garderobe, steht nur ein einziger Brief, und ich erkenne schon von weitem die unruhige Handschrift, mit der mein Name auf den Umschlag geschrieben worden ist. Ich nehme das Papierstück an mich, drücke es gegen meine Brust.

Ein Brief von dir, Aurel. Wann habe ich das letzte Mal so etwas Wertvolles in den Händen gehabt?

Im Büro klingelt das Telefon, immer und immer wieder, niemand geht ran. Roland ruft: «Wer nimmt denn mal den Hörer ab?», aber es antwortet keiner.

Ich reiße den Umschlag auf.

Liebe Teresa! steht dort.

Ich habe Ladislaus gefunden. Meine Reise war also nicht umsonst. Es geht ihm nicht gut, aber sobald er gesund genug ist, werde ich ihn wieder mitbringen. Allerdings kann es ein paar Tage länger dauern als abgemacht. Warte also bitte nicht auf mich. Wie geht es den anderen? Ich denke an euch! Aurel

«Kannst du es lesen?», fragt Roland, der sich umständlich die Jacke auszieht.

«Ja.»

«Was schreibt Aurel?»

«Er kommt vielleicht etwas später zurück.»

«Na, dann ist es ja gut, dass ich dich vom Bahnhof geholt habe. Dort ist nicht gerade der beste Platz, an dem eine hübsche junge Frau wie du den Tag verbringen sollte.»

Das hasse ich auch. Ich bin nicht hübsch, so viel steht fest, und richtig jung fühle ich mich seit Jahren nicht mehr, auch wenn ich erst fünfzehn bin.

Er scheint zu merken, dass er mit seiner Art bei mir keinen Treffer landen kann, also wechselt er das Thema: «Und was steht sonst noch im Brief?»

«Nichts Besonderes», lüge ich, stecke das Papier in den Hosenbund und ziehe den Pullover darüber.

Das Telefon klingelt noch immer hartnäckig. Es macht mich nervös. Dieses Klingeln. Ich fühle mich angesprochen. Als würde das Telefon mich meinen, mich zum Gespräch auffordern. Dabei habe ich noch nie in meinem Leben einen Anruf bekommen.

«Ich gehe mal ran», sagt Roland, doch in diesem Moment schweigt der Apparat im Nebenraum, und es ist still im Flur des *Primăvară*.

Helliger-Hof, Moordorf
idyllisch

«Aurel, Aurel!», riefen die Kinder und rannten fröhlich auf das Haus zu.

Annegret hoffte nur, ihr Mann würde nicht gekränkt sein, dass Thorben und Henrike zuerst den Au-pair-Jungen begrüßen wollten und ihren Vater dort auf dem Hof mehr oder weniger unbeachtet stehen ließen. Sebastian hatte seine Hände in den Taschen der Cordhose vergraben und schaute den beiden mit ausdruckslosem Gesicht hinterher.

Sie ging auf ihn zu, lächelte ihn an, streckte ihm beide Arme entgegen. Doch er blieb, wo und wie er war. Annegret erschrak. Das Gefühl, ertappt worden zu sein, lähmte sie kurz. Es hätte sie nicht gewundert, wenn er mit Röntgenblick ihre Handtasche durchleuchtet hätte und nun den Inhalt des versteckten Briefes kannte. Zwar war Sebastian alles andere als ein eifersüchtiger oder misstrauischer Mensch – und im Grunde hatte Annegret ihm auch noch nie Anlass dazu geboten –, doch irgendetwas schien nicht zu stimmen, und Annegret konnte nicht anders, als diese Veränderung auf sich selbst zu beziehen.

«Was ist?», fragte sie mit aufgesetztem Lächeln. «Freust du dich nicht, dass deine Familie wieder zu Hause ist?»

Nun machte er einen Schritt nach vorn, doch er blieb ernst dabei.

«Können wir reden?»

«Ja», sagte sie etwas zu schnell, und die Antwort klang gleichzeitig nach einer Frage. «Ist etwas passiert? Ärger wegen der Ausstellung im Moormuseum? Du weißt, das ist kurz vor der Eröffnung immer so.»

«Gehen wir in dein Atelier. Die Kinder sollen...»

«Mach dir keine Gedanken, die Kinder sind froh, dass sie ihren heiß geliebten Aurel wiederhaben. Und bis zu seiner Abreise morgen wollen sie jede Sekunde mit ihm auskosten.»

«Ebendeshalb muss ich mit dir reden.» Sebastian legte ihr sanft die Hand auf den Rücken und führte sie zum Schuppen. Die Tür stand auf, wahrscheinlich hatte Aurel mal wieder vergessen, sie zu schließen. Er musste auf dem Weg in sein Zimmer stets durch ihre Werkstatt, und viel zu oft war er dabei mit dem Kopf in den Wolken.

Als sie ins Innere getreten waren, blieb sie verwundert stehen. «Was macht dieser Mann in meinem Atelier? Was ist los?»

Ein Fremder im schneeweißen Overall inspizierte die Holztreppe, die nach oben in den Wohnbereich führte, wo das Personal untergebracht war. Unbeirrt setzte er seine seltsame Arbeit fort, obwohl er Annegrets Ankunft und ihren unerfreuten Satz mit Sicherheit gehört hatte.

«Sebastian, sag ihm, er soll verschwinden!»

«Er ist von der Polizei», sagte ihr Mann. Dann fasste er ihre beiden Hände und zog sie zum großen Korbsessel hinüber, der neben dem bodentiefen Fenster in der Sonne stand. Sie waren beide fast gleich groß und standen sich auch in puncto Kraft in nichts nach, deswegen kam es eher selten vor, dass Sebastian sie zu führen versuchte. Mit sanfter Gewalt drückte er sie auf den geflochtenen Sitz.

«Warum setzt du mich hin? Um Himmels willen, Sebastian, nun...»

«Aurel ist tot!»

«Was?» Annegret fiel auf, dass die Fensterscheiben viel zu staubig waren und einige Fingerspuren auf dem Glas feine Schatten auf den Boden warfen. Mandy müsste hier mal wieder zum Einsatz kommen. Gutes Licht war bei der Arbeit unerlässlich. Gleich morgen würde sie...

«Annegret, hast du mich verstanden? Ich habe heute Morgen bei meinem Rundgang mit dem Hund bemerkt, dass die Scheunentür von Lager 1 offen stand. Als ich hineinging, fand ich Aurel. Er hat sich erhängt.»

Langsam wandte sie das Gesicht vom Fenster ab und schaute zu Sebastian. «Bist du dir sicher, dass er tot ist? Ich kann mir das von Aurel gar nicht vorstellen.» Ihr war klar, dass der letzte Satz skurril klang und man derlei Dinge eigentlich nicht sagte. Doch es brachte Abstand zwischen sie und diese Wahrheit, die Sebastian ihr da gerade erzählte. «Sicher hast du dich geirrt.»

«Annegret, dieser Mann hier ist von der Spurensicherung. Und bei Mandy in der Küche sitzt gerade eine Kriminalkommissarin. Sie wird dich sicher auch noch befragen wollen, aber mach dir keine Sorgen, es ist eine nette Frau. Sie hat selbst ein Au-pair-Mädchen für ihren einjährigen Sohn.»

«Was redest du da?», fragte Annegret ihn. Sie spürte, dass seine ruhige Art sie zur Weißglut brachte. Dies war eine der wenigen Schwierigkeiten, die sie in ihrer inzwischen achtjährigen Ehe durchzustehen hatten, dass er in den fürchterlichsten Augenblicken immer so gelassen blieb, während sie kurz davor stand, zu explodieren. «Hast du nicht eben gesagt, Aurel ist tot? Was geht mich da die Kinderbetreuung einer Polizistin an? Einen Scheißdreck interessiert mich das!»

Nun drehte sich der Mann auf der Treppe kurz um. Er trug Musikstöpsel im Ohr und grinste. Was war hier los? Hatte sie so laut geschrien?

«Raus aus meinem Atelier!», blaffte sie ihn an. Das Grinsen versiegte. Der Spurensicherer drehte sich wieder um und bepinselte das Treppengeländer.

Sebastian legte seine Hand auf ihren Scheitel. «Ist schon gut, Liebes», flüsterte er. Es war immer so, wenn sie laut wurde, begann er automatisch zu flüstern. Als lägen ihre beiden Lautstärken auf einer Waage und er könne mit dieser Masche das ganze Gebrüll seiner Frau wieder ins Gleichgewicht bringen. Es brachte ja auch nichts, herumzuschreien. Gar nichts. Aurel war … tot!

Die Kinder kamen herein. Thorbens dunkle Augen blickten sich um. «Wir können Aurel nicht finden. Ist er in seinem Zimmer?»

Sebastian rückte endlich von ihr ab. «Nein, Kinder. Aber wollt ihr nicht erst einmal eurem Papa hallo sagen?»

Eher beiläufig kamen die beiden auf ihn zu und umarmten ihn kurz, von Henrike bekam er sogar den Hauch eines Küsschens auf die Wange. Annegret wusste, die Begrüßung von Aurel wäre um einiges stürmischer ausgefallen.

Henrike trat ungeduldig von einem Fuß auf den anderen.

«Aber jetzt wollen wir zu Aurel. Er ist doch nicht etwa schon weggefahren, ohne sich von uns zu verabschieden?»

«In gewisser Weise schon.» Sebastian seufzte. «Kommt mal mit in die Bibliothek, Kinder. Ich muss mit euch reden.»

Auf einmal sehr schweigsam geworden, folgten die Kinder ihrem Vater, und Annegret blieb allein zurück. Bewegungsunfähig saß sie auf dem Korbsessel und betrachtete die Schattenbilder der schmutzigen Scheiben. Der Mann im weißen Overall kam immer näher. Sie konnte inzwischen erkennen, dass er klassische Musik während der Arbeit hörte. Es machte diesen Eindringling irgendwie menschlicher. Er lenkte sich ab. Sicher musste er in seinem Job ziemlich schlimme Dinge ertragen. Viele tote Menschen sehen.

«Entschuldigen Sie», sagte Annegret laut.

Er nahm die Stöpsel aus den Ohren. «Ja?»

«Haben Sie den … toten Jungen gesehen?»

«Ich darf darüber nichts sagen, tut mir leid.»

«Sah es schlimm aus?»

«Ich bitte Sie …»

«Hat er gelitten?»

«Wie schon gesagt …, außerdem muss ich Sie bitten, nach draußen zu gehen, weil ich hier noch ein wenig arbeiten muss.»

Der hat gut reden, dachte Annegret. Sie fühlte sich nicht imstande, nur einen Schritt zu machen. Sie beobachtete den Mann. Er pinselte auf den Stufen herum. Dort lagen dunkelbraune Erdklumpen, die wohl in den Rillen einer Schuhsohle hierher gelangt waren. Wenn man im Moor lebt, kann man den Boden jeden Tag von diesem Dreck befreien. Wie gut, dass diesen Job heute die Polizei übernimmt, dachte Annegret. Wieder so ein komischer Gedanke. Konnte es sein, dass sie unter Schock stand? War man dann nicht etwas wirr im Kopf?

Am Fuß der Treppe stand eine Spule mit Sisalband, welches sie zum Anheben und Fixieren der einzelnen Objektteile benutzte. Der Mann schaute sich das hellbraune, raue Tau genau an. «Steht das immer hier herum?»

«Ja», antwortete sie einsilbig.

«Und gibt es davon noch mehr auf diesem Grundstück?»

«Nein, nicht dass ich wüsste.»

«Kerstin, kommst du mal runter?», rief der Spurensicherer die Treppe hinauf. Dann wandte er sich wieder an Annegret. «Ich muss Sie nun wirklich bitten.» Er hob seine Handflächen nach oben und machte mit dieser Geste unmissverständlich klar, dass sie sich erheben sollte, weil sie hier unerwünscht war. In ihrem eigenen Atelier. Eine überflüssige Person. Annegret gelang es, aufzustehen.

«Was hast du denn?», kam eine Frauenstimme aus Aurels Zimmer.

«Hab was gefunden. Sieht aus, als …» Er stoppte, als er merkte, dass Annegret noch immer anwesend war.

«Ist dies das Seil, mit dem Aurel sich erhängt hat?», fragte Annegret.

«Also, wissen Sie …», sagte er nur, dann wies er in Richtung Tür. «Ich bin hier nicht zum Vergnügen. Und je eher Sie uns unsere Arbeit tun lassen, desto schneller sind wir hier verschwunden und können Ihnen Antworten auf Fragen dieser Art geben.»

«Ich wünsche Ihnen dabei viel Erfolg», sagte Annegret bissig und ging auf den Hof.

Warum schien heute die Sonne? Das fühlte sich falsch an. Der Himmel gaukelte ihr heute etwas von Fröhlichkeit vor, dabei war Aurel gestorben. Die ganze Zeit das wunderbare Wetter, auf Spiekeroog Strahlesonne, auf dem Schiff Frühlingsluft, da war sie ohne Vorwarnung in dieses dunkle Loch gefallen, welches zu Hause auf sie gelauert hatte.

Es zog sie in das Waldstück hinter dem Helliger-Hof. Keinen Kilometer weiter befand sich das Lager 1. Ein unheimliches Gebäude, eine von den vielen Holzbaracken, die durch die Modernisierung des Betriebes unnütz auf dem Gelände herumstanden. Es gab im Umkreis von zehn Kilometern sicher noch drei oder vier weitere dieser verborgenen Lagerhäuser, genau wusste Annegret das nicht. Früher hatten sie einen eigenen Verwalter gehabt, seit einigen Jahren war nun der Hausmeister Holländer dafür zuständig. Die Kinder spielten in diesem Schuppen beim Haus mit Freunden Verstecken oder Gespensterjagd. Wahrscheinlich würden sie es nun nie wieder tun. Sobald der Polizeispuk vorbei war, würde Annegret ihren Mann überreden, den Schuppen abzureißen.

Annegret mochte die schmale, aber dichte Schonung hinter dem Hof. Hier in Ostfriesland gab es nicht viele Bäume, da durfte man solche Ansammlungen von Birken und anderen Bäumen getrost einen Wald nennen. Normalerweise ging sie vormittags, wenn die Kinder in der Schule waren, ein paar Kilometer mit dem Hund spazieren. Dann kam sie immer hier vorbei. Und nun hatte dieser alltägliche Ort eine ganz neue Bedeutung bekommen. Der Lagereingang war mit einem rot-weiß gestreiften Plastikband abgesperrt, ein Schild untersagte das Betreten des markierten Bereiches. Sie spähte in den Schuppen, doch es war zu dunkel, um Details auszumachen. Also ging sie weiter, es war egal, in welche Richtung, Hauptsache, sie konnte unterwegs sein, vor den Gedanken davoneilen oder sie ein Stück weit mitnehmen, je nachdem, was sie ertragen konnte.

Aurels blaues Fahrrad lag weiter hinten, zwanzig Meter vom Weg ab neben einem Baum, es war weder mit Plastikband abgesperrt noch sonst irgendwie markiert, also war die Polizei vermutlich noch nicht bis hier gekommen. Annegret ging darauf zu. Das Hinterrad war mit einem Vorhänge-schloss an den dünnen Stamm der Birke gekettet. Es sah aus, als sei das Mountainbike ursprünglich gegen den Baum ge-lehnt gewesen und dann doch noch umgefallen, der gerade Lenker mit den sportlichen Griffen war seltsam verrenkt, das grobe Reifenprofil ragte ihr entgegen.

Aurel war begeisterter Cross-Fahrer gewesen. An manchen Vormittagen war er drei Stunden lang mit dem Drahtesel im Moor unterwegs gewesen, auch bei schlechtem Wetter. An-negret erinnerte sich noch zu gut an den Tag, an dem sie dem gerade frisch in Deutschland eingetroffenen Au-pair-Jungen das gebrauchte Mountainbike überlassen hatten. Dreimal hatte er ungläubig nachgefragt: «Für mich?» Und dann war er kaum noch aus dem Sattel zu kriegen gewesen. Deswegen wunderte es Annegret nicht, dass er sein Zweirad auch hier im abgelegenen Wald ordnungsgemäß angeschlossen hatte, obwohl Fahrraddiebe mitten im ostfriesischen Moorland eher unwahrscheinlich waren. Doch wenn Aurel nun wirk-lich hierher gefahren war, um sich das Leben zu nehmen, hätte er dann auch so verantwortungsvoll gehandelt? Hätte er wirklich daran gedacht, das Rad abzuschließen, wenn er den Strick, den er sich um den Hals legen wollte, bereits bei sich trug? Das erschien ihr unwahrscheinlich. Überhaupt klang es nicht glaubhaft, dass Aurel Selbstmord begangen hatte. Nicht, nachdem er ihr einen solchen Brief geschrieben hatte, den sie bis an ihr Lebensende in der Handtasche mit sich herumtragen wollte.

Sie stand nun neben dem Rad und dachte daran, nichts zu verändern, nichts zu berühren, dies war sicher eine Sache für die Polizei. Doch als sie die kleine, dünne Plastiktüte sah, die unter dem schmalen Sattel klemmte, beugte sie sich hinunter und zog sie hervor. Der knisternde Kunststoff war zu einem kleinen Ball zerknüllt worden. Es war eine Apothekentüte, so klein, dass man gerade mit einer Hand hineinlangen konnte, ausreichend für eine Großpackung Aspirin und einen Karton Heftpflaster. Das Ding war leicht und leer, Annegret fiel ein, dass sich viele Menschen eine Tüte unter den Sattel klemmten, falls es regnete, konnte man so den Sitz trocken halten. Sie überlegte, wohin sie das Plastikteil werfen sollte, damit niemand dahinterkam, dass sie am Rad herumgefingert hatte. Als sie es in ihrer Handtasche verschwinden lassen wollte, bemerkte sie, dass ein kleiner Zettel darin war, ein Kassenbon, ebenso weiß und ebenso leicht wie die Tüte, deswegen hatte sie das Papier zuerst nicht bemerkt. Es war eine Quittung der Adler-Apotheke, insgesamt fünf nicht mit Namen aufgeführte Posten waren abgerechnet und bar bezahlt worden. Immerhin war es eine Summe von einhundertzwanzig Euro. Und Aurel hatte mit seiner unvergleichlichen Handschrift in Großbuchstaben LADISLAUS auf die Rückseite geschrieben. Annegret konnte mit diesem Wort – oder war es ein Name? – nichts anfangen. Ebenso wollte ihr nicht einleuchten, warum Aurel sich Medikamente gekauft hatte, schließlich war er bei ihnen ordnungsgemäß krankenversichert und brauchte somit keine Arzneimittel zu bezahlen. Zudem konnte sich Annegret nicht erinnern, dass Aurel im letzten Jahr irgendwann einmal krank gewesen war. Nie hatte sie ihn husten oder niesen hören, stets war er strahlend und gesund erschienen.

Annegret schaute auf das Datum, welches unter der Endsumme stand. Der Kassenbon war sechs Wochen alt. Sie versuchte, sich zu erinnern, was vor anderthalb Monaten gewesen war, kurz nach Henrikes neuntem Geburtstag im März. Ihr kamen keine Auffälligkeiten in den Sinn. Aurel war eigentlich wie immer gewesen.

Nur seine Blicke hatten sich in dieser Zeit verändert. Ja, das stimmte. Annegret hatte es auf den Frühlingsanfang geschoben, als sich vor ungefähr sechs Wochen eine leichte Spannung, ein zartes Irgendwas zwischen sie und ihren zwanzig Jahre jüngeren Gast geschlichen hatte. Sie hatte darüber gelächelt.

In der Zwischenzeit war die Sache für Aurel mehr als nur ein romantisches Schwärmen geworden. Und für sie? Für Annegret, die Ehefrau und Mutter und Künstlerin? Was war es für sie gewesen?

Sie steckte die Tüte samt Kassenbon in die Handtasche. Es war besser, wenn niemand jemals erfuhr, dass sie hier an seinem Fahrrad gestanden und vermeintliche Beweismittel entwendet hatte. Es war besser, wenn keine Menschenseele ahnte, wie sehr sie sich dafür interessierte, was mit Aurel geschehen war.

Denn dass sich Aurel das Leben genommen hatte, so wie Sebastian es ihr vorhin im Atelier erzählt hatte, daran hatte Annegret nicht einen Moment geglaubt.

Im Moor
braun und modrig

Jakob Mangold schob seine olivgrünen Stiefel auf die Ornamente des umgestürzten Wurzelwerks. Das Holz war weich durch die Feuchtigkeit, die sich hier eingenistet hatte. Sein Vater hatte ihm früher einmal erzählt, in solchen toten Baumstümpfen lebten kleine Kobolde mit funkelnden Augen. Als Jakob fragte, wie die denn aussähen, hatte sein Vater diese Geister auf ein Blatt Papier gezeichnet. Er erinnerte sich noch so genau an die kräftigen Hände, die stets so leicht und sensibel den Bleistift gehalten hatten und wie von selbst mit fließenden Bewegungen Gestalten zu Papier brachten. Sein Vater hatte ihm die Skizze gereicht und gesagt, er solle sie behalten, sie solle ihn immer an diese gemeinsamen Tage in der Natur erinnern. Und als kleiner Junge macht man das ja auch, wenn einem der wichtigste Mensch so etwas sagt. Seit seiner Kindheit hatte Jakob diesen Bleistiftkobold stets in seinem Portemonnaie getragen, in diesem Fach, wo normalerweise Fotos von Liebsten und Familienangehörigen ihren Platz finden. Das war noch zu der Zeit gewesen, als er geglaubt hatte, sein Vater sei für immer verschwunden. Und auch jetzt, wo er es besser wusste, hatte er es noch nicht geschafft, das inzwischen faserig gewordene Blatt fortzuwerfen.

«Wir sehen hier die typische Flora eines Hochmoores», begann er seinen Vortrag. Inzwischen waren die Führungen durch das Naturschutzgebiet für ihn reine Routine, er wusste, wie man die Aufmerksamkeit der Schulklassen oder Seniorengruppen auf sich zog und sie auch während des dreiviertelstündigen Rundganges behielt. Man musste das Moor nur als etwas Lebendiges präsentieren, etwas mit Seele. Dann hingen einem die Menschen an den Lippen.

Heute waren es die Postrentner aus Delmenhorst, die ihren Betriebsausflug nach Ostfriesland gemacht und eine Expedition ins Moor gebucht hatten. Einige zückten die Kameras, obwohl es in dieser Gegend hier nicht wirklich viel zu sehen gab, was auf Fotografien interessant erschienen wäre. Die wirklichen Sensationen ließen sich nicht in einer Momentaufnahme ablichten, denn sie lagen im Lauf der Zeit, im Fluss der Veränderung. Organisches Material starb, verendete in der Feuchtigkeit, zersetzte sich und gab nach abertausend Jahren Nährstoffe frei für neues Leben. So etwas konnte man nicht fotografieren. Doch die Rentner würden es – wenn überhaupt – erst gegen Ende seines Vortrages verstehen. Dann würden sie das Knipsen sein lassen und nur noch staunen.

«Hochmoore sind eine geographische Besonderheit, denn sie sind extrem nährstoffarm, extrem nass und extrem sauer, ihr pH-Wert ist mit dem von Essigsäure zu vergleichen. Aus diesem Grunde finden sich hier nur wenige Pflanzen, die sich diesen erschwerten Bedingungen im Lebensraum Moor anpassen konnten.»

«Und die wären?», fragte ein Mann mit karierter Kappe und Wanderstock.

«Wir finden hier keine hohen Bäume, dafür sehen wir am Boden Pflanzen, die es sonst nirgendwo zu entdecken gibt. Wahre Überlebenskünstler, die das Beste aus dem gemacht haben, was das Niemandsland zu bieten hat.»

Die Senioren folgten Jakobs Blick und betrachteten die sumpfige, fast schwarze Erde neben dem Trampelpfad. Ein Teppich aus rotgrünen Pflanzen breitete sich vor ihnen aus.

«Das wurzellose Torfmoos nimmt die wenigen Nährstoffe auf und speichert zudem sehr viel Wasser. Die Ausscheidungen der Pflanze versauern die Umgebung, mit diesem unwirtlichen Klima hält sich das Moos die Konkurrenz vom Leib. Wenn das Moos abstirbt, bleibt es in seinem Umfang bestehen und wirkt wie ein Schwamm, auf dem sich neue Moose niederlassen. Dadurch ergibt sich die Aufschichtung, dem das Hochmoor seinen Namen verdankt.»

«Dann ist diese Pflanze ja so etwas wie ein Landschaftsarchitekt», sagte einer aus der Gruppe, und Jakob musste ihm beipflichten.

«So ist es. Und wenn wir das Ganze hier schon mit Städteplanung vergleichen, dann kann ich Ihnen auch so etwas wie den ... gemeingefährlichen Immobilienhai vorstellen.»

Nun waren alle Augen interessiert auf ihn gerichtet. Jakob ging ein paar Schritte vom Weg ab, schob einen Busch Heidekraut zur Seite und zeigte auf eine winzige Blume, nicht wirklich hübsch, mit einem streichholzähnlichen Kopf, von dem kleine, klebrige Härchen wie elektrisiert abstanden.

«Man mag es kaum glauben, aber wir haben hier eine fleischfressende Pflanze im ostfriesischen Moor. Den Sonnentau. An den Tentakeln, die einen süßlichen Duft verströmen, bleiben Insekten hängen, werden eingerollt und verdaut.»

Die Rentner näherten sich mit großen Augen dem kleinen Gewächs, warteten auf Mücken oder Fliegen, die das merkwürdige Wesen dort unten fütterten. Denn irgendwie schien der Sonnentau für die Menschen so etwas wie ein Raubtier zu sein, etwas Wildes, Hungriges, obwohl gerade mal zehn Zentimeter hoch. Die Faszination war bei allen Gruppen dieselbe – sei es nun bei einem Kindergartenausflug, bei Managertagungen oder Kaffeefahrten.

Jakob stellte sein Fernglas auf das Stativ und visierte den See an. Heute war ein guter Tag, um Vögel zu beobachten. Bei seinem Rundgang am Morgen hatte er einige Tiere mehr gezählt, zudem waren ihm seltene Exemplare vor das Objektiv gekommen, ein Storchenpaar zum Beispiel oder eine Schar Birkhühner, die eigentlich vom Aussterben bedroht waren. Das Moor war voll von wilden Vögeln, die flatterten und Nester bauten, die sich unbeobachtet fühlten hier im Naturschutzgebiet des Südbrookmerlander Hochmoores. Im Quadrat, welches dem Blick durch das Fernglas Grenzen setzte, machte Jakob nun rund fünfzig Vögel aus. Brachvögel, Habichte, weiter hinten ein paar Kraniche, er konnte sie inzwischen alle beim Namen nennen, und das flinke Addieren fiel ihm nach fünf Monaten auch nicht mehr allzu schwer. Kurz erklärte er der Gruppe, was sie beim Blick durch das Fernglas erwartete. Der erste Mann schaute angestrengt, dann wich er fast aufgeregt zurück: «Kann es sein, dass ich eben eine Eule gesehen habe? Am helllichten Tag?»

Die Gruppe lachte, doch Jakob schaute nach und bestätigte. «Heute ist Ihr Glückstag. Sie sehen eine Sumpfohreule, leider ein inzwischen seltener Vogel und die einzige Eulenart, die auch tagsüber auf die Jagd geht.»

Nun waren die Leute nicht mehr zu halten. Ungeduldig wartete jeder, auch mal kurz in die Wildnis zu spähen und einen guten Hobby-Ornithologen abzugeben.

Jakob freute sich über das wachsende Interesse. Es war ein guter Job, den er sich in der Zeit zwischen Abitur und Studium ergattert hatte. Zwölf Monate – von denen er bereits vier geschafft hatte – im freiwilligen ökologischen Jahr mit Natur und Menschen zu arbeiten. Allemal besser als Altenpflege im Zivildienst oder – schlimmer noch – beim Bund durch irgendwelche schlammigen Gräben zu robben und dann noch Schiss zu haben, dass man in irgendein Krisengebiet in Richtung Osten geschickt wird.

Hier war es besser. In der Ferne konnte er die Umrisse des Südufers des «Großen Meeres» erkennen. Der flache See hatte seinen protzigen Namen angeblich von unwissenden Landratten erhalten, die irgendwann in der Vergangenheit einmal gen Norden gezogen waren, weil man ihnen dort das «Große Meer» versprochen hatte. Und als sie schließlich am ostfriesischen Gewässer angekommen waren, dachten sie, sie wären am Ziel, und ließen sich nieder. Nur wenige Kilometer weiter hätten sie dann das wirkliche Meer, die Nordsee, zu Gesicht bekommen. Doch sie sollen angeblich nie so weit gekommen sein.

Jakob mochte diese Geschichte. Auch ihn hatte es hier ans Große Meer verschlagen, zumindest für einen absehbaren Zeitraum. Er konnte seiner Leidenschaft nachgehen und stundenlang allein durch die Natur schweifen, er hatte seine Ruhe. Seine Schulzeit in Osnabrück lag hinter ihm, die Tage, die er bei seiner Mutter leben musste, waren gezählt. Nach dem Ökojahr wollte er nach Kanada gehen und für eine Gruppe Umweltaktivisten arbeiten. Einfach raus aus dem Ganzen, einfach weg von dem, was er bislang sein Leben genannt hat. Es gab nicht viel, was ihn hielt, auf dem Gymnasium hatte er nur wenige Kontakte gehabt, und alle waren dabei, sich in sämtliche Himmelsrichtungen zu verstreuen. Jakob Mangold befand sich in Aufbruchstimmung. Er wusste, hinter dem «Großen Meer» lag noch Größeres, was entdeckt werden wollte.

Zumindest hatte er die Sache bislang so gesehen. Er hatte ja nicht damit gerechnet, dass ihn ausgerechnet hier, auf dem Absprung in die Zukunft, seine Vergangenheit einholen würde. Und ihn daran hinderte, Schritte nach vorn zu machen.

Seit er dahintergekommen war, dass sein Vater gar nicht tot war, sondern hier in Südbrookmerland lebte, mit neuer Familie, mit neuen Kindern, denen er wahrscheinlich Wurzelkobolde aufs Papier zeichnete, hatte sich alles verheddert. Jakob war klar, er musste diese Sache hier irgendwie in den Griff kriegen, entwirren, sich davon befreien, bevor Ende des Jahres sein Einsatz hier beendet war.

«Ich habe gehört, im Moor gibt es auch Schlangen?», sagte eine der wenigen mitgereisten Frauen, zupfte ihn am Anorakärmel und schaute wissbegierig zu ihm auf.

Jakob Mangold brauchte einen Moment, bis er wieder in seinem Element war. «Kreuzottern», bestätigte er dann. «Ich habe aber noch keine entdeckt.»

Die Frau schien ein wenig enttäuscht.

«Gehen wir weiter?», forderte Jakob die Gruppe auf. «Wir begeben uns nun ins Flachmoor. Sie werden staunen, wie unterschiedlich diese beiden Moorgenerationen sind.» Er lief weiter in Richtung See, und die Rentner folgten ihm. Seine Stiefel streiften die maisgelben Gräser am Rande des Trampelpfades, während er Dutzende von Fragen beantworten musste.

Noch zwanzig Minuten, dann war endlich Feierabend. Er war heute Morgen schon früh wach gewesen, die ersten Zählungen wurden stets bei Sonnenaufgang gemacht. Und dies war jetzt die letzte Aufgabe des Tages gewesen. Wahrscheinlich würde er sich gleich eine Pizza in den Ofen schieben und anschließend ein Nickerchen auf dem Sofa machen. Ob er dann noch losging, wusste er selbst nicht genau.

Heute Abend war er auf diese Party eingeladen. Im Helliger-Hof. Wie paradox, dachte er. Eine Abschiedsparty, auf der man jemanden wiedersehen würde, den man jahrelang vergessen wollte.

B 72 von Aurich nach Moordorf
in einem sehr alten Passat Kombi
stop and go

Es gab Stau am Ortsausgang. Feierabendverkehr in Ostfriesland und Wencke mittendrin. Sie war nicht froh, schon wieder nach Hause zu fahren. Obwohl sie sich auf Emil freute. Doch es war so unbefriedigend.

Das kurze Gespräch mit dem immer noch weinenden und zwischen den Sätzen schluchzenden Dienstmädchen Mandy hatte nichts gebracht außer der erneuten Bestätigung, dass Aurel Pasat ein liebenswerter Mensch gewesen war. Ein netter Kollege, ein hübscher Kerl, ein fröhliches Gemüt, im Prinzip das Leben pur.

Auch im Polizeibüro waren sie nicht besonders weit gekommen. Gut, sie hatten herausgefunden, dass sich hinter der Adresse auf dem Kofferanhänger die Zentrale eines Lernprojektes in der rumänischen Stadt Arad verbarg. Das Internet verriet, dass der Ort in der Nähe der ungarischen Grenze in einem Bezirk namens Banat lag. Wie in allen Städten des Landes herrschten auch dort chaotische Zustände. Die Bilder auf dem Display zeigten graues Industriegelände, tristen Klassizismus zwischen lieblosen Zweckgebäuden, Müll auf den Straßen, streunende Hunde und Kinder. Die meisten Internetseiten, die die Suchmaschine beim Begriff Arad ausspuckte, bezogen sich auf westliche Hilfsprojekte, die versuchten, die Stadt etwas lebenswerter zu machen. Auch über die Sozialstation *Primăvară*, welche Aurel Pasat als seine Heimatadresse angegeben hatte, erfuhr man einiges. Eine deutsche Stiftung, die Pädagogen und Sozialarbeiter nach Rumänien geschickt hatte, um dort den Straßenkindern Lesen und Schreiben beizubringen. Leider meldete sich niemand am Telefon, Meint Britzke hatte es mehrmals hintereinander versucht und bis zum Ende durchklingeln lassen. Doch niemand hatte abgenommen, oder aber – auch gut möglich – das rumänische Telefonnetz war nicht zuverlässig. Irgendwann hatten sie es aufgegeben und sich vorgenommen, morgen noch einmal dort anzurufen.

«Ich mach dann mal Feierabend», hatte Wencke schließlich gesagt, und Meint hatte demonstrativ auf die Uhr geschaut und gemurmelt, wie gut sie es habe, so entgehe sie der von Axel Sanders angesetzten Dienstbesprechung. Er könne gern mit ihr tauschen, sagte Wencke, sie würde lieber noch die ersten Berichte aus der Rechtsmedizin abwarten und vielleicht noch diese Annegret Helliger auf ein kleines Verhör in ihrem Atelier besuchen.

Einfach die Arbeit liegen lassen und gehen, das war nicht gerade ihr Ding. Zudem wartete auf sie jetzt wahrscheinlich ein quengelndes Kind und ein überarbeitetes Au-pair-Mädchen. Und Axel Sanders hatte sie ab 20 Uhr ohnehin bei sich zu Hause.

Meint Britzke hatte mitleidlos den Kopf geschüttelt, ihren Mitbewohner habe sie sich schließlich selbst ausgesucht, keiner der Kollegen könne ihre Wahl nachvollziehen.

Wenckes Blick hatte noch einmal kurz und gedankenverloren die ziemlich unaufgeräumte Fläche ihres Schreibtisches gestreift. Sie hatte sich schon einmal das Büro mit Meint geteilt, bevor sie vor fünf Jahren die Leitung der Polizeidienststelle in Aurich übernommen und einen eigenen Raum bezogen hatte. Nun saß sie wieder hier, sie hatte mit Axel Sanders getauscht, der bis zu ihrer vollständigen Rückkehr ins Berufsleben ihren Posten und somit auch ihr Arbeitszimmer übernommen hatte.

Axel Sanders war einer der korrektesten Menschen, die Wencke kannte, ein krawattentragender Besserwisser und eiserner Verfechter der Dienstvorschriften. Meint Britzke und die anderen Kollegen stöhnten unter der Last seines strengen Regiments und freuten sich schon auf den Tag, an dem Wencke wieder vollständig in den Beruf zurückkehren und die Dienststelle mit ihrer unkonventionellen Art leiten würde.

Das Ganze war schon eine merkwürdige Situation, schließlich herrschte zwischen ihr und Axel Sanders seit Ewigkeiten ein beruflicher Konkurrenzkampf, während sie sich privat immer mehr angenähert hatten und nun schon seit einiger Zeit unter demselben Dach lebten. Selbst den Umzug nach Emils Geburt hatte Axel mitgemacht, es hatte nie zur Debatte gestanden, dass er nicht mit Wencke und dem Kind aufs Land in das kleine Einfamilienhaus westlich von Aurich ziehen würde. Warum auch nicht? Sie verstanden sich gut, wenn es um den Einkauf, die Zahlungen an die GEZ oder die Pflege des Gartens ging.

Endlich schoben sich die Autos auf der Bundesstraße weiter voran. Zu gern hätte Wencke das Fenster heruntergekurbelt, doch vor ihrem Passat bliesen gleich zwei Traktoren Biodiesel in die Gegend. Die moderne Variante der gesunden Landluft, dachte Wencke und hielt den Atem an. Dann bog sie rechts ab, der Wagen hoppelte über die rostigen Gleise der vor Jahren stillgelegten Bahnstrecke Emden—Aurich und gelangte über die hundertfach geflickte Landstraße nach Walle, dem kleinen, gemütlichen Vorort, wo Wencke nun seit gut einem halben Jahr lebte. Nur zwei Kurven, dann am Sportplatz noch ein Stück geradeaus, schließlich bog sie auf die Auffahrt des kleinen Häuschens.

Alles schien in Ordnung zu sein. Wencke ärgerte sich über diesen Gedanken, warum sollte es auch nicht in Ordnung sein? Was hatte sie erwartet? Einen Wasserrohrbruch? Einen Brandschaden? Ein Erdbeben? Oder was?

Das rote Haus, eingeschossig mit hölzernen Sprossenfenstern, moosigen Dachziegeln und dem Charme der bescheidenen frühen 30er Jahren des vorigen Jahrhunderts – das war doch friesische Idylle pur. Aber war der Helliger-Hof das nicht auch?

Wencke ging an der Garage vorbei hinter das Haus. Emil spielte im Sandkasten vor dem Wohnzimmerfenster und ließ sich durch ihr Erscheinen nicht beirren. Anivia saß daneben im Gartenstuhl und kaute konzentriert auf einem Stift, anscheinend paukte sie für ihren Sprachkurs. Sie war nett, fast zwei Köpfe größer als Wencke, schwarzhaarig und gertenschlank. Zuerst hatte sich Wencke an das Mädchen aus Serbien gewöhnen müssen: Sie trank nur Cola, schaute für ihr Leben gern Telenovelas und MTV, liebte Techno und hatte keine Meinung zu Politik, Umweltschutz oder sonst irgendetwas Weltbewegendem. In Serbien hatte sie beim Zoll gearbeitet und zudem vier Semester Germanistik studiert, den

53

charmanten Wortwitz hatte sie sich jedoch beim Lesen deutscher Lifestyle-Magazine angeeignet. Anivia war also über ihren Kindermädchenjob hinaus eine nette Gesprächspartnerin, die Au-pair-Zeit wollte sie dazu nutzen, ihr Schriftdeutsch zu verbessern. Über den Deutschkurs hatte Anivia bereits einige Kontakte geknüpft, und am Wochenende fuhr sie mit dem Fahrrad in die Diskothek nach Georgsheil, selbstverständlich in Minirock und hochhackigen Schuhen.

Emil liebte sein Kindermädchen. Also war eigentlich alles in Ordnung. Schon wieder dieser Gedanke. Wencke räusperte sich und winkte Emil zu, der nun endlich in ihre Richtung guckte und nach wenigen Sekunden seine Mutter erkannte. Sein Kindergesicht verzog sich zu einem unbeschreiblichen Lächeln, er zeigte dabei seine beiden unteren Zähne.

«Hallo, ihr beiden. Alles okay?» Es hatte sich nicht vermeiden lassen, diese Frage zu stellen.

«Bei uns ja!» Anivia erhob sich, nahm Emil auf den Arm und kam auf sie zu. «Aber du siehst nicht gut aus. Probleme auf der Arbeit?»

Und erst jetzt verstand Wencke, warum sie sich so gesorgt hatte, warum sie sich immer und immer wieder davon überzeugen musste, dass hier zu Hause alles seinen Gang ging. Es lag an ihr selbst und dem, was sie heute gesehen hatte. An diesem Fall mit dem toten Jungen aus Rumänien, der dem Leben noch so nah gewesen zu sein schien. An der Demontage der Idylle auf dem Helliger-Hof.

Es war nicht so, wie sie insgeheim gehofft hatte: Es gab keinen Schalter, der sich umlegen ließ, sobald sie in ihrem Auto von Walle nach Aurich oder zurückfuhr. Sie nahm unweigerlich das Private mit zum Dienst. Und brachte von ihrer Arbeit ein Stück Mord und Totschlag mit in die eigenen vier

Wände. Es würde schwerer werden, als sie es sich vorzumachen versucht hatte.

Emil streckte die Hände nach ihr aus und schob sich von einem Arm auf den nächsten. Sie küsste ihren Sohn auf beide Wangen.

«Du siehst aus, als könntest du einen Kaffee vertragen», sagte Anivia und ging, ohne eine Zustimmung abzuwarten, durch die Terrassentür ins Haus. «Setzt dich ruhig in den Garten, ich bringe unsere Tassen nach draußen», rief sie noch mit ihrem reizvollen osteuropäischen Akzent in der Stimme.

Wencke folgte der Aufforderung gern. Der Sitzplatz im kleinen Garten war windgeschützt, und in der schon tiefer stehenden Maisonne war es sommerlich warm. Emil blieb nur zu gern auf ihrem Schoß und plapperte ununterbrochen. Wencke streichelte seine dünnen, blonden Haare und tat so, als könne sie sein Kauderwelsch verstehen. Doch eigentlich war sie in Gedanken noch nicht wirklich hier.

Anivia kam wieder aus dem Haus, reichte ihr einen Kaffeebecher, aus dem appetitlicher Milchschaum hervorquoll, und setzte sich neben sie.

«Wencke, brauchst du mich heute Abend zum Aufpassen?»

«Nein, du hast frei. Ich bin wirklich k. o. Nach dem Abendessen werde ich mich aufs Sofa legen und nie wieder aufstehen.»

Anivia freute sich augenscheinlich. «Das ist gut. Ich bin nämlich auf eine Party eingeladen.»

«Soll ich dich mit dem Auto irgendwo hinbringen? Axel ist ab acht Uhr da und könnte auf Emil aufpassen.»

«Nein, nicht nötig. Es ist nicht weit weg, in Moordorf. Ich nehme das Fahrrad.»

«Oh, eine Geburtstagsfete, oder was?

«Nein. Es ist die Abschiedsparty von einem Jungen aus meinem Sprachkurs.»

Wencke schluckte an ihrem Milchkaffee. Er war gut, frisch gebrüht, zig mal besser als die Brühe im Büro, dennoch schmeckte er in diesem Moment scheußlich bitter. «Aurel Pasat?», fragte sie knapp.

«Du kennst ihn?», wunderte sich Anivia.

Wencke gab nur ein ernstes Nicken als Antwort. Sie fühlte sich überfahren. Eben noch hatte sich für einen kurzen Moment etwas Harmloses und Normales in ihre Stimmung eingeschlichen, Terminabsprachen und Fahrgelegenheiten, so alltäglich – und jetzt das.

Anivia kannte den toten Rumänenjungen. Sie hatte mit ihm denselben Sprachkurs besucht. Der Fall Aurel Pasat schlich sich von allen Seiten in Wenckes heile Welt. Sie schwieg.

«Wencke?», hakte Anivia nach. «Woher kennst du Aurels Namen?» Und als immer noch keine Antwort kam, fragte Anivia zögernd: «Kennst du ihn von deiner Arbeit? Hat er etwas … Verbotenes gemacht?»

«Würde das zu ihm passen?», gab Wencke zurück.

Anivia überlegte nur kurz, dann schüttelte sie energisch den Kopf. «Er ist ein netter Kerl. Ich glaube nicht, dass er kriminelle Sachen macht. Auch wenn ich von Rumänen sonst eine andere Meinung habe. Alles Zigeuner!»

Dies war auch eines der Dinge, an die Wencke sich bei ihrem Au-pair-Mädchen gewöhnen musste: dass sie keinen Hehl aus ihrer Abneigung gegen bestimmte Völker machte. Die junge Frau war im kriegszerrütteten Serbien groß geworden, lebte normalerweise mit ihrer gut situierten Familie in der Provinz Vojvodina, die als ethnischer Schmelztiegel auf dem Balkan gilt. Hier waren Hasstiraden auf andere Völker mehr als normal, gehörten sogar beinahe zum «guten Ton».

Sie schimpfte leidenschaftlich auf die Roma, wunderte sich, dass der Begriff «Zigeuner» in Deutschland als abwertend galt, und vor allem, dass sich an ihrer Abwertung Leute störten. Es machte keinen Sinn, mit Anivia darüber zu diskutieren, die Sprachkenntnisse der jungen Frau schrumpften dann augenblicklich zu einem Nichts zusammen. Deswegen räusperte sich Wencke nur kurz, obwohl ihr die Ansichten nicht gefielen. Es erschien ihr wichtiger, etwas über Aurel Pasat in Erfahrung zu bringen.

«Was ist denn nun mit ihm?», fragte Anivia erneut.

«Du weißt, dass ich bei der Mordkommission arbeite?»

Anivia ließ die Kaffeetasse langsam sinken. «Ist er tot?»

Wencke nickte. «Er hat sich allem Anschein nach das Leben genommen.»

Die Augen des Au-pair-Mädchens blickten groß und ungläubig. «Aber warum?»

«Wir wissen es nicht genau. Wahrscheinlich, weil er nicht in seine Heimat zurückkehren wollte.»

Emil kletterte von Wenckes Schoß und krabbelte um ihre Beine herum. Wie gut, dass er von der Anspannung dieses Momentes nicht allzu viel mitzubekommen schien. Er griff sich eine knallblaue Plastikschaufel und klopfte damit begeistert gegen das hölzerne Tischbein.

«Wie gut kanntest du Aurel?»

«Gut genug, um zu wissen, dass er sich nicht das Leben genommen hat. Aber leider zu schlecht, um dir zu sagen, was sonst passiert sein könnte.»

«Hast du mal mit ihm gesprochen? Über persönliche Dinge, meine ich.»

Anivia senkte den Kopf. In ihren Schrecken schien sich so etwas wie Verlegenheit zu mischen. Wencke konnte sich denken, was das bedeuten mochte: Anivia hatte ein wenig für den Jungen geschwärmt, vielleicht waren die persönlichen

Dinge so persönlich, dass es ihr nun schwerfiel, Wencke beim Reden in die Augen zu blicken.

«Ich bin doch erst ein paar Wochen hier, darum habe ich ihn nicht so richtig … na ja, so richtig kennengelernt. Obwohl wir beide uns auch in der Muttersprache unterhalten konnten.»

«Du sprichst Rumänisch?»

«Zumindest kann ich es verstehen. In meiner Heimat leben viele Rumänen, in der Vojvodina ist Rumänisch eine der offiziellen Sprachen, zusammen mit Serbisch, Ungarisch, Slowakisch und Kroatisch. Aurel und ich haben uns manchmal einen Witz daraus gemacht und in unserer Sprache gequatscht, damit die anderen Leute im Kurs nichts verstanden und neugierig wurden.»

«Ihr habt geflirtet?»

Tatsächlich wurde Anivia leicht rot im Gesicht. «Nur ein bisschen. Aber…» Sie stockte wieder.

«Ja?»

«Er hat sich auf zu Hause gefreut. Auch wenn er gern in Deutschland war, er hat mir gesagt, dass er seine Familie vermisst. Und seine Freundin.»

«Er hatte eine Freundin?»

«Ja. Er hat nicht viel von ihr erzählt, aber er zeigte mir ein Foto von ihr. Sie sah aus wie ein kleiner Junge, darüber habe ich mich gewundert, doch vielleicht war das eine alte Aufnahme, keine Ahnung. Er hat über das Bild gestreichelt und gesagt, er wisse, sie könne es kaum erwarten, ihn vom Bahnhof abzuholen.»

«Hat er ihren Namen genannt?»

«Ja. Ich glaube, sie heißt Teresa.»

«Und was hat er dir über seine Familie erzählt? Wir haben bei ihm nämlich lediglich die Adresse einer Schuleinrichtung gefunden. Bei seiner deutschen Gastfamilie hat er nie etwas über seine Eltern erzählt. Vielleicht weißt du in diesem Fall mehr als wir.»

«Er hat gesagt, er müsse hier in Deutschland etwas klären. Für seine Familie. Und dass er sich freue, denn wenn er nach Arad zurückkäme, wäre alles in Ordnung.»

«Das hat er gesagt?» Wencke lehnte sich auf dem Gartenstuhl zurück und schloss die Augen. Es gab nicht viel zu deuten: Aus dem, was Anivia ihr da gerade erzählte, konnte man nicht auf einen lebensmüden, verzweifelten Selbstmörder schließen. Und auch Sebastian Helliger hatte indirekt seine Zweifel am Suizid geäußert. Und ihre Intuition, diese Sache mit dem kratzigen Strick, sprach auch dafür, dass ...

Mensch, zum Teufel mit dem Gefühl. Jetzt war Feierabend. Ihr Sohn brauchte Aufmerksamkeit, Zuneigung, mütterliche Streicheleinheiten. Und sie investierte ihre Gefühle in Mutmaßungen über den Tod eines Fremden. Aber vielleicht lag in Aurich inzwischen schon ein Bericht der Rechtsmedizin vor, aus dem eindeutig hervorging, wie und wann Aurel Pasat dort in diesem düsteren Schuppen ...

«Wencke?», unterbrach Anivia ihren Gedankengang. «Emil und ich kommen hier auch ganz gut allein zurecht. Meinst du nicht, du solltest nochmal ...»

«Zur Arbeit?»

«Bist du nicht sowieso die ganze Zeit dort geblieben?»

Wencke schaute schuldbewusst zu Anivia. Erst jetzt registrierte sie, dass Emil es sich inzwischen wieder auf dem Schoß seines Kindermädchens bequem gemacht hatte. Sollte sie sich darüber freuen – oder verärgert, gekränkt, eifersüchtig sein?

«Fahr schon los», sagte Anivia. «Ich bleibe dann ja sowieso heute Abend zu Hause. Und mir wäre es ebenfalls wichtig, herauszufinden, was mit Aurel passiert ist. Also ...»

Wencke fühlte den Autoschlüssel in der Hand. Sie trank den guten Kaffee auf einmal und erhob sich von ihrem wohligen, von der Feierabendsonne beschienenen Platz.

Polizeirevier Aurich, Sitzungsraum
schlechte Luft und schlechte Stimmung

«Ja, wen haben wir denn da?»

Das hatte Axel Sanders eigentlich gar nicht so aussprechen wollen. Es war ihm herausgerutscht, und er ahnte, dass Wencke ihn noch heute Abend dafür büßen lassen würde. Doch er hatte sich gewundert, als mitten in der Teambesprechung am Ende des länglichen Raumes die Tür aufging und Wencke Tydmers durch den Spalt schlüpfte wie eine Schülerin, die sich verspätet hatte. Deswegen vielleicht auch sein oberlehrerhafter Ton.

Alle schauten in Wenckes Richtung.

«Ich dachte, du hättest Feierabend», sagte Meint Britzke. Greven murmelte etwas von Doppeltbelastung. Die anderen Kollegen lächelten Wencke mitleidig an. Es war nicht zu übersehen: Sie alle mochten Wencke Tydmers, sie alle genossen ihre Gegenwart, sie alle brachten ihr in diesem Moment mehr Sympathien entgegen, als es ihm, Axel Sanders, in der ganzen Zeit der Schwangerschaftsvertretung zuteil geworden war. Und dabei hatte er sich so um ein kollegiales und vertrauensvolles Verhältnis bemüht. Was hatte diese rothaarige, kleine, oftmals so chaotische Frau, was er nicht hatte?

«Entschuldigt, aber mir ging diese Sache mit dem Jungen in der Scheune nicht aus dem Kopf», sagte Wencke. Sie trug schon seit Jahren diese Jeansjacke, verwaschen und fleckig hing sie auf ihren schmalen Schultern. Axel Sanders hatte gedacht – und gehofft –, dass sie den alten Lappen nach der Geburt ihres Sohnes endlich zum Roten Kreuz geben würde, vorausgesetzt, die würden das Teil überhaupt nehmen. Doch entgegen seiner Hoffnung hatte Wencke sich die Jacke wieder angezogen, kaum dass sich die Knöpfe nach der Entbindung über dem Bauch hatten schließen lassen. Sie war auch als Mutter ganz die Alte geblieben, keine Spur von Reife und Fraulichkeit, sie war immer noch irgendwie niedlich, ruhelos und mit dem Kopf in den Wolken. Manchmal ertappte Axel Sanders sich dabei, dass er sich darüber freute. Was wäre passiert, wenn Wencke sich verändert hätte?

Und nun kam sie hierher, obwohl sie eigentlich schon zu Hause bei Emil sein müsste, und mischte den Laden auf. Gleich beim ersten Fall brachte sie seine Ordnung durcheinander.

«Liebe Wencke», begann er.

Meint Britzke schob sich dazwischen. «Wir habe bereits Riegers Ergebnisse aus Oldenburg. Alles spricht für Selbstmord.» Er schob die drei Blätter des vorläufigen Untersuchungsprotokolls und den gefaxten Bericht der Rechtsmedizin über den blank gewienerten Tisch.

Wencke nahm die Papiere, überflog sie hastig und ließ sich kopfschüttelnd auf einen freien Stuhl sinken. «Nein, ich glaube das nicht!»

Erst war es still im Kreise der Kollegen. Greven lachte als Erster. Erst leise und glucksend, doch als Strohtmann, der eher selten aus sich herausging, ebenfalls zu kichern anfing, konnte sich keiner mehr halten. Die ganze Abteilung für Mord und Totschlag lachte einhellig und laut, sogar Axel Sanders. Nur Wencke blieb ernst.

Sie wusste natürlich, dass die Kollegen über sie lachten. Doch es war kein böswilliges Auslachen, keine Schadenfreude. Es war vielmehr ein Aufatmen in der Runde, weil es Dinge gab, die sich nie änderten. Weil Wencke Tydmers, selbst wenn alle Zeichen auf Sturm standen, immer noch an ein laues Lüftchen glaubte, wenn ihre weibliche Intuition es ihr weiszumachen versuchte.

In diesem Moment war es nur umgekehrt: Alles sah danach aus, dass man den Fall zu den Akten legen konnte, und Wencke Tydmers' Bauch witterte wahrscheinlich wieder einmal das ganz große Verbrechen.

«Wencke, die Spurensicherung hat das Seil, mit dem Aurel sich erhängt hat, in seinem Haus gefunden. Die danebenliegende Schere weist nur seine Fingerabdrücke und die von Annegret Helliger auf. Da die Moorkönigin jedoch zur Tatzeit auf Spiekeroog war und zudem das Sisalband für ihre Arbeit regelmäßig mit der Schere abschnitt, die Fingerabdrücke somit zu vernachlässigen sind, können wir davon ausgehen, dass nur Aurel das Seil von der Spule getrennt hat.» Axel Sanders hatte die letzten Sätze sehr bestimmt und ohne einen Atemzug ausgesprochen, nun musste er tief Luft holen. «Außerdem hat Sebastian Helliger inzwischen einen Abschiedsbrief des Jungen gefunden. Wir lassen ihn graphologisch untersuchen, aber es sieht nach Aurel Pasats Handschrift aus. Sie schreiben in Rumänien meistens in Großbuchstaben.»

«Wo hat Helliger den Brief gefunden?», fragte Wencke.

«In der Post. Durch die Aufregung war Helliger noch nicht dazu gekommen, den Briefkasten zu leeren. Als er es schließlich so gegen siebzehn Uhr tat, fand er das Schreiben. Ohne Briefmarke, der Junge hat seine letzte Botschaft einfach so in die Postbox neben der Haustür gesteckt.»

«Und was stand drin?»

Meint Britzke kramte wie immer in seinem vorbildlichen Aktenordner, zog eine Kopie hervor und begann unbetont und schnell zu lesen:

«Liebe Annegret, lieber Sebastian! Ihr habt mir hier ein wundervolles Jahr bereitet, noch nie habe ich mich irgendwo so zu Hause gefühlt wie in eurer Familie. Und nun soll die Zeit zu Ende sein? Ich habe euch nie von meinem Leben in Rumänien berichtet, ihr wisst nicht viel über die Straßenkinder, zu denen ich auch einmal gehört habe. Sie haben immer Hunger, ihnen ist immer kalt, sie prostituieren sich, um sich etwas zu essen oder – meistens viel dringender – etwas zum Schnüffeln zu besorgen.

Hier war alles so bunt, dort wird es wieder grau sein. Ich möchte nicht zurück, aber ich weiß, dass es keine Möglichkeit gibt, länger in Deutschland und bei euch zu bleiben. Deswegen gehe ich nun den anderen Weg, der sich mir noch bietet. Bitte sagt den Kindern, dass ich sie liebe und dass sie wie Bruder und Schwester für mich waren. Es tut mir leid, wenn ich euch nun Probleme mache. Das habt ihr nicht verdient, nach all dem, was ihr für mich getan habt. Ich danke euch und bitte um Verzeihung. Aurel.»

Zugegeben, Meint Britzke hatte sich nicht viel Mühe gegeben, den Brief, der immerhin die letzte Botschaft eines jungen Menschen gewesen war, besonders ehrfürchtig vorzutragen. Doch als Kriminalbeamter musste man solche Dinge nun mal sachlich und emotionslos betrachten, sonst ging man vor die Hunde. Und dieser Brief war ein eindeutiger Beweis, der sich perfekt in die kurze Indizienkette im Fall Aurel Pasat einreihte.

«Ich glaube es trotzdem nicht», sagte Wencke in Axels Richtung. «Er hat nichts von Selbstmordabsichten geschrieben. Jedenfalls nicht wortwörtlich.»

«In der Scheune gab es keinerlei Anzeichen, dass noch weitere Personen zugegen waren.»

«Aber ...»

«Du weißt selbst, liebe Wencke, dass es für die Spurensuche eindeutige Merkmale gibt, die einen vorgetäuschten Selbstmord von einem tatsächlichen Suizid unterscheiden. Die Position des Knotens zum Beispiel, die Lage des umgestoßenen Stuhls, die Male am Hals und im Genick. Und ob es Schleifspuren auf dem Boden gibt.»

«Aber Aurel Pasat war nicht lebensmüde ...»

«Er hat seine Brille vorher abgenommen und in die Brusttasche seines Hemdes gesteckt. Bei einem Mord wäre für derlei Dinge wohl kaum Zeit geblieben.»

«Er freute sich auf zu Hause. Er hatte eine Freundin ...»

Nun mischte sich auch Meint Britzke ein und nahm den Obduktionsbericht zurück in die Obhut seines Aktenordners: «Das rechtmedizinische Institut hat mit hundertprozentiger Sicherheit ausgeschlossen, dass der Junge bereits tot in die Schlinge gelegt wurde. Und einem gesunden jungen Mann gegen seinen Willen einen Strick um den Hals legen, auf einen Schemel stellen und sterben lassen, das funktioniert einfach nicht. Dann hätten wir Kampfspuren oder so etwas gefunden. Es sieht wirklich alles danach aus ...»

«... dass wir es hier mit einem Selbstmord zu tun haben», ergänzte Axel Sanders. «Der Bericht geht noch heute an die Staatsanwaltschaft.»

Jetzt war es still im Sitzungsraum. So still hätte Axel Sanders es gern auch mal während seiner Ausführungen über diszipliniertes Miteinander gehabt, doch da quatschten die Kollegen ständig kreuz und quer. Nun sagte niemand ein Wort, auch wenn einige Münder offen standen. Es war klar, was hier soeben passiert war. Und wahrscheinlich hatten auch alle damit gerechnet, dass diese Situation früher oder später einmal eintreten musste: Er hatte seiner eigentlichen Vorgesetzten, die nur während des Erziehungsurlaubes seine Untergebene war, unmissverständlich klargemacht, dass er hier das Ruder in der Hand hielt und die Richtung vorgab. Als pikantes

i-Tüpfelchen durfte man natürlich auch das private Verhältnis zwischen ihm und Wencke nicht außer Acht lassen: Sie
lebten zusammen, sie waren fast so etwas wie Freunde, sie
mochten sich auf eine seltsam unausgesprochene Art.

Und nun legte er einen Fall zu den Akten, der nach ihrer
Ansicht ungeklärt schien.

Das war quasi ein Affront. Kein Wunder, dass die Kollegen
noch immer schwiegen.

Wencke erhob sich demonstrativ. «Aurel Pasat hat gesagt,
er müsse etwas hier in Deutschland klären, und wenn er zurückkomme, sei alles in Ordnung. Und so etwas sagt kein
Mensch, der eigentlich vorhat, sich einen Strick zu nehmen,
weil er das Leben in seiner Heimat nicht ertragen kann.» Sie
ging in Richtung Tür, schnappte sich jedoch im Vorübergehen Meint Britzkes Sammelmappe. Dieser war noch immer viel zu perplex, um sie daran zu hindern.

«Was hast du jetzt vor?», fragte Axel Sanders.

«Ich habe jetzt Feierabend. Und was ich in meiner Freizeit
anfange, kann euch allen doch egal sein.» Dann ging sie hinaus.

Wenckes Büro
chaotisch neben akkurat

War es Wut oder Verzweiflung? Egal, es war zumindest irgendetwas, was in Wenckes Bauch tobte und ihr gar keine andere Möglichkeit ließ, als sich nun hier in ihrem Büro an die
Arbeit zu machen, obwohl Axel Sanders und anscheinend
auch die anderen Kollegen es für unsinnig und vielleicht sogar verkehrt hielten.

Sie schaute auf ihren Schreibtisch. Seitdem sie ihren Dienst wiederaufgenommen hatte, waren erst wenige Tage vergangen. Trotzdem war von der grauen Arbeitsplatte nicht mehr viel auszumachen, da sich Unmengen von Notizzetteln, Nachschlagebüchern und Dienstmitteilungen darauf breitmachten. Sie könnte jetzt den Papierkram sortieren und dabei vielleicht auch in ihren Kopf Ordnung schaffen. Doch als sie das erste Blatt – ein Schreiben der Staatsanwaltschaft, welches sich mit einem uralten Vermisstenfall in Berum beschäftigte – in die Hand nahm, fiel ihr Blick auf Meint Britzkes Arbeitsplatz.

Dort klebte neben akkuraten Stapeln und gespitzten Bleistiften nur ein einzelnes hellgelbes Post-it: «Morgen anrufen!» Darunter die Telefonnummer, die auf Aurel Pasats Kofferanhänger gestanden hatte.

Wencke seufzte nur leise über die Erkenntnis, dass ein piccobello aufgeräumter Schreibtisch etwas für sich hatte, wenn man nicht so recht wusste, was als Nächstes auf dem Plan stand. Sie zupfte den Notizzettel von seinem einsamen Platz und suchte ihr Telefon unter einem Berg Protokollnotizen. Es dauerte einen Moment, bis sie die ellenlange Nummer eingetippt hatte. Noch länger dauerte es, bis ein Freizeichen erklang. Doch dann wurde beinahe sofort abgenommen, und am anderen Ende der Leitung, irgendwo im unbekannten Rumänien, meldete sich eine tiefe Männerstimme, die zum Glück akzentfreies Deutsch sprach.

«*Primăvară*. Roland Peters.»

«Hier ist die Kriminalpolizei Aurich in Deutschland. Mein Name ist Wencke Tydmers.»

«Haben Sie es schon einmal versucht? Ich hörte es vorhin klingeln, war aber nicht schnell genug.»

«Ja, das waren wir.»

«Was kann ich für Sie tun?»

«Kennen Sie einen Aurel Pasat? Er hält sich derzeit als Au-pair-Junge in Deutschland auf.»

«Natürlich kenne ich Aurel. Was ist passiert?»

Wencke erzählte das Nötigste. Sie verkniff sich sämtliche Anmerkungen pro oder contra Selbstmord, schilderte nur die Fakten, und schließlich fragte sie den sehr betroffenen Roland Peters, ob es in Arad irgendjemanden gebe, der nähere Auskünfte über Aurel Pasat geben könne, die für die Aufklärung des Falles wichtig sein könnten.

Der Mann in Rumänien zögerte nicht lange. «Teresa wird etwas wissen. Sie hat erst heute einen Brief von ihm geöffnet.»

«War sie seine Freundin?»

«Mag sein. In Rumänien läuft das alles ein bisschen anders, müssen Sie wissen.»

«Er hat gegenüber einer Bekannten hier in Deutschland auch den Namen Teresa erwähnt.»

«Aurel hat in Arad als Streetworker gearbeitet. Er war ein erstaunlicher junger Mann. Obwohl er selbst aus den schlimmsten Verhältnissen stammte, hat er es geschafft, einen Schulabschluss zu machen. Und dann hat er gleich damit begonnen, sich um die Straßenkinder zu kümmern. Teresa ist eines von ihnen.»

«Also ist sie noch ein Kind?»

«Hier werden die Menschen früher erwachsen als in Deutschland. Soweit ich weiß, ist Teresa fünfzehn. Sie ist Leitwölfin einer recht wilden Horde, die wir im *Primăvară* immer wieder zu zähmen versuchen. Mit Aurels Hilfe ist es uns auch ab und zu gelungen. Wissen Sie, wenn man den Anführer einer Kindergruppe überzeugen kann, dann hat man auch Zugang zu den anderen. Deswegen hatte Aurel stets versucht, einen besonderen Draht zu Teresa zu haben. Leider hat sein Weggang nach Deutschland die Situation verschlechtert.»

«Aber Sie sagten, Teresa habe heute einen Brief von ihm bekommen. Dann müssten Sie ja wissen, wo das Mädchen steckt.»

«Ich habe Teresa am Bahnhof getroffen. Sie war kurz mit mir hier in der Schule, hat das Schreiben gelesen und ist dann wieder gegangen.»

«Haben Sie eine Ahnung, was in dem Brief stand?»

«Sie sagte, Aurel würde ein paar Tage später als geplant anreisen. Mehr nicht.»

«Mehr schreibt er nicht an seine beste Freundin in der Heimat?»

«Nein, ich denke eher, mehr hat Teresa mir nicht erzählt. Die rumänischen Straßenkinder sind verschlossen wie Hochsicherheitstrakte. Von denen erfährt man nicht so schnell etwas. Zu viele schlechte Erfahrungen, nehme ich an.»

«Aber Aurel Pasat hat sie vertraut.»

«Ja, er war ja irgendwie einer von Ihnen.»

Nun schwieg Wencke einen Moment in den Telefonhörer. Es war klar, dieses Land, aus dem der Tote stammte, hatte nicht viel mit dem Leben auf dem Helliger-Hof zu tun. Aber was dieser freundliche Sozialarbeiter erzählte, ließ sie einmal mehr zweifeln, dass Aurel Pasat sich deswegen umgebracht haben könnte. Egal, mit wem sie sprach, um sich ein Bild von dem Jungen zu machen, immer weniger konnte sie diese Selbstmordtheorie nachvollziehen, an die Axel Sanders, die Spurensicherung und die Rechtsmedizin so fest glaubten.

«Soll ich sie suchen?», fragte der Mann. «Ich könnte ihr sagen, dass Sie Informationen brauchen. Mit einigem Glück gelingt es mir vielleicht, etwas über den Inhalt des Briefes in Erfahrung zu bringen.»

«Wir könnten uns verabreden. Ich rufe Sie morgen Vormittag um zehn Uhr an, vielleicht ist Teresa dann zugegen und Sie dolmetschen für uns.»

«Das würde ich gern tun. Aber ich kann Ihnen nichts versprechen. Ich weiß noch nicht einmal genau, wo Teresas Gruppe momentan ihr Nachtquartier hat. Und ob sie dann mit mir kommt ... Ich bin da weniger optimistisch.»

«Aber Sie versuchen es?»

«Das werde ich tun. Doch die Kinder sind unberechenbar, verstehen Sie?»

Nein, eigentlich verstand Wencke es nicht. Es war ihr so fremd, was der Mann erzählte. Doch sie merkte, er tat wahrscheinlich sein Bestes. Und da sie ja momentan ohne ausdrücklichen Dienstauftrag handelte, konnte sie sich mit dem Ergebnis dieses Telefonats mehr als glücklich schätzen. Wahrscheinlich würde sie morgen um kurz nach zehn dann mehr wissen, mehr in der Hand haben, um Axel Sanders davon zu überzeugen, dass sich Aurel Pasat nicht das Leben genommen hatte.

«Ich danke Ihnen, Herr ... Entschuldigen Sie, wie war Ihr Name?»

«Peters, Roland Peters.»

Teatrul vechi, Arad
verfallen, in der Dämmerung

Sie fragen mich alle, wo du bist. Als ich vom Bahnhof kam, sind sie mir entgegengerannt. Sie haben wohl gedacht, du wärst zuerst ins *Primăvară* gegangen und kämst später nach. Damit, dass du überhaupt nicht kommen würdest, hat keiner gerechnet. Ich kann den Kindern auch zehnmal sagen:

«Morgen ist er da oder übermorgen …» Die kapieren es nicht. Sie haben sich so auf dich gefreut. Nun sitzen sie enttäuscht auf dem Steinboden des zerfallenden Theaters und dämmern in den Abend hinein. Die meisten mit einer Tüte vor dem Mund.

Die Nächte sind doch noch ganz schön kalt hier in Arad. Und die Sonne, die gerade eben untergeht, hat es nicht geschafft, im Laufe des Tages die grauen Steine des halb verrotteten Hauses genügend aufzuheizen, sodass sie uns im Inneren beim Schlafen etwas Wärme hätten geben können. Es ist still geworden. Ich hoffe, wir können noch ein bisschen an diesem Ort bleiben, ich hoffe, uns vertreibt niemand so schnell. Irgendwo habe ich aufgeschnappt, dass der neue Bürgermeister das alte Theater renovieren lassen will. Dann wären die Tage hier gezählt. Man findet in Arad nur selten einen Platz, an dem man nachts schlafen kann, ohne getreten oder verscheucht zu werden. Die vielen Nischen im kaputten Gemäuer eignen sich zum Versteckspiel am Tag, und in der Nacht kann man sich einbilden, dass jeder in seiner Ecke so etwas wie ein eigenes Bett hat. Glaub mir, es geht uns gut im Teatrul vechi in der Strada Gheorge Lazar.

Ich liege im vorderen Teil des Gebäudes direkt an der Hauswand, die zur Straße zeigt, auf einer Art Fensterbank. Über meinem Lager sind zwei große Fenster, beim einen sind die Scheiben blind, beim anderen zersplittert. Wir haben das Loch mit Holzleisten geschlossen, sie lassen sich zur Seite schieben, wenn man hinausschauen will. Wenn ich einschlafe, nehme ich mir immer vor, von der Vergangenheit dieses Ortes zu träumen. Du hast gesagt, hier seien große Schauspieler aus Rumänien, Ungarn und Deutschland zu sehen gewesen, und vor einhundert Jahren habe hier eines der ersten Kinos des Landes seine Türen geöffnet. Es war sicher alles ganz chic und edel. Ich träume mich in die Vergangenheit hinein. Phantasie ist schon gefragt, denn viel ist von ihrem Glanz wirklich nicht übrig geblieben.

Doch heute fällt mir das Einschlafen schwer. Ich bin in diesem Moment ein bisschen traurig, weil bald, in zwei Stunden, die Leuchtziffern der Bahnhofsuhr auf 00:00 umspringen und der Tag, auf den ich mich seit einem Jahr gefreut habe, vorüber ist, ohne dass ich dich in den Arm nehmen konnte.

Aber andererseits freue ich mich wie verrückt: Du hast Ladislaus gefunden. Den kleinen Ladislaus. Niemals hätte ich für möglich gehalten, dass er noch am Leben ist. Und wer weiß, der Brief ist ja schon ein paar Wochen alt, vielleicht hast du inzwischen auch die anderen ausfindig machen können. Ich wage kaum, darüber nachzudenken. Ich dachte immer, Deutschland sei riesig groß, sei wie ein Meer ohne Inseln, und die Menschen seien wie Tropfen darin. Wer würde je einen Einzelnen wiederfinden? Aber dir ist es gelungen, Aurel.

Den anderen habe ich nichts davon erzählt. Die wenigsten kennen Ladislaus. Und auch dich kennen nicht alle. Denn in den vergangenen Wochen sind nicht nur einige von uns gegangen – László, György, Veronica –, wir haben auch Neue in der Truppe. Alexandru kommt aus einem Dorf in der Nähe von Oradea. Die Polizei hat ihn erwischt, als er nach Ungarn flüchten wollte. Sie haben ihn schlecht behandelt, und er konnte abhauen, seit drei Monaten ist er bei uns. Er ist neun Jahre alt, sagt er, aber ich glaube, er mogelt sich ein bisschen älter. Er ist noch so klein, ich schätze, er ist in Wirklichkeit höchstens sechs. Leider haben die Großen ihm direkt Aurolac unter die Nase gehalten. Vorher war er sauber. Jetzt kriege ich ihn kaum von der Tüte weg. Er sagt, er sei noch nie so glücklich gewesen wie bei uns. Nachts darf er neben mir schlafen. Er stiehlt nicht, zumindest noch nicht, deswegen dulde ich ihn in meiner Nähe.

Dann ist vor ein paar Wochen noch die kleine Gabrielà zu uns gekommen. Sie hatte schöne schwarze Locken bis zur Hüfte. Ich habe ihr die Haare gleich abgeschnitten, da wollte sie uns erst wieder verlassen. Sie hat geheult, als hätte ich sie ernsthaft verletzt, aber als ich ihr dann erzählte, was sie hier in der Stadt mit hübschen Mädchen anstellen, da hat sie mich verstanden. Ich habe ihr gesagt, wenn sie so alt ist wie ich, ist sie auch stark genug, um wieder wie ein Mädchen aussehen zu dürfen. Bis dahin wäre es besser, aus ihr einen kleinen Gabriel zu machen. Und selbst das ist gefährlich genug. Wir haben die Haare an den Perückenmacher in der Strada Eminescu verkaufen können. Ich habe von dem Geld für alle Pizza geholt. Das war ein Fest. Und Gabrielà war die Hauptperson des Tages, saß da mit ihrer Jungenfrisur und strahlte über das ganze Gesicht, weil sie mit ihren Locken das Essen spendiert hat. Ich weiß nicht, warum sie hier ist und nicht bei ihrer Familie. Sie hat nie etwas von ihnen erzählt. Ich glaube, die Eltern sind tot. Wer lässt sonst eine so hübsche und goldherzige Tochter fortgehen?

Gerade überlege ich, wie lange es wohl noch dauert, bis du kommst, ob ich mich noch ein paar Tage oder eher Wochen gedulden muss, da läuft ein Typ die Straße entlang und wird vor der Theatertür eindeutig langsamer.

Ich lebe seit sechs Jahren auf der Straße. Seit zwei Jahren leite ich diese Gruppe. Ich habe so etwas wie ein besonderes Gespür, wenn etwas nicht ist wie sonst. Ich fühle die leichtesten Schwingungen auf dem Boden, ich nehme fremde Gerüche wahr. Und so weiß ich schon, dass einer kommt, bevor ich aus dem kaputten Fenster schaue und meine Augen die Umrisse eines Riesen im dämmrigen Mondlicht ausmachen. Innerhalb einer Sekunde bin ich in der Senkrechten, zische eine Warnung zu Victor und Iancu hinüber, die auch sofort zur Stelle sind. Wir haben einen unausgesprochenen Plan, dem wir folgen, wenn uns jemand angreift. Es funktioniert immer, fast wie von selbst, ohne Denken. Wir handeln, bevor wir uns darüber bewusst sind. Das macht mutiger. Oft schlagen wir nachts zu dritt einen Angreifer nieder, ohne dass die Kleinen wach werden. Die wundern sich dann, wenn morgens Blut auf dem Steinboden liegt.

Der Fremde steigt über die Steine, die auf den kaputten Stufen liegen. Er geht zögernd die Treppe hinauf auf die Holztür zu.

Victor klettert in geduckter Stellung aus einem der Seitenfenster, ich weiß, er schleicht sich links um die Mauer herum in Richtung Straße. Er wird den Typen gleich von hinten erwischen. Ich positioniere mich neben der Tür, Iancu steht flach an der Wand. «Scheiße», sagt er. Iancu sagt selten ein anderes Wort, nur an der Art, wie er es zwischen seinen Zahnlücken hervorpresst, erkenne ich, aus welchem Grund er es ausspricht. Jetzt ist es ein «Scheiße», das seine Angst verrät.

Wir alle haben Angst. Das ist etwas, was man sich nicht abgewöhnen kann, selbst wenn man sein ganzes Leben auf der Straße verbracht hat. Dass man Angst kriegt, wenn einer kommt, mitten in der Nacht, ein Erwachsener.

Ich höre den Typen direkt vor der löchrigen Holztür, wir sind nur wenige Zentimeter voneinander entfernt. Er atmet schwer und heftig, er scheint erregt zu sein. Was verspricht er sich davon, wenn er die Tür öffnet? Was will er hier? Es gibt Männer, die klauen Kinder, so wie die Kinder am Bahnhof Handtaschen klauen. Und sie stellen mit ihrem Diebsgut ähnliche Sachen an wie die kleinen Taschendiebe: Sie drehen das Innerste nach außen, entnehmen alle wertvollen Dinge und werfen das, was wertlos ist, in den Müll. Niemand kann nachvollziehen, nach welchen Gesichtspunkten sich die Kinderdiebe ihre Beute aussuchen. Manchmal sind es hübsche Mädchen wie Gabrielà, manchmal fast erwachsene Jungs, wie László einer gewesen ist, manchmal sind es aber auch die schwächsten, die hässlichsten und kränksten unter ihnen. So wie Ladislaus damals. Kinder wie Schatten, leicht und mehr tot als lebendig. Die werden auch gestohlen, mitten in der Nacht, von erwachsenen Männern, die sich an die Gruppe heranschleichen.

Was soll ich nur tun? Ich bin für die Gruppe verantwortlich.

Ich suche in der Hosentasche mein Messer. Als ich den Hebel betätige, springt es auf, irgendwie abenteuerlustig. Als könnte es kaum erwarten, dem Fremden an die Kehle zu rutschen. Ich will eigentlich kein Abenteuer, ich hätte lieber geschlafen. Aber wenn es um meine Familie geht, bleibe ich wach. Hellwach.

Der kleine Alexandru ist aufgeschreckt. Wahrscheinlich hat er gemerkt, dass niemand mehr neben ihm liegt. Er reibt sich die Augen und jammert ein bisschen.

«Pssst!», zische ich. Er darf uns nicht verraten. Auch wenn wir zu dritt sind, einen Erwachsenen kann man nur überwältigen, wenn man ihn überrascht. Wenn man ihn gleichzeitig von hinten und vorn überrumpelt und dabei ein scharfes Messer im Anschlag hat.

Jetzt drückt sich die Klinke nach unten. Ich kann nur hoffen, dass Victor inzwischen um das Haus gegangen ist und das Ganze von der Straße aus im Blickfeld hat. Ich gehe langsam und auf Zehenspitzen zwei Schritte nach hinten, damit sich die Tür öffnen lässt. Es ist so weit, die Sekunde kommt, die richtige Sekunde, um zuzuschlagen. Iancu schießt nach vorn und greift den rechten Arm des Fremden. Victor ist da, er packt den Riesen um die Taille. Und ich springe. Ich sehe ein schwaches Licht in den weit aufgerissenen Augen des Angreifers blitzen. Mein Gott, er hat Angst, er hat genauso viel Angst wie wir. Doch es ist zu spät. Die Klinge meines Messers sitzt an seinem Hals, für Feingefühl fehlt die Zeit, ich habe ihn schon geschnitten. Blut läuft über meine Finger. Er röchelt flach, weil ich ihm die Waffe so eng an die Gurgel drücke und er instinktiv weiß, dass er tot ist, wenn er atmet. Der Pulsschlag neben meinem Griff wird sichtbar, immer schneller pocht es unter der Haut des Mannes.

Wir sind leise. Selbst Alexandru, der ja eben noch wach gewesen ist, dreht sich nicht zu uns um. Die Zeit verrinnt nur langsam. Ich glaube fast, für diesen Kerl ist es nicht anders. Er glaubt, er muss sterben. Und wahrscheinlich hat er recht.

«Was willst du hier?», frage ich. Aber er kann nicht antworten. Er muss schweigen. Es ist dunkel, doch als Victor mit dem Fuß die Tür weiter aufschiebt, fällt etwas Mondlicht auf das Gesicht, dem die Panik anzusehen ist. Ich kenne diesen Mann. Woher? Immer wieder bleibt die Erinnerung stecken. In meinem Kopf hat das verfluchte Aurolac schon alles verklebt. Es will mir nicht einfallen. Woher kenne ich diesen Mann? Er wird immer schwerer, langsam sackt er nach unten. Iancu und Victor wollen ihn oben halten, aber er ist dick, nicht mehr zu halten, er rutscht ihnen aus den Händen. Ich will das Messer wegziehen, ich will es wirklich, denn in dem Moment, als ich das Gesicht erkannt habe, weiß ich, er ist kein Kinderdieb. Er hat sich nicht in der Nacht zu uns geschlichen, weil er einen von uns rauben wollte. Er ist ein guter Mann. Doch er fällt nach vorn. Scheiße, er fällt mir genau in die Klinge, ich kann meinen Arm nicht schnell genug nach hinten nehmen. Meine Bewegung macht alles nur noch schlimmer. Sie schneidet einen großen Spalt in den Mann. Es ist nicht zu verhindern. Er liegt mit seinem ganzen Körpergewicht auf meinem Messer, fällt immer weiter zu Boden, ich weiche zurück und schlitze ihm dabei die Kehle auf. Warm ergießt sich sein Leben auf den Stoff meiner Hose.

Warum ist das passiert?

Er liegt auf dem Boden. Ich hoffe, ich kann das Geräusch, welches aus seinem offenen Hals kommt, irgendwann einmal vergessen. So wie ich seinen Namen vergessen habe. Aber wahrscheinlich funktioniert das nicht. Die schlimmen Sachen behält man im Kopf.

Das Geräusch wird leiser, manchmal setzt es für einen Moment aus, dann rasselt es nochmal. Es ist nicht mehr laut genug, als das es jemanden wecken könnte. Dann hört es auf.

Wir schließen die Tür und lassen uns alle auf den Boden sinken, sitzen um den toten Mann herum und sagen kein Wort. Wir haben die ganze Zeit nicht miteinander gesprochen. Und ich glaube auch nicht, dass es Sinn machen würde, mit Victor und Iancu über das Geschehene zu reden.

Du hast mir immer gesagt, ich sei ein ganz besonderer Mensch. Meine Gedanken seien so wunderschön, obwohl ich im Leben schon so viel Schlimmes erlebt habe. Ich sei eine Poetin, hast du mal gesagt, auch wenn mir nie jemand richtig Lesen und Schreiben beigebracht hat. Woher auch immer meine Gabe komme, sie sei ein Geschenk. Ich dürfe nie aufhören, über all das nachzudenken.

Jetzt würde ich es aber gern, Aurel. Jetzt hätte ich gern diese stumpfe Art von Victor und Iancu, die bereits die Taschen des Toten nach Wertgegenständen durchsuchen. Ich würde doch auch so gern handeln. Als wenn heute eine ganz friedliche Nacht und dieser Moment ganz und gar normal wäre. Stattdessen quält mich etwas, mein Bewusstsein, das du als Geschenk ansiehst.

Ich habe schon viele Menschen geschlagen, und das musste sein. Ich habe nicht wenige schwer verletzt, um mich und die Kinder zu schützen. Aber ich habe noch nie jemanden getötet. Bis heute. Und ich weiß, diese Tatsache werde ich weder vergessen noch verdrängen können. Ich bin eine Mörderin.

Victor hat eine silberne Uhr entdeckt. Iancu hält den Ehering des Mannes in der Hand.

Ich habe auch etwas gefunden. Ich habe es in meinem Kopf wiederentdeckt. Einen Namen. Er ist mir heute schon einmal nicht eingefallen. Bin ich so kaputt, dass ich an einem Tag zweimal denselben Namen vergesse?

Jetzt ist er wieder da. Und wahrscheinlich wird er mir nun nie wieder entfallen. Es ist der Name des Mannes, den ich heute getötet habe. Roland Peters.

Helliger-Hof, Privaträume im ersten Stock
Ruhe, endlich Ruhe

Endlich waren sie fort. Annegret Helliger schob die Gardine wieder vor die Scheibe.

Holländer hatte die letzten Partygäste fast unsanft vom Hof gejagt. Zwar mochte sie diesen groben, oftmals zu übertriebenen Kraftdemonstrationen neigenden Mitarbeiter ihres Mannes nicht, zudem vermutete sie, dass er irgendetwas vor ihnen verbarg, einen Haufen Schulden oder eine Vorstrafe, denn er blickte ihr nie direkt in die Augen – aber für Aufräumaktionen wie heute Abend war Holländer der richtige Mann.

Anders als Sebastian. Dieser war im Hof nur kurz in Erscheinung getreten und hatte den Gästen berichtet, was geschehen war. Sie waren alle fassungslos gewesen, sie hatte die Stimmen bis in ihr Schlafzimmer gehört. Doch sie hatten das Gelände nicht verlassen.

«Aurel ist tot?» – «Aber warum denn?» – «Das kann doch nicht wahr sein.»

Unentwegt war es so weitergegangen. Erst als der Hausmeister lauter wurde und eindeutige Gesten machte, waren sie davongestoben.

Aurels Freunden ging es nicht anders als ihr. Vielleicht war sie nur schon einen Schritt weiter. Hatte sie die Wahrheit erst zu verdrängen versucht, holte der Schmerz sie nun doch in die Realität zurück – in die Realität, in der Aurel tot war und irgendwo lag, auf einem Tisch in einem Institut, zur näheren Untersuchung. Sebastian hatte mit einem Kommissar telefoniert, auf ihr Drängen hin hatte er sich nach dem Stand der Dinge erkundigt. Und erfahren, dass die Obduktion noch lief.

Es war unvorstellbar. Aurel.

Zum Glück schliefen die Kinder endlich. Und vielleicht würde auch sie jetzt etwas Ruhe finden. Sie hatte Sebastian gebeten, heute Nacht in seinem Zimmer zu schlafen. Es hatte nicht einen Hauch von Widerrede gegeben. Er wusste, wie es um sie stand. Er kannte sie so gut. Immer nahm er Rücksicht, war sanft und vorsichtig.

Sie hatte ihm nichts von dem Fahrrad, von dem merkwürdigen Zettel und dem fremden Wort LADISLAUS erzählt. Morgen wollte sie zur Apotheke und herausfinden, was es damit auf sich hatte. Und dann würde Annegret vielleicht auch ihrem Mann davon berichten. Je nachdem, was sie in Erfahrung brachte. Was es über Aurel aussagte. Seltsam war es schon. Hatte Aurel ein Geheimnis gehabt?

Sie entkleidete sich langsam. Dieses Shirt hatte sie heute Morgen auf Spiekeroog über den Körper gestreift und noch nicht geahnt, wie das Leben aussehen würde, wenn sie es wieder auszog. War es wirklich derselbe Tag?

Heute Morgen hatte sie sich vor ihrem Spiegel angezogen, hatte sich betrachtet, erst völlig nackt, dann hatte sie ganz langsam Stück für Stück ihre Haut mit Kleidung bedeckt und sich bei jedem Teil überlegt: Wie würde Aurel es berühren? Es betasten, hochheben, abstreifen? Würde er seine warmen, hellbraunen Finger sanft daruntergleiten lassen und dann mit der Hand ein wenig auf ihrer Haut ausruhen? Mit ihren Haaren spielen?

Es war seltsam, sie hatte nicht einen Gedanken daran verschwendet, was er sagen würde, wenn er ihre Narben bemerkte. Zum ersten Mal hatte sie sich frei davon gefühlt.

Annegret schaltete das Licht aus, bevor sie das letzte bisschen Stoff von ihrem Körper entfernte. Es war doch immer noch unerträglich, ihn bei Helligkeit zu sehen. Immer noch unperfekt, asymmetrisch, nicht wirklich weiblich.

Mit Aurel wäre es egal gewesen. Vielleicht hätte sie bei ihm gelernt, sich selbst zu lieben, so wie sie war. Aber Aurel war tot.

Es klopfte zaghaft an ihrer Tür.

«Sebastian», sagte sie nur.

Er schob sich kaum wahrnehmbar durch die Tür. «Alles in Ordnung?» Den Blick hielt er abgewandt, fast als hätte er sich den Nacken verrenkt. Er sah sie nur selten an, wenn sie unbekleidet war. Nicht weil er sich abgestoßen fühlte, sondern weil sie ihn gebeten hatte, es nicht zu tun.

«Alles in Ordnung.»

«Morgen werden die Skulpturen zum Museum gebracht. Ich soll dich von Holländer daran erinnern. Um halb zwölf wollen er und die anderen da sein. Und ich halte es für eine gute Idee, wenn auch du hingehst. Trotz allem.»

Sie schwieg. Die Ausstellung, ach ja, sie stand unmittelbar bevor, aber Annegret hatte die Erinnerung daran heute von sich geschoben, als habe sie noch alle Zeit der Welt.

«Annegret?», flüsterte Sebastian.

«Danke», sagte sie.

Er schloss die Tür nahezu lautlos.

Straße zwischen Arad und Nadlac
in der Nähe der rumänisch-ungarischen Grenze,
karg und kaum befahren

Noch habe ich keine Ahnung, wie ich es schaffen soll. Noch tragen mich meine Beine fast wie von selbst Schritt für Schritt in Richtung Flucht.

Hier war ich noch nie. Die Straße zieht sich ewig hin, über mir ein schwarzer Himmel. Bis die Sonne aufgeht, in vielen, vielen Stunden, wird es kalt sein und finster. Es gibt kaum Häuser neben der Straße, dafür Maisfelder links und rechts, so weit in der Nacht bei fahlem Mondlicht das Auge reicht. Die Halme sind erst einen halben Meter hoch. Man sieht keinen Menschen auf dem Land, auf der Straße, in den Häusern. Alle paar Minuten ein Auto.

Wenn ein Wagen vorbeirauscht, halte ich den Daumen raus. Mir ist klar, keiner nimmt so eine wie mich freiwillig im Auto mit, schon gar nicht mitten in der Nacht. Meine Kleider sind ungewaschen, genau wie das Gesicht. Man sieht mir nicht an, ob ich ein Kerl bin oder ein Mädchen, aber man sieht, dass ich mit Sicherheit einen Grund habe, abzuhauen.

Und den habe ich. Das Blut auf dem Fußboden war noch nicht getrocknet, als meine Haare wieder millimeterkurz geschnitten waren und ich das alte Theater, in dem meine Familie schlief, noch vor Mitternacht verlassen habe. Nur Victor und Iancu haben es mitbekommen. Ich habe ihnen die Leitung meiner Truppe übertragen, bis ich zurückkomme. Und wenn die Polizei auftaucht, sollen sie mir für alles die Schuld geben. Das Messer, mit dem ich Roland Peters den Hals aufgeschlitzt habe, liegt als Beweisstück noch auf dem Boden in einer Pfütze aus Blut. Sie sollen es auf keinen Fall

80

anrühren, habe ich ihnen gesagt. So können sie sich aus der Sache heraushalten.

Sie sollen sagen: «Teresa hat den Kerl getötet, weil sie Angst hatte. Dann ist sie geflüchtet, wir wissen nicht, wohin. Wir haben nichts mitbekommen, wir haben die ganze Nacht geschlafen.» Bis auf den letzten Satz entspricht es ja der Wahrheit. Und vielleicht gelingt es ihnen, ihren Kopf zu retten.

Und mit etwas Glück bleibt mir genügend Zeit, mich aus dem Land zu schmuggeln, bevor der Tag wirklich beginnt und dort in der Stadt alles drunter und drüber geht. Bevor Roland Peters' rumänische Ehefrau eine Vermisstenanzeige aufgibt. Normalerweise dauert die Suche nach Vermissten in Rumänien eine Ewigkeit, diese Erfahrung haben wir zumindest schon mehr als einmal gemacht, wenn einer von den Kleinen nicht mehr aufgetaucht ist. Aber bei einem deutschen Sozialarbeiter werden sich die Behörden mit Sicherheit mehr anstrengen als bei einem drogenabhängigen Straßenkind.

Und wenn sie den Toten entdecken und Victors und Iancus Geschichte gehört haben, bin ich dran. Sie sind nicht zimperlich, wenn sie uns erst einmal in den Fingern haben.

Alexandru, der vor seinen Eltern davongelaufen ist und eher versehentlich in den Bergen der Maramures in Grenznähe gelangte, ist noch so klein. Aber er hat erzählt, dass er, nachdem sie ihn erwischt haben, zwei Tage und zwei Nächte lang im Büro des Polizeichefs stehen musste, barfuß, nur alle drei Stunden einen Becher Wasser und etwas Brot, und wenn er vor Müdigkeit oder Erschöpfung umgekippt ist, haben sie ihn geschlagen. Da ist er dann lieber stehen geblieben. Flüchten konnte er erst, als sie ihm die verdreckte Hose ausgezogen haben und er sie nackt im Hof in einer Pfütze auswaschen musste. Es war November, glaube ich, er hat sich die Finger blutig geschrubbt, aber das Schlimmste waren die Kälte und die Angst, hat er gesagt. Als sich die beiden Polizisten, die ihn beobachten sollten, gerade um einen Besen stritten, mit dem er – immer noch unbekleidet – den Parkplatz fegen sollte, ist er abgehauen. Es grenzt an ein Wunder, dass sie ihn nicht eingefangen und fertiggemacht haben. Schließlich war er in ihren Augen nicht nur ein Verbrecher, da er ihrer Auffassung nach illegal das Land verlassen wollte, er war auch ein Zeuge, was die Vorgänge in der Polizeibehörde betraf. Alexandru weiß ja nicht, dass es eigentlich verboten war, wie sie mit ihm umgegangen sind. Er denkt noch immer, die Männer in den Uniformen wissen schon, was sie dürfen und was nicht. Aber den Wächtern muss bei seiner Flucht schon klar gewesen sein, wenn Alexandru den falschen Menschen von den Misshandlungen berichtete, könnte es unangenehm werden. Gott sei Dank war er schneller als sie gewesen.

Doch das, was er erzählt hat, macht mir natürlich schon Angst. Ich bin acht Jahre älter als Alexandru, ich bin ein Mädchen – auch wenn man mir das mit den kurzen Haaren zum Glück nicht mehr ansieht –, und ich habe einen Mord begangen. Wenn die mich jetzt hier auf der Straße aufgabeln, stellen die ganz andere Sachen mit mir an, so viel steht fest.

Doch ich gehe weiter. Ich muss es nach Ungarn schaffen. Und von dort nach Deutschland. Und dann? Wie weit ist es nach Moordorf? Ich habe keine Vorstellung.

Ich weiß nur, dass ich zu dir muss, Aurel. Du bist der Einzige, der mir jetzt helfen kann. Normalerweise ist ja das *Primăvară* eine Anlaufstelle, wo man Hilfe suchen kann, wenn es ganz schlecht steht. Wenn man beim Klauen erwischt wurde oder verletzt ist. Doch ich habe ausgerechnet einen der Lehrer ermordet. Aber war es Mord? Ich habe mal gehört, dass es einen Unterschied gibt zwischen «aus Versehen» und «mit Absicht». Aber solche Regeln gelten ja nicht für uns.

Also bleibt mir hier in Rumänien kein Mensch. Du bist der Einzige, der sich noch für mich starkmachen würde. Ich muss zu dir gelangen, bevor du deine Rückreise antrittst. Dann habe ich eine Chance.

Ein Lkw nähert sich von hinten. Das Licht seiner Scheinwerfer zeichnet meinen Schatten lang auf die Straße, ich spüre das Vibrieren des Asphalts unter meinen Fußsohlen. Ohne mich umzudrehen, halte ich den Daumen von mir und gehe weiter. Ich denke, es ist eh umsonst. Ich denke, der fährt sowieso an mir vorbei, ohne auch nur eine Winzigkeit langsamer zu werden, doch das Brummen hinter mir nähert sich nur zögernd, ein kurzes, schneidendes Hupen lässt mich zusammenzucken.

«Hey, Junge!», sagt der Mann, nachdem er seinen Lastwagen zum Stehen gebracht und die Scheibe an der Beifahrerseite heruntergekurbelt hat. Er ist etwas dicker und hat große Warzen im Gesicht, sein kariertes Hemd ist an den Armen hochgekrempelt, auf seine Handrücken sind Blumenranken tätowiert. Er sieht nicht gefährlich aus. «Wenn du willst, nehme ich dich ein Stück mit. Über die Grenze kann ich dich aber nicht schmuggeln, falls du das vorhast.»

Er öffnet mit einem Ruck die Tür, und ich zögere wirklich nur ganz kurz, ehe ich mich die drei steilen Stufen hinauf in das Fahrerhaus ziehe. Die Sitze sind ausgeleiert, und einige Federn drücken in meine Oberschenkel. Er fährt sofort los und zündet sich während des Schaltens einen dicken Zigarillo an. Er erinnert mich an einen Onkel, den ich immer gern gemocht habe. Damals, in meinem anderen Leben. Onkel Casimir. Ich nenne ihn jetzt einfach in Gedanken so, diesen wildfremden Lastwagenfahrer, denn dann habe ich weniger Angst, dass er mir etwas antut.

Onkel Casimir fährt schnell und schweigt dabei. Zum Glück stellt er keine Fragen.

Ich schaue aus dem Fenster. Noch nie bin ich in einem so großen Wagen gefahren. Man sitzt so hoch, dass es einem vorkommt, als fliege man, als habe die Straße da unten gar nichts mit einem zu tun.

Hinten erkenne ich noch die letzten Häuser von Arad, das erste frühe Licht klettert gerade über die Dächer. Ich denke über diese Stadt nach, in der ich lebe oder zumindest bis eben gelebt habe. Die Stadt, in der meine Freunde zu Hause sind. In der ich dich, Aurel, vor einigen Jahren kennengelernt habe. Arad hat viele Gesichter. Ein schönes, prächtiges Rathaus, in dem ein eifriger und optimistischer Bürgermeister sitzt. Und nicht weit davon entfernt liegen im Schmutz die Baracken von Khekheci, wo ich geboren wurde und wo meine Mutter wahrscheinlich noch immer irgendwo haust.

Ich weiß nicht viel über mein Land und warum es so geworden ist, wie es ist. Wenn ich von den *Primăvară*-Leuten und dir nicht wüsste, dass es auf der Welt auch ganz anders zugehen kann, dann würde ich mir wahrscheinlich in diesem Moment gar nicht den Kopf darüber zerbrechen.

Mir hat mal jemand erzählt, dass Rumänien über viele Jahre von einem Mann regiert wurde, der geisteskrank gewesen sein muss. Er soll in der Hauptstadt einen ganzen Stadtteil dem Erdboden gleichgemacht haben, um dort den größten Palast der Erde zu erbauen. Das «Haus des Parlaments» soll es heißen, doch die Bevölkerung nennt es nur das «Haus der verlorenen Schritte». Ich habe gehört, allein im zweiten Stockwerk befinden sich 450 riesige Räume, Marmor und Nussholz und alle Schätze Rumäniens sind dort verbraucht worden. Der Präsident soll jeden, der sich ihm in den Weg gestellt hat, ermordet haben. Und all das Geld, welches dem Land gehörte, ist in seine Hände gelangt und verprasst worden.

Deswegen gäbe es nun so viele Kinder wie mich, die auf

der Straße leben, die vor ihren Eltern geflüchtet sind, weil die trinken und schlagen oder einfach nichts zu essen haben. Ich kann mir gar nicht vorstellen, dass es diesen schrecklichen Mann einmal gegeben haben soll und dass es einem einzelnen Menschen tatsächlich gelungen ist, ein ganzes Land kaputtzukriegen. Jetzt ist er schon lange tot, sie haben ihn ermordet, ihn und seine ganze Familie. Aber die Wunden, die er hinterlassen hat, heilen durch seinen Tod nicht schneller.

Nicht weit von hier entfernt, es sind nur noch wenige Kilometer bis Ungarn, da funktioniert alles viel besser. Da stehen keine zerstörten Fabriken unbrauchbar in der Gegend rum. Da wächst auf den Feldern nicht der zerfledderte Mais vor sich hin. Ich glaube, schon in Ungarn beginnt das richtige Leben.

Was kann ich anstellen, damit Onkel Casimir mich dorthin mitnimmt? Und vielleicht noch ein Stück weiter ...

«Wohin fährst du denn?», frage ich.

«Nach Tschechien. Prag. Eine tolle Stadt.»

«Und was hast du geladen?»

«Du bist aber ein neugieriger junger Mann», lacht Onkel Casimir. «Maschinenteile.»

«Was für Maschinen?»

«Genau weiß ich das auch nicht. Es ist der Auftrag einer Firma aus Deva. Und ich bin nur der Fahrer. Ich nehme mal an, es geht um Baumaschinen. Sah beim Einladen jedenfalls so aus.»

«Aha», sage ich und nicke. Er ist ein netter Kerl, er antwortet auf meine Fragen, er behandelt mich nicht von oben herab. Vielleicht zieht die Mitleidstour, denke ich. Ich schaffe es, eine Träne fallen zu lassen, und wische sie schnell mit dem Ärmel fort, so als wollte ich nicht, dass er sie sieht. Verschämtes Weinen bringt auch beim Betteln mehr als offenes Gejammer. Aus den Augenwinkeln sehe ich, dass er mich beobachtet.

«Was ist los?»

«Nichts», sage ich und seufze kurz.

«Abgehauen?»

Ich schüttle den Kopf. Eine weitere Träne fällt dabei auf meinen Pullover. Das war gekonnt. Ich schaue demonstrativ aus dem Fenster.

«Mitten in der Nacht unterwegs. Probleme zu Hause? Schläge?» Als ich nicht antworte, fängt er an zu erzählen: «Ich habe einen Sohn in Deva, er ist etwas jünger als du. Manchmal kriegt er auch was hinter die Ohren. Wenn er es verdient hat. Erst gestern hat er zum Beispiel seinen ungewaschenen Finger in den frisch gebackenen Kuchen meiner Frau gesteckt. Da hat er von mir eine gelangt gekriegt.»

«Ich habe noch nie Kuchen gegessen.»

«Nun mach aber mal 'nen Punkt!» Onkel Casimir schaut mich entgeistert an.

Ich wende mein Gesicht nicht vom Seitenfenster ab. Neben der Straße verläuft eine Stromleitung, die Kabel zwischen den Holzpfählen hängen durch, auf einigen sitzen müde schwarze Vögel und schauen unserem Lastwagen hinterher. «Ich habe schon mal einen Keks gegessen. Aber Kuchen noch nie.»

«Das gibt es doch nicht!» Er fährt weiter, starrt geradeaus und hat die Arme am Lenkrad gestreckt, als müsse er sich daran festhalten. Wir reden eine Weile nicht, ich weiß, er denkt darüber nach, dass sein Junge Kuchen nascht und ich noch nie so etwas gegessen habe.

Natürlich stimmt es nicht. Ich habe schon oft Kuchen gegessen. Beim Bahnhofsbäcker liegen die Stücke vom Vortag manchmal neben dem Liefereingang, man kann da gut eines mitnehmen, ohne dass es jemand sieht. Und wenn doch einer der Verkäufer mitbekommt, dass wir gestohlen haben, passiert nichts Schlimmes, schließlich war das Zeug sowieso für Viehfutter oder so bestimmt. Da gönnt man den Straßenkindern auch mal ein Teilchen.

Aber ich merke, dass meine kleine Lüge Wirkung zeigt. Onkel Casimir ist nachdenklich geworden. «Greif mal in die Ledertasche hinter dir», sagt er schließlich.

Ich schaue ihn groß an.

«Ja, ja, mach nur, junger Mann. Neben der Warmhaltekanne ist eine Metallkiste, wenn du sie öffnest, wirst du ein Stück Kuchen finden. Es ist der, den meine Frau gestern gebacken hat.»

«In den dein Junge seinen Finger hineingesteckt hat?»

«Ja», er lacht. «Wenn dir das nichts ausmacht?»

Ich finde das Gebäck und merke erst jetzt, dass ich tatsächlich ziemlich hungrig bin. Seit gestern Nachmittag habe ich nichts mehr gegessen. Es ist ein gelber, weicher Kuchen. Dass er süß ist, kann man schon fühlen, ein klebriger, öliger Film legt sich auf meine Fingerspitzen, als ich mir ein Stück abbreche. Es duftet nach Vanille und Butter. Gierig nehme ich eine große Krume in den Mund. Das schmeckt sehr gut. Nicht zu vergleichen mit dem, was ich bislang für Kuchen gehalten habe. Ich lächle und weiß, dass er mir dabei zusieht. Hoffentlich merkt er jetzt nicht, dass ich ein Mädchen bin. An meinem Lächeln kann man es nämlich erkennen, sagen viele. Ich lache wie eine Prinzessin. Hast du das nicht mal zu mir gesagt, Aurel?

Wenn er merkt, dass ich ein Mädchen bin, kann vieles passieren. Das weiß ich. Augenblicklich werde ich wieder ernst.

«Und?», fragt Onkel Casimir. «Nicht gut?»

«Doch!», sage ich.

«Warum bist du denn auf einmal so traurig?»

Jetzt ist der richtige Zeitpunkt, denke ich. Jetzt kommt es

darauf an, dass ich ihn die richtigen Worte hören lasse. Und auf die richtige Art. Nicht zu übertreiben, sonst merkt er, dass ich ihn nur um den Finger wickeln will. Er muss das Gefühl haben, dass es seine eigene Idee und sein eigener Wille sind, mich vielleicht doch noch ein Stück weiter mitzunehmen als nur bis zum Rand von Rumänien. Ich weiß, es ist für ihn eine gefährliche Sache. Also muss ich ihn richtig erwischen, damit er gar nicht anders kann, als mich über die Grenze zu bringen. Und vielleicht auch noch über die zweite. Prag, hat er gesagt. Prag klingt doch schon gut.

Und Prag ist gar nicht mehr weit von Moordorf entfernt. Glaube ich.

Ich erzähle stockend. Von meiner Kindheit in Khekheci. Mein Vater ist schon vor meiner Geburt gestorben, weil er sich gegen einen General gestellt hat. Er ist eines Tages einfach nicht mehr zu uns nach Hause zurückgekehrt, und die Menschen haben sich erzählt, er sei hingerichtet worden, Kopfschuss, weil er vor dem Palast herumgeschrien hat. Onkel Casimir ist von meiner Lügengeschichte beeindruckt. Hätte ich ihm erzählt, dass mein Vater in Wahrheit besoffen in den Kanal gefallen und dort im kniehohen Abwasser ersoffen ist, hätte er wohl nicht so sanft und betroffen genickt. Meine Mutter hatte zu viel zu tun, ich bin das älteste von fünf Kindern, einer meiner Brüder ist behindert. Er heißt Ladislaus. Er kann weder gehen noch sprechen, und immer läuft ihm Spucke aus dem Mund, immer tränen seine Augen. Ich bin irgendwann losgegangen, habe versucht, Arbeit zu finden, um meine Familie mit zu unterstützen, aber es gibt in Arad so viele von unserer Sorte. Als ich nichts verdient habe, hat meine Mutter mich fortgeschickt. Und da bin ich eben auf der Straße gelandet. Und nun will ich weiter, will endlich Arbeit finden. Ich erzähle von dir, Aurel, meinem Freund, der es bis nach Deutschland geschafft hat. Und der mir versprochen hat, dass ich in einem Restaurant arbeiten kann, als Spülhilfe, in einem schicken deutschen Restaurant. Dies sei meine einzige Chance. Und ich würde doch so gern etwas verdienen, das Geld nach Hause schicken, vielleicht kann man Ladislaus helfen, irgendwie operieren, keine Ahnung. Dann könnte meine Mutter auch wieder arbeiten gehen und meine anderen Geschwister versorgen. Alles würde besser werden, wenn ich nur nach Deutschland käme. Zu meinem Freund Aurel. Ich weine etwas verzweifelt, das fällt mir nicht schwer, denn verzweifelt bin ich wirklich. Auch wenn vom Rest der Geschichte nur die Hälfte stimmt. Doch die Tränen zeigen Wirkung. Er fährt langsamer.

«Wir sind nur noch ein paar Minuten von der Grenze entfernt», sagt er schließlich. «Rumänien will bald zur EU gehören. Die sind jetzt etwas lockerer geworden. Und nachts sind sie meistens nicht ganz so wachsam.» Den letzten Satz hat er, glaube ich, mehr zu sich selbst gesagt, doch nun wendet er sich an mich. «Mach dich dünn und verkriech dich im Fußraum.»

«Nicht die Ladefläche?», frage ich.

«Nein, dort suchen sie zuerst. Aber kein Mensch wird denken, dass sich ein Flüchtling unter dem Beifahrersitz verkriecht. Das Versteck ist so schlecht, dass es schon wieder gut ist.»

«Und wenn sie mich doch entdecken?»

«Dann werde ich behaupten, du seiest bei meiner letzten Rast unbemerkt ins Fahrerhaus gestiegen. Das ist auch glaubwürdiger, als das sich ein junger Kerl wie du in den verriegelten Laderaum schmuggelt, dort kommt man nämlich nicht so einfach rein. Ich werde so tun, als hätte ich überhaupt keine Ahnung. Dir kann ich dann nicht mehr helfen, dann muss ich nur meine eigene Haut retten. Schon wegen meiner Familie ...»

«Ist schon klar!»

«Ich werde dich dann treten und beschimpfen müssen, damit sie mir glauben.»

«Das darfst du.»

Er schaut nur kurz zur Seite, dann wieder geradeaus. Die Geschwindigkeit nimmt er nicht weiter zurück, wir nähern uns der Grenze, von weitem sind die mit hellen Scheinwerfern beleuchteten Wachtürme mit den Flaggen zu erkennen. «Duck dich jetzt. Und mach dich unsichtbar!»

Ich folge ihm, drücke mich fest in die enge Nische, ziehe meinen dunklen Pullover an den Leib, versuche, das Atmen zu lassen. Onkel Casimir greift nach hinten, holt den Rucksack aus dem Raum, in dem auch die Nachtpritsche ist. Er stellt das klobige Gepäckstück vor meine Nase. Vielleicht bin ich jetzt wirklich unsichtbar. Er fährt langsamer, der Lastwagen zischt, als er die Gänge nach unten schaltet. Ich sehe durch einen Spalt, dass er schwitzt.

«Ich muss verrückt sein», zischt er.

«Du bist der mutigste Mensch, den ich je getroffen habe», sage ich. Und es ist der erste Satz, den ich an ihn richte, in dem ich keine Lüge verwoben habe.

Wir halten an. Er kurbelt das Fenster runter. Kalte Luft und etwas Helligkeit dringen bis zu mir.

«Bin auf dem Weg nach Prag», sagt er.

«Und? Was hast du geladen?», fragt ein Mann mit starkem ungarischem Akzent.

«Die ganze Ladefläche voller schöner Mädchen», sagt er und lacht schallend. Ich höre die fremde Stimme, sie verfällt ebenfalls in ein Lachen. Onkel Casimir zündet sich einen neuen Zigarillo an, ich rieche den Qualm bis hier unten. Er stellt den Motor ab. Und steigt aus.

Mein Herz hat noch nie so geschlagen.

Emils Kinderzimmer
bunt

Es summte und summte und summte. Niemand nahm ab.

Wencke wechselte das Telefon von der linken auf die rechte Schulter und klemmte es mit dem Kinn in eine stabile Position, denn sie wollte die Hände frei haben, um den heute gar nicht so zufriedenen Emil zu wickeln. Es war bereits zehn nach zehn, und Wencke musste gleich ins Büro. Aber sie hätte zu gern vorher mit Roland Peters, besser noch mit dieser Teresa gesprochen. Wencke ahnte, dass der Inhalt des Briefes, den Aurel Pasat an seine Freundin in die Heimat geschickt hatte, sie ein großes Stück weiterbringen könnte. Und wenn sie nun nichts darüber erfuhr, würde sie gleich Axel Sanders und den anderen gegenübertreten und wäre genau so schlau wie bei ihrem gestrigen Zusammentreffen im Sitzungszimmer.

Und das war alles andere als optimal, wenn sie ihre Kollegen davon überzeugen wollte, dass Aurel Pasat sich nicht das Leben genommen hatte. Dass er dazu viel zu lebendig gewesen war. Auch wenn die Alternative zum Suizid dann Mord hieß. Und zwar geplanter und eiskalt durchgeführter Mord. Zugegeben, auch diese Möglichkeit schien bei einem harmlosen Au-pair-Jungen aus Rumänien nur wenig glaubhaft. Was konnte dahinterstecken? Aurel Pasat war ein ausgesprochen gut aussehender junger Mann gewesen. Es konnte um Liebe gehen, um Eifersucht, vielleicht auch um sexuelle Motive. Wer konnte nachvollziehen, wem der dunkle Fremde hier in Ostfriesland den blonden Kopf verdreht hatte?

Beim Gedanken an Kopfverdrehen stöhne Wencke kurz auf. Sie hatte nicht oft Migräne, aber heute dröhnte ihr der

Schädel. Emil hatte eine schlechte Nacht gehabt, Zahnungsprobleme, daran mochte es liegen. Doch auch die Tatsache, dass Axel Sanders sich gestern Abend ihren Vorwürfen entzogen hatte und sang- und klanglos in sein Zimmer verschwunden war, setzte ihr zu.

Warum ging dort in Rumänien niemand ans Telefon? Wütend drückte Wencke den Apparat aus und legte den Hörer neben den Wickeltisch. Emil zeigte beim Schreien seinen Unterkiefer, die ersten Eckzähne zeichneten sich milchigweiß im Zahnfleisch ab, deswegen wahrscheinlich der unruhige Schlaf. Wenckes Gewissen zwickte ein wenig, weil sie sich – gereizt durch die Müdigkeit, aber auch durch die verkorkste Situation im Büro – als ungeduldige Mutter erwiesen hatte, die den kleinen Schreihals einfach hatte brüllen lassen, so gegen halb vier nachts. Es tat ihr leid, Emil konnte doch nichts dafür. Sie seufzte.

Ihr war entgangen, dass Anivia hinter ihr im Raum stand, sie brachte gerade einen Korb zusammengelegter Wäsche herein. «Ich mach das schon», sagte diese prompt, und Wencke fühlte sich noch elender. War sie noch nicht einmal in der Lage, ihrem Sohn die Windeln zu wechseln? Was kriegte sie denn überhaupt noch gebacken? Früher war ihr alles so leicht gefallen, da hatte sie …

«Mach dir nicht so viele Gedanken», sagte Anivia. Im Handumdrehen hatte sie die Klamotten in den Kleiderschrank eingeräumt und stellte sich neben Wencke, nahm ihr den Lappen und die Creme aus der Hand. Selbst wenn Wencke gewollt hätte, gegen ihr eifriges Au-pair-Mädchen hatte sie keine Chance.

«Kannst du später noch zur Adler-Apotheke fahren und eine Zahnungshilfe kaufen? Das ist so eine weiße Creme, die Emil vielleicht ein wenig den Schmerz nimmt.»

«Wird gemacht!», sagte Anivia.

«Eine gute Mutter hat so etwas normalerweise immer im Arzneischränkchen stehen ...»

«Emil wird das bisschen Wehweh schon überleben, stimmt's, mein Supermann?» Anivia näherte sich mit ihrem Gesicht dem Jungen, der augenblicklich seinen Mund, der den ganzen Morgen schon verkniffen gewesen war, zu einem Lächeln umstellte. Wencke seufzte frustriert.

«Übrigens», führte Anivia fröhlich fort, während sie Emil fachmännisch verpackte, «ich war gestern doch noch bei dieser Party.»

«Wie bitte? Du wusstest doch, dass Aurel ...»

«Ja, natürlich. Aber woher sollten seine Gasteltern wissen, dass ich es wusste?» Anivia lächelte stolz. «Ich dachte, es ist interessant, zu erfahren, wie diese Leute Aurels Gästen erklären, warum die Party nicht stattfindet.»

«Und? Was haben sie gesagt?» Wencke musste zugeben, sie fand den Aktivismus ihres Kindermädchens durchaus spannend.

«Nicht viel. Der Gastvater war da. Er sah ziemlich fertig aus. Er sagte nur, dass Aurel sich das Leben genommen hat, weil er nicht in die Heimat fahren wollte. Dann ist er wieder ins Haus gegangen, er musste sich um die Kinder und seine Frau kümmern.»

«Um seine Frau?»

«Ja, er sagte, sie sei auch total am Ende.»

«Ach», gab Wencke von sich.

«Aber es war trotzdem interessant.»

«Ach ja?»

«Bis uns so ein unfreundlicher Typ fortgeschickt hat, bin ich mit den anderen Gästen noch einen Moment zusammengeblieben. Wir standen da im Garten herum und haben über Aurel gesprochen. Und keiner hat geglaubt, dass es Selbstmord gewesen ist. Kein Einziger!»

«Was waren denn dort für Leute? Alles Mitschüler aus dem Sprachkurs?»

«Ja, die meisten. Aber ich kannte nicht jeden. Einen Junge zum Beispiel, er heißt Jakob, habe ich noch nie gesehen. Er war ein bisschen komisch.»

«Wieso komisch?»

«Na ja, er hat sich dauernd umgeschaut, als warte er, dass Aurel doch noch auftaucht. Außerdem passte er nicht zu den anderen Leuten. Ich mag solche Typen ja eigentlich nicht, er hatte rötliche Haare. Schöne Locken, aber einen schlechten Friseur, wenn du mich fragst. Ein paar Haare am Kinn und diese Punkte im Gesicht ...»

«Sommersprossen?»

«Ja, genau, und dünn war er. Er hatte so Kleidung an, wie soll ich sagen, nicht so chic wie die anderen, wie ein Jäger ...»

«War er schon älter?»

«Nein, höchstens zwanzig. Er hat nicht viel gesagt. Anscheinend kannte ihn sonst auch keiner. Obwohl er behauptet hat, sein Vater lebe hier im Ort.»

«Hat er erzählt, woher er Aurel kannte?»

«Ja, er hat ihn im Moor kennengelernt.»

«Im Moor?»

Emil kletterte unter Anivias Anweisung übermütig vom Wickeltisch und krabbelte in Richtung Spieldecke.

«Er hat gesagt, er arbeitet im Moor und hat Aurel kennengelernt, weil der durch das ... wie heißt es in Deutschland ... Naturland?»

«Naturschutzgebiet.»

«Genau! Aurel ist durch das Naturschutzgebiet gefahren, mit dem Fahrrad. Und das ist verboten.»

«Das Fahrrad!», fiel es Wencke ein. Sebastian Helliger hatte seinen Au-pair-Jungen vorgestern das letzte Mal gesehen, als dieser mit dem Rad vom Hof gefahren war. Die

Mannschaft von der Spurensicherung hatte gestern nicht mehr nach dem Vehikel gesucht, sie hatte ihnen ja auch nichts davon erzählt. Aber es war interessant, zu erfahren, ob es inzwischen wieder im Schuppen an seinem Platz oder in der Nähe der Lagerhalle stand. Es würde Auskunft darüber geben, ob Aurel Pasat den Strick aus dem Atelier bereits in der Tasche hatte, als er sich von seinem Gastvater verabschiedete, oder ob er zwischenzeitlich noch einmal nach Hause gekommen war.

«Soll ich uns einen Kaffee machen?», fragte Anivia.

«Nein, danke. Ich muss los.»

«Aber du musst doch erst um 12 Uhr da sein. Da haben wir noch Zeit.»

«Ich werde noch einen Abstecher machen.»

«Lass mich raten: Nach Moordorf?»

«Du sagst es. Ich schaue mir den Helliger-Hof und das Drumherum nochmal genauer an.»

Wencke gab Emil einen Kuss, warf sich eine Kopfschmerztablette ein, wusch sich die Hände, zog die Jeansjacke über, schnappte sich den Autoschlüssel und machte sich auf den Weg. Sie war fest entschlossen, heute nicht ohne einen Beweis für den Mord an Aurel Pasat in Aurich aufzutauchen. Oder zumindest nicht ohne ein wasserdichtes Indiz, welches Axel Sanders' Überzeugung, dass es sich um einen Selbstmord handelte, außer Kraft setzen musste. Und wenn sie später kam, auch sehr viel später, es war egal. Axel Sanders und die anderen sollten nicht denken, dass sie im letzten Jahr irgendetwas von ihrem kriminalistischen Spürsinn verloren hatte.

Als sie mit dem Auto aus der Einfahrt bog, standen Anivia und Emil wieder winkend am Fenster. Die kleine Nase ihres Sohnes klebte platt an der Scheibe. Wencke atmete tief durch. Immerhin fiel es ihr heute schon viel leichter, die beiden allein zu lassen.

Adler-Apotheke Moordorf
vormittags

Annegret band den Hund am Zaun neben den Fahrradständern fest. Sie war heute Morgen wie gewohnt zum Spaziergang aufgebrochen, nachdem sie Thorben und Henrike zur Schule gebracht hatte. Sebastian hatte zwar gefragt, ob er das heute übernehmen sollte – ihm war nicht entgangen, dass Aurels Tod sie mehr als nur ein bisschen erschüttert hatte –, doch sie war froh um ein paar Schritte an der frischen Luft und ein Stückchen Alltäglichkeit. Nur dass sie heute nicht den gewohnten Weg durch das Waldstück genommen hatte, sondern durch die Siedlung in Richtung Bundesstraße gegangen war. Um Punkt halb elf kam sie vor der Adler-Apotheke an.

Es gab eine weitere Kundin, eine junge Frau mit quengelndem Baby auf dem Arm, die eine Zahnungshilfe kaufte. Annegret kannte sie nicht, und das war ihr auch lieb so, denn bereits auf dem Weg hierhin hatte sie zu vielen neugierigen Blicken ausweichen müssen.

«Frau Helliger, habe die Ehre», sagte der adrette Apotheker, der die Neugierde über Annegrets Besuch gar nicht erst zu verbergen versuchte. «Ich habe es schon in der Zeitung gelesen. Ihr Au-pair-Junge ist tot. Wie schrecklich. Er war so ein netter Junge.»

Es war schwer, mit den Menschen über das Geschehene zu reden. Doch bei ihrem Gang durch den Ort war es nicht zu verhindern, dass sie von manchen wissbegierigen Fragen aus Moordorf verfolgt wurde. Sie musste es aushalten. Am leichtesten war es, wenn sie sich einsilbig gab.

Hier in der Apotheke war es etwas anderes, hier wollte sie reden. Wie gut, dass der Besitzer es ihr gleich mit den ersten

Sätzen einfach machte, das eigentliche Anliegen vorzubringen.

«Kannten Sie Aurel denn?»

«Ja, er war ein paarmal hier. Das müssten Sie doch wissen. Er hat öfter mal Medikamente für die Kinder gekauft.»

«Ach ja …», sagte Annegret zögerlich. Sie hatte Aurel nie hierher geschickt, um Arznei für Henrike oder Thorben zu holen. «Vor sechs Wochen …»

«Genau. Ich hoffe, Ihre Kinder haben diese … merkwürdige Infektion inzwischen gut überstanden. Der Kinderarzt ist ja sonst eher sparsam mit Antibiotika. Auch bei Privatpatienten, wie Sie es sind.»

Annegret nickte nur. In ihrer Handtasche fühlte sie die zerknüllte Plastiktüte mit dem Kassenbon über einhundertzwanzig Euro.

«Und wie nehmen die Kleinen nun den Todesfall auf? Die *Ostfriesischen Nachrichten* schreiben von Selbstmord. Wie tragisch.»

«Die Kinder sind ziemlich durcheinander. Eigentlich wäre Aurel heute in seine Heimat zurückgekehrt. Mit dem Abschied haben sie sich also schon auseinandergesetzt. Aber das er auf diese Art von uns gehen würde …»

Wofür hatte Aurel die Medikamente gebraucht? Und wie war er an die ihr völlig unbekannten Rezepte des Kinderarztes gelangt? Antibiotika? Infektionen? Sie konnte sich keinen Reim darauf machen, starrte wohl etwas unwirsch in die Gegend, der Apotheker schaute besorgt.

«Brauchen Sie etwas zur Beruhigung?», fragte er und ging beinahe automatisch in die Ecke, in der sich Kräutertees und andere nicht verschreibungspflichtige Produkte stapelten.

«Ja», sagte Annegret. «Johanniskraut oder so etwas in der Art.»

Der Apotheker lief mit dem Finger über die verschiedenen

Verpackungen. «Und wie geht es Ihnen, Frau Helliger? Ich meine, Sie hatten doch vor wenigen Monaten Ihre ... Ihre letzte Operation, oder nicht?»

«Ja», sagte Annegret schlicht. Ihr kam in den Sinn, wie viel so ein Dorfapotheker eigentlich wusste. Immer bestens informiert über die Wehwehchen seiner Kunden.

«Alles gut verlaufen?», hakte er nach.

«Es ist alles in Ordnung. Ich denke, jetzt bin ich wirklich am Ende der Behandlung.»

Der Mann seufzte und legte eine Packung Dragées auf den Tresen. «Das war ja sicher auch eine Tortur. Diese ganzen Hormone ... Aber nun sehen Sie wirklich wunderbar aus. Man merkt Ihnen nicht an, dass Sie ...» Jetzt registrierte er erst, dass diese fremde Frau mit dem Baby noch im Raum stand und er sich alles andere als diskret verhielt. Er räusperte sich. «Ich hoffe das Beste für Sie und Ihre Familie.» Er schaute sie durchdringend an, und Annegret nahm sich fest vor, in Zukunft ihre Medikamente in Aurich zu kaufen.

«Kann ich sonst noch etwas für Sie tun?»

Draußen bellte der Hund. Annegret zuckte die Schultern. «Sie hören ja selbst, ich bin wieder gefordert. Es muss schließlich weitergehen, verstehen Sie?»

Der Apotheker scannte das Beruhigungsmittel ein und nickte verständnisvoll. «Acht Euro fünfundneunzig», forderte er.

Annegret Helliger zahlte, die junge Frau mit dem Baby auf dem Arm hielt ihr die Tür auf, und verließ grußlos die Apotheke.

Auf dem Weg nach Moordorf
Wenckes Wagen gibt sein Bestes

Die Straßen waren grausam. Das bunte Muster aus Flickstellen ließ keine Rückschlüsse darauf ziehen, welches Asphaltstück einmal das ursprüngliche gewesen war. Bei jedem Schlagloch, das den Wagen zum Holpern brachte, hatte Wencke das Gefühl, ihr Kopf sei ebenfalls gerade überrollt worden. Wann wirkte endlich das Aspirin?

Am Abelitzkanal bog sie links ab und polterte auf der schnurgeraden Uferstraße in Richtung Westen. Es war nicht weit nach Moordorf. Irgendwann machten Wasser- und Autostraße eine Kurve nach rechts, dann wieder geradeaus, so weit das Auge blickte. Viel Heidekraut, viele Birken, viel von dem bisschen, was das Moor überhaupt wachsen ließ. Es war eine schlichte, aber schöne Gegend. Auch wenn sie einen schlechten Ruf hatte. Nicht nur bei den Kollegen, die hier für die Verbrechensbekämpfung zuständig waren.

Moordorf – inzwischen mit dem unsäglichen Spitznamen Morddorf versehen – hatte in ganz Ostfriesland, welches ja ohnehin schon als etwas hinterwäldlerisch abgetan wurde, den Ruf, noch weiter am Rand der Welt zu stehen. Die Wurzeln für dieses Vorurteil lagen in den katastrophalen Zuständen zur Zeit der Moorkolonialisierung, wo man in dieser Gegend einfach vergessen hatte, die Torfstecher und ihre Familien mit der nötigen Infrastruktur zu versorgen. Kaum Schulen, kaum Geschäfte, kaum ärztliche Versorgung. Die Gemeinde Moordorf war Anfang des 20. Jahrhunderts lange Zeit durch eine städtebauliche Fehlplanung auf sich allein gestellt gewesen. Gerüchte von Inzest und Verblödung der Bevölkerung hielten sich hartnäckig, im Dritten Reich hatte es sogar den Plan gegeben, den gesamten Landstrich zwangssterilisieren zu lassen. Etliche soziologische Abhandlungen beschäftigten sich mit Moordorf und seinen Menschen, man konnte das Dorf fast als Phänomen bezeichnen.

Es war unfair, Moordorf war mehr als das. Es hatte in den letzten Jahren viel getan, hatte sich herausgeputzt und stand im Vergleich zu einigen Nachbarkuhdörfern gar nicht mal schlecht da.

Wencke passierte das Moormuseum, hierher hatten sie mal einen Betriebsausflug gemacht, mit opulentem Frühstücksbüfett in der anheimelnden Teestube. Hübsche Backsteinhäuser, historische Lehmhütten, ein Naturlehrpfad ... dieses Freilichtmuseum war ein Paradebeispiel dafür, wie sich die Moordorfer mit ihrer Geschichte auseinandersetzten und es nun besser zu machen versuchten. Neben dem Eingangstor hingen großflächige Plakate, auf denen neben einigen Metallskulpturen das Konterfei einer Frau mit lockigem Haar abgebildet war, darüber ein Schriftzug:

Jahresausstellung Skulpturen «Gestaltenwechsel – Wechselgestalten»

von Annegret Helliger, Eröffnung am 10. Mai um 10 Uhr im Moormuseum,

Veranstalter: Kulturverein für ein neues Moordorf.

Jetzt fiel Wencke wieder ein, dass es im Zeitungsausschnitt, in dem sie das erste Mal dem Namen und dem Gesicht von Annegret Helliger begegnet war, um diese Ausstellungseröffnung im Moormuseum nächste Woche gegangen war.

Wencke brachte ihren Wagen vor dem Hauptgebäude zum Stehen und stieg aus. In einem Plexiglasständer neben dem Eingangsdrehkreuz lagen Faltprospekte auf Hochglanzpapier, das Titelblatt war mit dem Plakat identisch, doch im Innenteil gab es nähere Informationen:

Annegret Helliger lebt seit zehn Jahren in Moordorf und hat sich wie kaum eine andere Künstlerin mit dem Schicksal ihrer

Wahlheimat auseinandergesetzt. Ihre eigenwilligen Metall-skulpturen spiegeln die Entwicklung der Gegend, den Wandel vom Elenden zum Reichen, die Metamorphose vom Verstoße-nen zum Geliebten wieder. Eine aussagekräftige Ausstellung, die sich in die sehenswerte Umgebung des Moordorfer Museums hervorragend einfinden wird.

Zur Person: A. Helliger, geboren 1963 in Bramsche, Studium der Kunstpädagogik in Osnabrück, verschiedene Ausstellungen u. a. in Hamburg, Berlin, Bielefeld, zahlreiche Auszeichnungen, u. a. Niedersächsischer Kunstpreis 2002, Kaiserring Stipendium Goslar 1996 ...

Wencke überflog die weiteren Daten zu Annegret Helliger nur flüchtig. Sie interessierte sich schließlich weniger für die künstlerischen Errungenschaften als für die Person, die da-hinterstand. Die Frau des Moorkönigs machte einen starken, selbstbewussten Eindruck auf dem Foto; aber Porträts, die man in Prospekten dieser Art veröffentlichte, versprachen oft genug mehr, als sie hielten. Hatte Anivia nicht erzählt, Sebas-tian Helliger habe sich gestern neben den Kindern auch um seine Frau kümmern müssen? Entweder hat diese Frau eine sensible Künstlerseele, an die Wencke aber nicht so recht glauben mochte, denn ihre Mutter war auch Künstlerin, aber oft genug so sensibel wie ein Holzklotz. Oder aber Annegret Helliger hatte einen anderen Grund, derart heftig auf den Tod ihres Au-pair-Jungen zu reagieren.

Sie steckte den Prospekt ein und nahm wieder hinter dem Steuer Platz. Von hier aus war es nicht weit bis zum Helliger-Hof. Und sie war nun ungleich optimistischer, dort etwas In-teressantes zu entdecken.

Warum, konnte sie nicht genau beantworten. Aber danach fragte sie auch nicht. Sie vertraute ihrer Intuition. Ihr war nur klar, dass sie nach Annegret Helliger und dem Fahrrad Ausschau halten musste.

Nun war sie geradezu ungeduldig, drückte aufs Gas, überschritt die zulässige Höchstgeschwindigkeit bei weitem, nahm die Linkskurve am Ringkanal mit viel Kraft, dann sah sie schon den Giebel des Helliger-Hofes und bog, links und rechts gesäumt vom rotgrünen Moor, in die lange Auffahrt ein. Die Reifen des Passats knirschten auf dem Kies, Wencke fuhr einen engen Bogen und parkte direkt neben dem Schuppen, in dem sich das Atelier und das Zimmer von Aurel Pasat befanden.

Sie stieg aus. Kein Mensch schien ihre Ankunft zu bemerken, nur der Jagdhund trabte schwanzwedelnd auf sie zu und gab mit seinem freundlichen Bellen einen schlechten Wachhund ab. Wencke tätschelte seinen Rücken und ging auf das Tor neben dem Keramikschild «Kunststücke» zu.

Neben dem Eingang war ein überdachter Fahrradständer, in dem neben zwei funkelnagelneuen Kinderrädern, einem Herren- und einem Damenhollandrad nur noch ein älteres, leicht verrostetes Vehikel stand, auf dessen Schutzblech mit Edding verewigt der Name «Mandy» zu lesen war. Von einem Fahrrad, das zu Aurel Pasat gepasst hätte, fehlte jede Spur. Hatte Sebastian Helliger nicht sogar von einem Mountainbike gesprochen? Und mit diesem steifen schwarzen Herrenrad mochte Aurel wohl kaum im Moorgelände unterwegs gewesen sein, die Sattelhöhe sprach auch eher dafür, dass dies der Drahtesel des groß gewachsenen Hofbesitzers war. Alles sah danach aus, als sei Aurel Pasat in der Nacht nicht mehr zum Hof zurückgekehrt. Und dann müsste man nach dem verschwundenen Rad suchen. Leider würde Axel Sanders natürlich keine Veranlassung dazu sehen, die Spurensicherung noch einmal hier antanzen zu lassen. Es sei denn, es gelang ihr, im Gespräch mit Annegret Helliger den entscheidenden Durchbruch zu erzielen.

Im Innern des Gebäudes war ein lautes, metallenes Geräusch zu hören, ein hohes, schneidendes Dröhnen, welches Wencke noch aus ihrer Kindheit vertraut war, als der Freund ihrer Mutter es einmal mit Metallkunst probiert hatte. Es hörte sich an wie zehn Zahnarztbohrer. Wencke ging hinein. Die Sonne fiel durch staubige Fenster in das Atelier und beleuchtete das farbige Durcheinander. In der hinteren Ecke stand eine vornübergebeugte Person, die langen Locken mit einer Holzspange zusammengehalten, die Figur in wallenden, ökologisch sicher einwandfreien Gewändern und einer graublauen Schürze versteckt. Annegret Helliger schien vertieft in ihre Arbeit, sie schaute ab und zu auf eine an den Holzpfeiler gepinnte Skizze und operierte anschließend mit einem elektrischen Metallschneider verschiedene Formen aus einem gewaltigen Stück Blech.

Auf den ersten Blick sah sie aus wie Wenckes Mutter. Natürlich war diese inzwischen weit über sechzig und hatte raspelkurze weiße Haare, während Annegret Helliger zwanzig Jahre jünger und um einiges muskulöser war. Doch diese angespannte Arbeit nach einem undurchsichtigen Prinzip, diese chaotische Konzentration im künstlerischen Schaffen erinnerte Wencke stark an die Kindheit in Worpswede. Und es gab Dinge, an die Wencke sich lieber erinnerte. Sie ging auf die Frau zu. Als diese eine Strähne aus dem Gesicht strich, bemerkte sie endlich ihre Besucherin und richtete sich auf.

Annegret Helliger war eine auffallend große und kräftige Frau. Neben ihrem dünnen Mann musste sie ziemlich resolut wirken. Wahrscheinlich brachte sie sogar um die zehn Kilo mehr auf die Waage. Dennoch war sie auf eine Weise attraktiv, die man am ehesten mit «apart» umschreiben mochte. Sie hatte sorgsam gezupfte Augenbrauen und rot bemalte Lippen, ansonsten war sie ungeschminkt, ließ ihren Sommersprossen und den hellgrünen Augen die natürliche Wirkung. Sie schien sich für einen Moment ordnen zu müssen, als sei sie von einer langen Reise hier in den Schuppen des Helliger-Hofes zurückgekehrt.

«Ja, bitte, was kann ich für Sie tun?», fragte sie mit einer angenehm tiefen Stimme. Dann, plötzlich, wurde ihr Mund verkniffen. «Sind Sie von der Presse? Ich gebe keine Auskünfte zu dieser Sache ...» Sie hielt den laufenden Metallschneider in der Hand und sah fast bedrohlich aus. Ihre hellen Augen funkelten wütend. «Gibt es denn hier niemanden, der mich mal fünf Minuten in Ruhe lassen kann? Ich bin es leid! Schon auf meinem Spaziergang haben mich die Leute genervt. Und als ich hier angekommen bin, standen drei Reporter hier: *Ostfriesische Nachrichten, Ostfriesischer Kurier, Ostfriesenzeitung* ... Was soll denn jetzt noch kommen? Ich sage nichts zum Tod von Aurel Pasat! Und jetzt raus!» Den letzten Satz brüllte sie geradezu.

Alle Achtung, dachte Wencke. Vielleicht hatte sie sich bislang ein falsches Bild von Aurel Pasats Gastmutter gemacht. Von wegen sensible Künstlerseele.

Wencke versuchte es mit einer beschwichtigenden Geste. «Sie täuschen sich. Ich bin von der Kripo.»

Annegret Helliger zuckte kurz und strich sich die wilde Strähne aus dem Gesicht. «Kripo? Stimmt, mein Mann hat mir von Ihnen erzählt, eine nette, junge Kommissarin ...», sie war nun merklich leiser, in ihrer Stimme schwebte ein Hauch von Milde. «Entschuldigen Sie meine Tiraden ...»

«Schon gut. Ich kenne die Sache mit der Presse.» Wencke versuchte ein schiefes Grinsen. «Vielleicht können Sie mir helfen? Ich suche nach Aurel Pasats Mountainbike. Ihr Mann sagte, als er den Jungen das letzte Mal gesehen hat, wollte er gerade mit dem Fahrrad verschwinden.»

«Er war viel damit unterwegs.»

«Und nun steht das Gefährt nicht im Fahrradständer, habe ich recht?»

Sie drehte sich um und hielt sich an ihrem Werktisch fest, als wäre ihr schwindelig. «Es war blau. Wenn Sie es draußen nicht gesehen haben, ist es tatsächlich nicht da. Ist das wichtig?»

«Das kann schon sein», sagte Wencke.

«Ich sage Ihnen Bescheid, wenn es wieder auftaucht.» Der Griff, mit dem sie sich um die Arbeitsplatte krampfte, war so fest, dass die Fingerknöchel weiß hervortraten. Ihre Hände waren erstaunlich kräftig, bis auf die lackierten Nägel fast männlich. Sie schien schon länger mit Schweißgerät und Metallschneider zu hantieren. Neben ihren Fingern lagen etliche Bleistiftskizzen auf der Platte, sie zeigten alle ein und dasselbe Modell eines seltsam verkrümmt sitzenden Mannes in verschiedenen Perspektiven, daneben waren fast unleserlich Zahlen und Materialien notiert.

Wencke nahm die Vorderansicht zur Hand. Über dem abstrakten Kopf stand «Rumänien». «Ein Portrait von Aurel?»

Annegret Helliger nickte. «Ich habe es entworfen, bevor ich von seinem Tod erfahren habe. Es soll diesen Zwiespalt symbolisieren, in dem sein Heimatland steckt und auch er selbst gesteckt hat. Irgendetwas zwischen Vergangenheitsbewältigung und Mut.»

«*Gestaltenwechsel – Wechselgestalten ...*»

«Ja, das ist das Motto meiner neuen Serie.»

«Ich habe vorhin das Plakat neben dem Museum gesehen. Eigentlich war ich davon ausgegangen, dass Sie mit dieser Überschrift Moordorf und Umgebung meinen. Und im Prospekt stand es auch so erläutert.»

«Rumänien und Moordorf haben einige Berührungspunkte. Für meinen Mann und mich besteht diese Erkenntnis durch die Adoption der Kinder schon lange. Doch auch Aurel hat diese Zusammenhänge verstanden. Er hat einmal zu mir gesagt: Auch ihr kämpft mit den Geistern der Vergangenheit, die immer noch lange Schatten auf euer Land werfen und dem, das wachsen soll, das Licht zum Leben nehmen.»

«Eine sehr bildhafte Sprache.»

«Aurel war ein ungewöhnlich begabter junger Mann. Deswegen glaube ich auch nicht, dass er sich das Leben genommen hat. Es hat ihn viel zu sehr interessiert, was noch alles passieren kann.»

«Ob die neuen Dinge doch noch wachsen, meinen Sie?»

«Ja, das meine ich.» Annegret Helliger nahm eine Metallscheibe zur Hand, die laut Skizze am ehesten dem Gesicht zugehörig war. Sie ging damit zu einem breiteren Stück Blech und hielt es dagegen, experimentierte mit wenigen Zentimetern Verschiebung, legte den Kopf schief und war allem Anschein nach wieder in ihre Arbeit vertieft.

«Schaffen Sie es denn, das Stück noch vor der Ausstellungseröffnung fertigzustellen?»

Sie hatte sich einige lange Schrauben zwischen die Lippen geklemmt und murmelte: «Ich werde mir Mühe geben.» Geschickt fixierte sie die kleine Platte mit wenigen Handgriffen und schien mit dem Ergebnis zufrieden zu sein. «Es macht mir nichts aus, Tag und Nacht daran zu arbeiten. Im Gegenteil, die Ablenkung tut mir gut!»

Sanft streichelte sie die Umrisse des Metalls, es war faszinierend, wie sich ihre markanten Hände wandelten, wie sie vom Handwerk in die Zärtlichkeit verfielen, von einem Moment auf den anderen eine ganz andere Bedeutung bekamen. *Wechselgestalten* – Wencke kam in den Sinn, dass sich diese Überschrift wohl auch auf die Künstlerin selbst beziehen könnte.

Wencke entschloss sich, das Gespräch wieder in unkünstlerische Bahnen zu lenken. Schließlich wollte sie heute Vormittag auch etwas Handfestes erfahren. «Ich habe gestern mit einem Herrn Peters telefoniert. Er leitet eine Art Schule in Aurels Heimatstadt.»

«Das *Primăvară*, nehme ich an. Aurel hat dort mitgearbeitet.»

«Hatten Sie Kontakt zu den Menschen in Rumänien?»

«Diese Einrichtung gibt es in verschiedenen Städten des Landes. Auch in Cluj-Napoca, über diese Schule haben wir damals unsere Kinder vermittelt bekommen. Seitdem unterstützen wir die Einrichtung.»

«Finanziell?»

«Ja, in erster Linie. Und wir organisieren Hilfstransporte in die Gegend. Die Firma meines Mannes hat einen großen Lkw, mit dem wir einmal im Jahr Kleidung, Spielsachen, Möbel und so weiter zu den Bedürftigen bringen. So haben wir auch Aurel kennengelernt.»

«Fährt ihr Mann mit?»

«Früher einmal. Aber inzwischen hat er dazu keine Zeit mehr. Die Hilfstransporte sind Selbstläufer geworden, bestens organisiert. Wir sortieren die Sachspenden hier in Großheide, das ist die meiste Arbeit, aber es gibt etliche helfende Hände in der Gegend. Und dann stellt Sebastian einen Fahrer und unseren Hausmeister für vier Tage frei, und die können gut anpacken in Rumänien.»

«Ach, Sie meinen diesen Holländer ...» Wencke erinnerte sich an den muskulösen Mann, der ihr bei ihrem ersten Besuch auf dem Helliger-Hof den Privateingang gezeigt hatte. «Nun, dann haben Sie ja wirklich tatkräftige Unterstützung.»

«Wir helfen, wo wir können ...»

«Und wie kamen Sie zu Aurel Pasat?»

«Wegen der Au-pairs haben wir immer einfach mal in den *Primăvară*-Häusern angerufen. Aurel war ja nicht die erste Kinderbetreuung. Ich ... Sie müssen wissen, ich war lange Zeit körperlich geschwächt und auf Hilfe angewiesen, damit

Thorben und Henrike gut versorgt waren. Und dann arbeite ich auch viel, so ein Au-pair ist schon was Feines ...»

«Wem sagen Sie das...»

«Stimmt, mein Mann erwähnte, dass Sie ebenfalls ein Mädchen haben. Eigentlich wollten wir ja auch immer lieber eine weibliche Nanny, aber als Aurel sich telefonisch bei uns meldete, war es auch recht.»

«Wie war Ihr Verhältnis zu ihm?»

Annegret Helliger arbeitete weiter, spielte weiter, was immer es auch war, sie ließ sich nicht aus ihrem Ablauf werfen, antwortete nur seltsam einsilbig und doch mit einem Sturm aus Gefühl: «Ich war dabei, mich in ihn zu verlieben.»

Wencke stockte. Mit dieser Antwort hatte sie nicht gerechnet. Solche Dinge erfuhr man normalerweise nicht direkt und auf Anfrage, sondern bekam sie peu à peu und um tausend Ecken zugeflüstert. Doch diese Frau in den besten Jahren gestand ihr unverblümt, dass sie zärtliche Gefühle für einen Jungen hegte, der ohne Weiteres ihr Sohn hätte sein können. Das ging Wencke beinahe zu schnell.

«Wie?», fragte sie nur.

Annegret Helliger schaute ihr nun das erste Mal geradewegs ins Gesicht. Ihre hellgrünen Augen wirkten kraftlos und müde, man konnte sehen, dass sich Tränen in ihnen sammelten. «Ich habe es mir nicht ausgesucht. Und es ist auch wirklich nichts gelaufen zwischen uns. Aber ...»

«Hat er denn Ihre Gefühle erwidert?»

«Im Grunde genommen war er es, der damit angefangen hat. Er hat mir diesen Brief geschrieben.» Sie fasste in eine Tasche, die neben dem Arbeitsplatz an einem langen Nagel hing. Ihre Finger fanden so schnell, was sie suchten, dass Wencke gleich klar war, sie zog diesen Brief nicht das erste Mal aus dem Stoffbeutel. Das Papier schien sich wie von selbst zu entfalten.

«Er schreibt mir, dass er sich nicht für seine Gefühle schämt, sondern sehr glücklich darüber ist, einen Menschen so lieben zu dürfen wie mich.» Sie lächelte, doch trotzdem löste sich zeitgleich die erste Träne aus dem Auge und tropfte auf ihre Schürze. «Er schreibt, dass es ihm egal sei, wenn es keine Zukunft für uns beide gebe, wenn wir uns niemals küssen, uns niemals in den Armen liegen würden. Darum gehe es ihm nicht. Es sei einfach nur Liebe, und die könne er nicht unausgesprochen lassen, wenn er wieder nach Hause fahre.» Sie wischte sich mit ihrem Ärmel über das Gesicht, etwas Lippenstift verschmierte, ihr Mund war ohne die Farbe seltsam blass und fremd.

«Haben Sie Ihrem Mann davon erzählt?»

«Um Himmels willen, nein. Warum sollte ich? Es bestand keine Gefahr, dass wirklich etwas ... etwas zwischen mir und Aurel ...»

So ganz glaubte Wencke ihr das nicht. Denn auch wenn Annegret Helliger sich gemaßregelt hätte und es nicht bis zum Äußersten gekommen war, gewünscht hatte sie es sich, daran bestand kein Zweifel. Und für Sebastian Helliger wäre allein dieser Wunsch schon von Bedeutung gewesen. Wäre vielleicht sogar Anlass für eine ausgewachsene Eifersucht gewesen. Und Motiv für einen Mord?

War der sanftmütige, blasse Moorkönig ein Mensch, der so funktionierte? Der einen neunzehnjährigen Jungen ermordete, weil dieser für seine Frau schwärmte? Nein, daran mochte Wencke nicht glauben. Es passte vorn und hinten nicht.

«Haben Sie eigentlich auch den Abschiedsbrief gelesen, den Ihr Mann gestern Abend im Briefkasten gefunden hat?»

Annegret Helliger nickte wortlos.

«Und? Irgendwie passen diese beiden Schreiben gar nicht zusammen, finden Sie nicht? In Ihrem Brief schreibt er, dass ihm die Liebe genug ist, dass er nichts fordert. Und in der anderen Botschaft gibt er an, keine Perspektive mehr zu haben. Einmal ist Aurel Pasat im siebten Himmel, und ein anderes Mal befindet er sich im Vorhof zur Hölle.»

Wieder nickte Annegret Helliger stumm, die Tränen waren inzwischen versiegt, sie schien tief versunken. Ob sie sich über Wenckes Worte den Kopf zerbrach oder ihren eigenen Gedanken nachhing, war nicht auszumachen. «Zwischen den Briefen lagen ein paar Tage, an denen ich mit den Kindern zur Insel gereist bin. Wer weiß, vielleicht ist in der Zwischenzeit irgendetwas geschehen, was seine Gefühle verändert hat.» Sie legte den Brief zusammen und wollte ihn wieder verstauen.

«Entschuldigen Sie, Frau Helliger, aber ich werde dieses Schreiben als Beweisstück mitnehmen müssen.»

«Wie bitte?», fragte sie ungläubig, nein, es war Entrüstung. «Es ist mein Brief! Es ist meine letzte Erinnerung an Aurel. Nie im Leben darf dieses Stück in irgendeiner Polizeiakte verstauben.»

«Ich fürchte, wir werden nicht anders können. Es ist wichtig, besonders in Hinblick auf die Echtheit und Plausibilität des Abschiedsbriefes. Wir haben Experten, die so etwas beurteilen können. Und ich kann mir vorstellen, dass es Ihnen auch wichtig ist, herauszufinden, was mit Aurel Pasat geschehen ist. Warum ein junger Mensch so wunderschöne Briefe schreibt und dann Tage später tot in einer Scheune hängt.»

Annegret Helliger schaute gequält, und Wencke wurde bewusst, dass sie sich nur wenig sensibel ausgedrückt hatte. Aber es musste ihr gelingen, der Frau den Brief abzunehmen. Nach einer polizeilichen Verfügung würde Annegret Helliger es ohnehin nicht verhindern können, doch wesentlich besser wäre es, Wencke Tydmers hätte das Schreiben in der Hand, wenn sie gleich nach Aurich fuhr. Es würde sich gut machen auf Axel Sanders blitzblankem Schreibtisch, am besten direkt neben diesem voreiligen Wisch, der Aurels Tod als Selbstmord klassifizierte.

«Helfen Sie mir, die Wahrheit herauszufinden. Sie glauben doch auch nicht daran, dass er seinem Dasein selbst ein Ende gemacht hat, oder?»

«Er wollte leben.»

«Sehen Sie?» Wencke streckte langsam und Stück für Stück die Hand heraus. Nicht zu fordernd, eher bittend.

Annegret Helliger reichte ihr den Zettel mit gesenktem Blick.

Jakob Mangolds Zimmer
es könnte mal gelüftet werden

Jakob Mangold hatte bis heute Nachmittag frei. Er wälzte sich in seinen Kissen, es müffelte, neue Bettwäsche wäre auch mal ganz angebracht. Wenn seine Mutter das sehen könnte, sie würde sofort Hand anlegen, wahrscheinlich bei der Gelegenheit gleich mal Staub wischen, eben noch die Fenster putzen, wie sieht das Waschbecken denn aus. Seine Mutter hatte ihn noch nie hier besucht. Besser, es bliebe dabei.

Es war toll, allein zu leben. Schon seit Jahren freute Jakob sich auf seine eigene Bude, seinen eigenen Tagesablauf, seine eigenen Prioritäten. Dann waren auch die Wochenenden in Osnabrück besser zu ertragen. Seine Mutter meinte zwar immer, sie müsse irgendetwas nachholen, weil er so lange weg gewesen war: Sie überschüttete ihn mit Streicheleinheiten und bekochte ihn rund um die Uhr – aber so bekam er wenigstens alle vierzehn Tage richtig satt Vitamine in den

Bauch. Und der Wäschesack, der am Freitagabend schmutzig und am Sonntagnachmittag sauber gefüllt war, hatte auch etwas für sich.

Wieder drehte Jakob sich im Bett um seine eigene Achse. Es war schon Mittag. Er schaute gegen die Wand, auf die einer seiner Vorgänger, der das Ökologische Jahr absolviert hatte, einen Regenbogen gemalt hatte. Er dachte an gestern Abend.

Es waren einige Leute auf dem Helliger-Hof gewesen, um Aurel zu verabschieden. Mit einem Mädchen – es kam aus irgendeinem osteuropäischen Land, war ganz nett und unter der Schminke vielleicht auch hübsch – hatte er sogar ein paar Worte gewechselt. Natürlich waren sie alle sehr aufgeregt, weil Aurel tot war, man sprach von Selbstmord, man mutmaßte und spekulierte über die Gründe, einige heulten.

Jakob hatte sich relativ unbeteiligt gegeben. Schließlich war er nicht wirklich ein Freund von Aurel Pasat, eher eine Zufallsbekanntschaft. Und dessen Tod war zwar tragisch, aber er berührte ihn nicht wirklich. Vielleicht hätte er sich – in einer anderen Situation – mehr Gedanken gemacht. Aber gestern Abend war er viel zu sehr mit sich selbst beschäftigt gewesen.

Es war schon komisch, dort neben dem Haus zu stehen, in dem sein Vater nun seine Tage verbrachte, und doch auch jetzt so weit von ihm entfernt zu sein. Aber Jakob hatte nichts weiter unternommen. Er hätte auch hineingehen können, hätte ihn bestimmt irgendwo gefunden, zur Rede gestellt. Was hätte er gesagt?

Jakob murmelte vor sich hin. Es war eine Angewohnheit. Er legte die Worte zurecht, übte sie leise für sich, sprach sie tausendmal aus, ohne dass es jemand hörte. Und die Sätze, die er seinem Vater an den Kopf schmeißen würde, hatte er sich in den letzten Tagen mehr als nur einmal selbst erzählt:

«Ich erinnere mich genau an den Tag, als Mama sagte, du seiest krank. Ich bin aus dem Kindergarten nach Hause gekommen, und du warst nicht da. Kein Teller stand an deinem Platz, Mama hatte nur für zwei gedeckt. Es gab Spaghetti bolognese und Salat. Und seitdem haben wir immer allein gegessen, nie wieder nahmst du auf dem Stuhl am Kopfende des Tisches Platz. Mama erzählte, du bist im Krankenhaus, weil etwas in deinem Körper falsch sei und du ganz viele Tabletten nehmen müsstest und irgendwann mal operiert wirst. Die Operation sei sehr gefährlich, daran könne man sterben, hat sie gesagt. Ich war fünf Jahre alt. Sie hat es mir eben so erklärt, wie man es einem kleinen Jungen erklärt. Keine medizinischen Fachbegriffe und so, die hätte ich eh nicht verstanden. Ich habe nicht oft nach dir gefragt, weil sie dann immer geweint hat. Einmal wollten wir in die Klinik, aber dann ist Mama krank geworden. Zu meiner Einschulung hast du mir einen langen Brief geschrieben, in dem du sagtest, dass du an mich denkst und mich vermisst und wir uns irgendwann einmal wiedersehen. Aber als ich sieben war, erzählte Mama, die gefährliche Operation hätte stattgefunden und ich solle nicht traurig sein, aber mein Vater sei nicht mehr da. Ich war auch nicht traurig, schließlich hatte ich dich damals schon seit mehr als zwei Jahren nicht zu Gesicht bekommen. Ich konnte mich kaum noch an dich erinnern – deine Stimme, deine Bewegungen, das war alles weg. Das Einzige, was mir von dir blieb, war die Skizze mit dem Wurzelkobold, die ich stets in meinem Portemonnaie trug. Zu deinem Grab sind wir nie gefahren; Mama sagte, du hättest dich der medizinischen Forschung zur Verfügung gestellt und es gäbe keine Gedenkstätte, wo ich auf einem Stein *Andreas Isselmeer* hätte lesen können. Also warst du weg, einfach nicht mehr da. Seit dem Tag, als es Spaghetti bolognese und Salat für zwei Personen gab, bist du aus meinem Leben verschwunden. Bis vor zehn Wochen, als ich diesen fremden Jungen mit dem Mountainbike im Moor traf…»

«Jakob? Hast du Besuch?» Es klopfte an der Tür. Der Stimme nach stand seine Kollegin und Mitbewohnerin Anette draußen.

«Komm rein …», knurrte Jakob.

Ein Kopf mit wilden Locken schob sich durch den Türspalt. «Komisch, ich dachte, ich hätte dich mit jemandem reden hören.»

«Radio», sagte Jakob.

«Bist du dir sicher, dass du keine Frau unter deiner Decke versteckst?»

«Ziemlich sicher.»

«Dann ist gut, du hast nämlich Damenbesuch.»

Jakob richtete sich augenblicklich auf. Sofort dachte er an seine Mutter. Es wäre typisch für sie, wenn sie einfach so unangemeldet in der Tür stehen würde, wahrscheinlich mit der Behauptung, sie sei eben in der Gegend gewesen und wolle einfach mal auf einen Sprung vorbeischauen. Sein Blick überflog das chaotische Zimmer. Sie würde gleich in Ohnmacht fallen, so viel stand fest.

«Scheiße, ich muss aufräumen …», raunte er Anette zu. «Kannst du sie ein bisschen aufhalten?»

«Das wird schwierig sein. Das Kind nimmt nämlich gerade das Interieur unserer Gemeinschaftsküche auseinander, und mir wäre es lieber, das Balg setzt seine destruktive Phase in deinen eigenen vier Wänden fort.»

«Ein Kind?», fragte Jakob. Dann sah er das große Mädchen hinter Anette stehen, die langen schwarzen Haare, die getuschten Wimpern. Sie war nicht ganz so aufgestylt wie gestern Abend, aber immer noch viel zu affig für seinen Geschmack. Was wollte diese – wie hieß sie doch gleich? – heute

114

hier in seinem Zimmer? Noch dazu mit einem sabbernden Baby auf der Hüfte.

«Hi», flötete sie. «Wir beide wollten mal vorbeikommen und uns was über das Moor erzählen lassen.»

Anette verzog ironisch das Gesicht und grinste beim Hinausgehen. «Ich will die Kleinfamilie dann nicht länger stören.» Sie zog die Tür hinter sich zu, sodass Jakob sich im nächsten Augenblick allein mit diesem Au-pair-Mädchen und ihrem Pflegekind im Zimmer befand. Ärgerlicherweise spürte er, dass er knallrot wurde.

Sie ließ das Kind herunter, setzte sich mit einer Pobacke auf die freie Ecke seines Computertisches und verschränkte die Arme. «Du hast doch gesagt, du hättest heute den halben Tag frei. Und da habe ich mir gedacht ...»

«Woher hast du meine Adresse?»

«Naturschutzgebiet, Moor, Großes Meer ... das hast du alles gestern so ausführlich beschrieben, ich fand, es klang irgendwie nach Einladung.»

Jakob überlegte, sie auf möglichst unfreundliche Weise hinauszuschmeißen. Er war doch nicht blöd. Dieses Mädchen war absolut nicht der Typ, auf den er stand, und noch viel weniger konnte er sich vorstellen, dass sie tatsächlich seinetwegen gekommen war. Geschweige denn wegen des Moores. Diese – ja wie hieß sie denn noch? – war eine Discomaus, sie stand wahrscheinlich eher auf Muckibudenbesitzer mit gegelten Haaren und lief auch sicher nicht freiwillig mit ihren hochhackigen Schuhen durch die Natur. Da war was faul. Sie war wegen etwas anderem gekommen. Aber warum? Bevor er sie zum Teufel schickte, wollte er diese Frage lieber beantwortet wissen. Es konnte schließlich sein, dass ... Nein, woher sollte dieses Mädchen von seinem Vater wissen? Und warum sollte sie sich dafür interessieren?

Er rief sich zur Ordnung, band sich die Bettdecke wie

einen Rock um die Hüfte und ging zur Tür. «'tschuldigung, ich hab noch gepennt. Warte mal einen Augenblick.» Dann verschwand er in Richtung Badezimmer.

Zwei, drei Ladungen eiskaltes Wasser mitten ins Gesicht waren nötig, damit Jakob wieder einen klaren Gedanken fassen konnte. Er blickte sich im Spiegel an. Oft blieb ihm dabei die Spucke weg, wenn er sich selbst betrachtete. Er war die lebendigste Erinnerung an seinen Vater, besonders jetzt, er war ja nur noch wenige Jahre jünger, als Andreas Isselmeer damals gewesen war. Es gab nur wenige Fotos von seinem Erzeuger, aber auf denen sah er ihm wie aus dem Gesicht geschnitten ähnlich. Die Augen, bei hellerem Licht schimmerten sie türkis. Ein feines, sommersprossiges Gesicht, Milchbubivisage, hatte mal eine Klassenkameradin gesagt, als er sich noch nicht den dunkelblonden Ziegenbart hatte wachsen lassen. Dieser lenkte etwas von den sanften Zügen, den hohen Wangenknochen und dem lockigen, rotblonden Haar ab. Jakob wusste, er hatte niemals das Zeug zum Frauentyp, doch darauf legte er ehrlich gesagt auch keinen Wert.

Jakob zog sich die Trainingsjacke über das Schlafshirt, fuhr sich mit den Fingern durchs Haar, spülte kurz den Mund aus. Im Hinausgehen streifte er sich die Jogginghose über die Beine. Er sah aus, wie er sich fühlte: ziemlich daneben. Aber das war egal. Allzu lange wollte er seinen Damenbesuch nämlich nicht im Zimmer allein lassen. Wer weiß, ob diese – ja, genau, Anivia war ihr Name – inzwischen neugierig seine Sachen durchwühlte auf der Suche nach irgendetwas. Doch er täuschte sich. Sie stand am Fenster und schaute nach draußen, das Kind auf ihrem Arm tatschte gegen das Glas, und sie erklärte im singenden Plauderton, was man alles durch den Grauschleier auf der Scheibe sehen konnte. «Einen Baum, ganz viel Gras, einen Vogel …»

«Warum bist du wirklich gekommen?», fragte er direkt.

Was sollte er sich mit umständlichem Smalltalk aufhalten? Er hatte keine Lust, so zu tun, als freue er sich über ihre Anwesenheit in diesem Zimmer.

Sie drehte sich um, und irgendwie hatte er den Eindruck, dass auch sie froh war, sich auf kein Geplänkel einlassen zu müssen. «Ich bin wegen Aurel hier. Wegen seines Todes. Ich glaube nicht, dass er sich umgebracht hat. Und darüber wollte ich mit dir reden.»

«Ach so.» Er reichte dem kleinen Kind das Glas, in dem er Büroklammern aufbewahrte. Wie eine Rassel, wenn man es schüttelte, vielleicht hielt es die Patschehände ja davon ab, größeren Schaden anzurichten. Sofort wurde es in den Mund geschoben, vier weiße Zähnchen versuchten, in den Deckel zu beißen. Da sein Stuhl mit Kleidungsstücken voll gepackt war, setzte sich Jakob auf die Bettkante. «Warum willst du ausgerechnet mit mir darüber reden? Ich habe dir doch gesagt, ich kannte diesen Typen kaum.»

«Aber du warst auf seiner Abschiedsparty eingeladen.»

«Ja, aber da waren auch zig andere Leute, die dir über Aurel sicher mehr erzählen können als ich.»

«Du bist anders als die. Die meisten kannten ihn aus dem Sprachkurs, aus dem *Galaxy*, durch die Familie und so. Aber du, wie sagt man in Deutschland, springst aus der Linie ...»

«Tanzt aus der Reihe.» Er musste ein bisschen lachen. «Na ja, damit hast du vielleicht recht. Dennoch brauchst du dir davon nichts zu versprechen. Ich traf Aurel mehrmals bei meiner Arbeit, wir kamen ins Gespräch, weil er verbotenerweise mit dem Rad durch das Moor gefahren ist. Einmal war er mit seinen beiden Pflegekindern bei mir im Moor, ich habe eine Privatführung gemacht. Ich habe gesagt, dass ich den Helliger-Hof sehr schön finde, da hat er mich eingeladen.» So, dabei wollte Jakob es lieber belassen. Er hatte die Wahrheit gesagt. Zwar hatte er das Wesentliche für sich behalten, doch niemand konnte ihm einen Strick daraus drehen. «Ob er nun Selbstmord begangen hat oder nicht, kann ich aufgrund unserer sehr beschränkten Bekanntschaft beim besten Willen nicht beurteilen. Verstehst du?»

Sie nickte und schaute ihn durchdringend an. Er hatte den Eindruck, dass sie ihm nicht so recht glaubte. Was sollte das hier eigentlich werden? Ein Verhör?

Das kleine Kind machte sich derweil an der nur angelehnten Tür zu schaffen. Auf und zu, auf und zu. Schließlich krabbelte der Junge aus dem Zimmer. Das Kindermädchen stellte sich wachsam in den Türrahmen und beobachtete ihren Schützling, der in Richtung Gemeinschaftsküche unterwegs war.

«Warum willst du da eigentlich etwas herausfinden? Bist du Hobbydetektivin? Oder warst du … na ja, war dieser Aurel dir irgendwie wichtig?»

«Ob wir ein Paar waren, meinst du?»

«Keine Ahnung, was ich meine. Mir ist die ganze Sache im Grunde ziemlich egal. Du bist es schließlich, die hier auftaucht und mit mir über Aurel sprechen will.»

Wieder schaute sie so komisch. Wie sollte er sie nur loswerden? Es passte Jakob ganz und gar nicht, dass sie ausgerechnet ihn als ihren Verbündeten ausgewählt zu haben schien.

«Hat er dir mal irgendetwas über seine Familie erzählt?»

Jakob schüttelte den Kopf.

«Oder weißt du, ob er neben seinem Au-pair-Job noch einen anderen Grund hatte, um nach Deutschland zu kommen?»

«Er war ständig mit dem Rad unterwegs. Das schien ihm sehr wichtig zu sein. Ich habe ihn meist im Gebiet des Marscher Tiefs getroffen, dort, wo das Heikeschloot als Verbindung zwischen dem Großen Meer und der Hieve fließt. Das

118

ist am südwestlichen Seeufer, gut zwölf Kilometer vom Helliger-Hof entfernt, er hat also ganz schöne Entfernungen zurückgelegt.»

«Das meine ich nicht. Ich glaube, dass er irgendeinen Auftrag oder so hatte. Er sprach davon, etwas für seine Familie erledigen zu müssen. Ich dachte, dass du vielleicht …»

«Nein», sagte Jakob knapp und versuchte, weiterhin einen desinteressierten Eindruck zu vermitteln.

Anette kam mit genervtem Gesichtsausdruck aus der Küche. «Kann mal jemand den kleinen Meisterkoch bändigen? Er wollte mich gerade mit dem Nudelholz attackieren.»

Sofort war Anivia zur Stelle und nahm das Kind auf den Arm. «Entschuldige, ich passe jetzt besser auf. Wir waren gerade im Gespräch …»

«Beziehungskrise?», kam es schnippisch von Anette.

«Nein, wir sind kein Paar.» Anivias Stimme klang geradezu erschreckt. «Ich frage ihn nach Aurel Pasat.»

«Ach, der Tote vom Helliger-Hof?»

«Du kennst ihn?»

Jakob zog sich etwas zurück. Weiber unter sich, dachte er und wünschte fast, es wäre doch seine Mutter gewesen, die ihm einen Überraschungsbesuch abgestattet hätte.

«Es stand in der Zeitung. Und ich kannte ihn vom Sehen. Ein süßer Kerl. Schade um ihn. War immer mit dem Fahrrad hier … Aber das hat Jakob ja sicher schon erzählt.»

Die Besucherin nickte. Sie machte ihre Sache verdammt gut. Gleich würde Anette weiterplaudern, so viel stand fest.

«Er hatte immer diesen großen Rucksack dabei, wenn ich ihn traf.»

Anivia horchte auf. «Einen vollen Rucksack?»

«Jein. Nur wenn er in Richtung Westen unterwegs war. Einmal traf ich ihn auf dem Rückweg, da war der Rucksack meines Erachtens leer. Und das war schon sonderbar. Ein unüblicher Ballast eigentlich, sollte es ihm beim Radfahren lediglich um sportliche Ertüchtigung gegangen sein.»

Prompt lieferte seine Besucherin die Schlussfolgerung: «Dann wird er aus einem anderen Grund unterwegs gewesen sein.»

Anette nickte. «Kam mir so vor. Vielleicht hat er gepicknickt?» Sie stoppte kurz und schaute erschreckt. «Meinst du, das ist irgendwie relevant?»

Das Au-pair-Mädchen stutzte: «Relevant? Was ist das?»

Jakob mischte sich ein: «Sie kommt aus Serbien. Ist auch ein Kindermädchen …»

Anette formulierte um. «Glaubst du, es ist wichtig, dass ich ihn gesehen habe? Aber warum? Er hat sich doch umgebracht, stand jedenfalls auf Seite eins.»

Anivia schüttelte energisch den Kopf: «Ich glaube das nicht. Wie oft hast du ihn getroffen?»

«Viermal vielleicht.»

«Du auch, Jakob?»

Er nickte und zeigte mit den Fingern, dass es ungefähr ebenso oft gewesen sein musste.

«Und ihr habt ihm jedes Mal gesagt, dass er dort eigentlich nicht mit dem Fahrrad fahren darf.»

Anette bestätigte: «Ich habe ihm sogar öfter mit Bußgeld gedroht. Musste ich machen, ist mein Job.»

Das Kindermädchen legte sich die Hand an den Mund, ganz konzentrierte Aufmerksamkeit. «Und er hat es trotzdem immer wieder gemacht.»

«Vielleicht suchte er Ärger. Solche Typen gibt es auch.»

«Aber nicht Aurel. Er war nicht so. Wenn er trotzdem immer wieder dort gewesen ist, dann hatte er einen Grund dazu. Er wollte an einen bestimmten Ort. Mit diesem Rucksack. Das muss es sein. Und ich glaube nicht, dass er dort ein Picknick gemacht hat, das ist Quatsch.» Sie warf das lange schwarze Haar zurück und strahlte Jakob und Anette an. «Er hat dort etwas gesucht. Oder jemanden besucht. Er hat etwas dort abgeliefert.»

«Wenn du meinst», knurrte Jakob.

«Natürlich! Sag mal, du kennst doch die Gegend. Wer wohnt da?»

«Die Gegend ... du bist gut.» Er gab ein schnaubendes Geräusch von sich, welches ihr signalisieren sollte, wie hirnverbrannt er ihre Theorie fand. «Da sind einige Kilometer weiter kleine Ferienhaussiedlungen am Großen Meer und an der Hieve. Und sonst gammeln ein paar leer stehende Torfschuppen vor sich hin. Mehr nicht. Wen sollte er da besuchen?»

Anivia schien sich nicht von ihrer Idee abbringen zu lassen. «Wollen wir nicht mal dorthin? Ein bisschen ... hmm, spionieren?»

«Was soll das? Ich muss außerdem gleich arbeiten.»

«Wann hast du denn mal Zeit?»

Er zögerte. Doch wenn diese Person schon jetzt so resolut vorgegangen war, seine Adresse herausgefunden und ihn mit ihren Fragen und Vermutungen gelöchert hatte, dann war es wahrscheinlich besser, ihrem Drängen nachzugeben. Auf diese Weise konnte er wenigstens bestimmen, wo und wann sie sich das nächste Mal über den Weg liefen. «Morgen Nachmittag ...», schlug er vor.

«Um drei Uhr?»

«Morgen, drei Uhr», bestätigte Jakob und verschwieg dabei, dass er morgen Vormittag nach dem Vogelzählen bereits seinen Job erledigt hatte. Doch das erschien ihm für das Treffen eindeutig zu früh. Zudem hatte er da etwas anderes zu tun. Etwas, das ihn mehr beschäftigte als der Tod von Aurel Pasat.

«Das Mädchen hat Power, Jakob, hätte ich dir gar nicht zugetraut», raunte Anette ihm leise ins Ohr, dann verschwand sie nach einem kurzen Abschiedsgruß in der Küche.

Er räusperte sich. «Wir treffen uns beim Heikeschloot. Du kommst dorthin, wenn du durch Forlitz-Blaukirchen fährst und dann immer weiter in Richtung Loppersum einmal ums Südufer herum. Wenn du mit dem Auto kommst, pass auf, die Straßen sind eine Katastrophe. Nicht wenige haben die Gegend ohne Auspuffanlage verlassen.» Jakob wunderte sich über sich selbst. Diese detaillierte Wegbeschreibung, diese Tipps und Ratschläge. Für Anivia musste es aussehen, als freue er sich auf das «Rendezvous». In Wirklichkeit sah er in der Verabredung nur seine einzige Chance, das Mädchen und das nervende Kind für heute loszuwerden. «Und bitte lass das Baby zu Hause, ich habe keine Lust, einen Kinderbuggy durch das Moor zu schieben», setzte er möglichst unfreundlich hinzu.

Sie strahlte. «Kein Problem, morgen hat meine Gastmutter frei.» Dann drückte sie ihm ohne Vorwarnung einen Kuss auf die Wange. Er traute sich kaum zu atmen.

Im Führerhaus des Lkws
brummender Motor, Zigarrenqualm, unebene Straße

«Bis hierher und nicht weiter», sagt Onkel Casimir auf einmal. «Ich habe den Eindruck, dass mich schon einige Kollegen von der Seite her anschauen. Die kennen mich alle. Und die merken, dass etwas nicht stimmt. So etwas kann ich schlecht verbergen.»

«Was heißt das? Muss ich hier aussteigen?»

«Ja. Ich fahre auf den nächsten Parkplatz. Muss sowieso eine Pause machen. Und dann wirst du gehen.»

Ich habe nach langem Hin und Her endlich eine halbwegs

bequeme Position auf dem Boden gefunden, zudem war ich kurz eingenickt. Onkel Casimirs plötzliche Hektik bringt mich richtig durcheinander. «Wo sind wir denn überhaupt?»

«Kurz vor Prag. Also bin ich sowieso bald am Ziel. Wir haben mehr Glück als Verstand gehabt. Zwei Grenzen, pah ... Ich mag gar nicht daran denken, was passiert wäre, wenn die Jungs am Schlagbaum ihren Job vernünftig gemacht hätten.»

«Ist schon gut», sage ich, aber das stimmt nicht. Nichts ist gut. Ich spüre, wie eine unbekannte Angst meinen Hals heraufkriecht. Der Kuchenbrei aus meinem Magen kommt wieder hoch, sauer und kratzig macht er meine Kehle wund. Ich überlege zum ersten Mal, ob ich nicht einen Fehler begangen habe. Einen gewaltigen Fehler. Was will ich hier? Oder in Deutschland? Ich kann weder die Sprache, noch habe ich die leiseste Ahnung, wohin ich eigentlich genau will. Ist Moordorf eine große Stadt? Mit Arad zu vergleichen, vielleicht sogar mit Bukarest?

Onkel Casimir scheint mir meine Angst anzumerken. «Ich habe eine Idee. Es könnte eine gute Chance für dich sein.»

Ich setze mich etwas auf. Er legt seine große, schwere Hand auf meinen Scheitel.

«Du wirst mit Wasserfall weiterfahren.»

«Wasserfall?»

«Ich kenne ihn, und in diesem Augenblick fährt er gerade hinter uns. Er ist fast immer nach Norddeutschland unterwegs, und dahin willst du doch, oder? Also, tja, es ist so: Er muss verdammt oft pinkeln. Das weiß bei uns jeder. Deswegen der Spitzname, alle nennen ihn Wasserfall. Ich werde dich auf seine Ladefläche schmuggeln.»

«Und dann?»

«Das ist deine Chance, verstehst du? Zähle die Stunden, wenn er wieder abfährt. Sein Ziel wird er in achtzehn Stunden erreicht haben. Morgen früh ist er in Hamburg, so heißt die Stadt, in die er fährt. Und du nutzt die Gelegenheit seiner letzten Pinkelpause und machst dich vom Acker. Verschlafen darfst du nicht, verstanden? Auf keinen Fall. Wasserfall verschwindet immer erst im Gebüsch, bevor er die Ladung kontrolliert. Also, sobald der Wagen steht, schleichst du dich davon. Dann musst du zusehen, wie du zurechtkommst. Mehr kann ich nicht für dich tun, mein Kind.»

Ich nicke.

Onkel Casimir greift zum Funkgerät. «Wasserfall, drückt die Blase wieder? Wir könnten uns bei nächster Gelegenheit auf einen Zigarillo verabreden.»

Aus dem kleinen schwarzen Kasten rauscht eine Antwort, die ich nicht verstehe. Aber der Lastwagen wird langsamer, und Onkel Casimir setzt den Blinker.

«Weißt du, wo Moordorf ist?», frage ich Onkel Casimir. Doch er sagt nichts mehr. Ich glaube, er hat fast so viel Angst wie ich. Wir stehen. Er zieht mit viel Kraft die Handbremse an und stellt den Motor ab. Es ist so still auf einmal, und ich vermisse das Vibrieren des Wagens. Onkel Casimir schnappt sich die Zigarilloschachtel und steigt aus. Langsam ziehe ich mich hoch. Da draußen sehe ich nur Wald und ein Stück vom Himmel. Wie spät ist es? Geht der Tag meiner Flucht schon dem Ende zu? Oder ist noch Nachmittag? Der tiefe Schlaf in meinem unbequemen Versteck hat mich durcheinandergebracht, mein Zeitgefühl betäubt. Ich wage mich noch ein bisschen höher und entdecke den anderen Lkw, er ist rot, sieht moderner aus als der, in dem ich sitze. Die Plane flattert hin und her, ich kann den Schriftzug darauf nicht erkennen, es ist eine andere Schrift als die, die ich bei *Primăvară* gelernt habe.

Überhaupt scheint mir das alles so weit weg: die Schule, die ich so selten besucht habe, das Teatrul vechi. Ich kann nicht glauben, dass es gestern war, als ich in Arad am Bahnhof stand und auf dich gewartet habe. Dass es vielleicht gerade dreißig Stunden her ist, seit Roland Peters mich mitgenommen hat in die Schule, als er mir deinen Brief gegeben hat. Zum ersten Mal frage ich mich, was dieser Mann eigentlich gewollt hat, als er mitten in der Nacht zu unserem verfallenen Quartier geschlichen ist. Wollte er mich noch einmal überreden, wieder zum Lernen vorbeizuschauen? Mitten in der Nacht? Kaum vorstellbar. Oder hatte er eine wichtige Nachricht für mich? Vielleicht eine Botschaft von dir, Aurel? Ich werde es nie erfahren. Weil ich aus lauter Angst, aus lauter Verzweiflung mein Messer gezückt habe.

Die Beifahrertür, an die ich mich mit einer Schulter gelehnt habe, wird so hastig aufgerissen, dass ich vor Schreck fast herausfalle. Mein Kopf knallt gegen die Stufenkante, mir wird einen Moment lang schwindelig. Die frische Luft klatscht mir ins Gesicht wie ein nasser Lappen. Hier drinnen ist es stickig gewesen und verqualmt. Ich atme durch und starre in Onkel Casimirs Miene, aus der ich ebenfalls Schrecken lese und Nervosität, Anspannung, es ist fast nicht zu ertragen. Er greift mir unter die Achseln und zieht mich aus dem Führerhaus. Meine Beine sind zu weich, ich kann kaum stehen. Das ewige Zusammenkrümmen beim Sitzen hat sie taub werden lassen. Ohne Onkel Casimirs Hilfe schaffe ich keinen Schritt. Er sagt kein Wort, zischelt nur, schleift mich mehr, als dass er mich stützt, ich ziehe eine Schlangenspur in den Kiesboden. Dann fühle ich meine Muskeln wieder, ich kann meine Füße anheben und ein Stück gehen. Endlich sind wir hinter dem anderen Lastwagen. Die grauschmutzige Plane ist bereits aufgeschlagen.

«Was machst du da?», höre ich die Stimme des anderen, den sie immer Wasserfall nennen. Er scheint etwas abseits in der Böschung zu stehen, wahrscheinlich immer noch mit dem Pinkeln beschäftigt. «Ist was an meinem Wagen?»

Onkel Casimir räumt mit einer Armbewegung die Ladung zur Seite. «Deine Plane ist auf!», ruft er Wasserfall zu. Ich bewundere ihn, denn obwohl er wahrscheinlich Angst hat bis zum Hemdkragen, klingt seine Stimme so normal und sicher. «Ich schau mal nach, wenn es dir recht ist.»

«Mach ruhig. Bei mir kann's noch etwas dauern. Hab 'ne Kanne Kaffee intus!»

Ich spüre wieder die kräftigen Männerhände unter meinen Achseln. Er hebt mich nach oben, Stück für Stück, ich hätte es allein auch nicht geschafft, keine Chance. Meine Knie schieben sich langsam auf die Ladefläche. Onkel Casimir drückt von unten nach. Seine Hände rutschen nach vorn, berühren meinen Busen, erst ganz wenig, aus Versehen, dann umgreifen seine Finger beide Hügel. Ich spüre, wie der Mann, der mich hebt, augenblicklich erstarrt. Der Griff um meine Brust wird fest, fast gewalttätig. Er stöhnt auf. Mir wird heiß, o Gott, mir wird schrecklich heiß. Mit letzter Kraft ziehe ich meinen Oberkörper nach vorn, verlagere mein Gewicht ins Innere des Laderaums, und er lässt mich los. Ich drehe mich zu ihm um. Sein Blick spricht Bände. Er muss nichts sagen, gar nichts, es ist klar, dass er gemerkt hat, dass ich kein Junge bin, sondern schon fast eine Frau. Ihm scheinen die Augen aus dem Kopf zu fallen. Ich weiß, was er jetzt will. Es ist immer dasselbe. Ich habe es schon so oft getan. Und es hat mir schon oft das Leben gerettet. Der Mann von der Fleischerei in der Calea Victoriel, er mag es im Stehen. Und er sagt nichts mehr danach, auch nicht, wenn ich noch ein zweites Mal in die Kiste mit frischen *cabanas* greife. Es ist so etwas wie eine ganz spezielle Währung in Arad – und wahrscheinlich im ganzen Land. Und Onkel Casimir hat sich eine Belohnung verdient. Es ist, wie es ist. Ich ziehe meinen Pullover nach oben, sodass er sehen kann, was er eben berührt hat, dann krieche ich rückwärts nach hinten, zwänge mich zwischen den gestapelten Kisten hindurch, dabei behalte ich ihn im Auge. Er sieht noch immer so aus, als wäre eben die Welt stehen geblieben.

«Komm her», sage ich, locke ihn mit dem Zeigefinger. «Wir gehen nach hinten. Beeilen wir uns.»

Er schaut sich um, nach links und rechts, kurz und hektisch über die Schulter. Dann greift er mit beiden Händen die Kante und zieht sich hoch. «Hinten ist was verrutscht, ich mache das eben für dich», ruft er in Richtung Böschung. «Zigarillos sind bei mir auf dem Sitz, bedien dich und lass dir Zeit!» Er kommt ins Innere. Mir ist schlecht. Bei so etwas ist mir bislang immer schlecht geworden, aber da hatte ich meistens mein Aurolac in der Nähe, da habe ich ein-, zweimal tief in die Tüte gerochen, und es war okay. Aber hier ist kein Aurolac. Ich muss da durch.

Ich bin jetzt ganz hinten im Laderaum. Warm ist es nicht und bequem schon gar nicht. Onkel Casimir zieht sein Hemd aus. Darunter trägt er ein weißes Shirt, unter seinen Armen breiten sich Schweißflecken aus. Er blickt mich an.

Ich denke, er sollte sich beeilen. Wirklich, er ist so komisch, er macht mir Angst.

Er schüttelt den Kopf, fast traurig, dann wirft er mir das Hemd zu. «Leg dich darunter, dann kann er dich nicht gleich sehen, falls er noch einmal die Ladung kontrolliert.»

Onkel Casimir berührt mich nicht. Er schaut mich auch nicht mehr an, er zieht sich nur zurück, als hätte ich ihn geschlagen. Kurz bevor er die Plane von außen schließt und das letzte bisschen Tageslicht aus dem Raum verbannt, nuschelt er fast unverständlich: «Hätte ich gewusst, dass du ein Mädchen bist, dann hätte ich dich da in Arad am Straßenrand stehen lassen.»

Ich glaube, das hat er gesagt.

Büro Axel Sanders / ehemals Büro Wencke Tydmers
alles piccobello

«Nein habe ich gesagt», knurrte Axel Sanders.

«Aber ...»

«Meine liebe Wencke, dies ist jetzt bereits dein hundertstes Aber an diesem Mittag. Ich bin es leid.»

«Aber ... ich hätte es dir auch gestern Abend schon erzählt, dann hättest du heute deine Ruhe. Doch du bist mir ja aus dem Weg gegangen, als hätte ich eine ansteckende Krankheit.» Sie fuchtelte mit den Armen. Sie lief rot – fast blau – an vor Aufregung. Sie spuckte beim Schimpfen. Sie war, das musste Axel Sanders sich einmal mehr eingestehen, unwiderstehlich Wencke.

«Hatten wir uns nicht darauf geeinigt, in den eigenen vier Wänden niemals über Dienstliches zu plaudern?»

«Ich wollte nicht plaudern, ich wollte dich zur Schnecke machen. Weil du den Fall Aurel Pasat einfach zu den Akten legst, obwohl ...»

«Obwohl was? Alle Fakten sprechen für einen Selbstmord, meine Liebe. Das rechtsmedizinische Gutachten ...»

«Das vorläufige Gutachten ...»

«Meinetwegen. Aber wir haben ein Motiv, einen Abschiedsbrief, einen Fundort, an dem alles für einen Alleingang spricht. Du kannst es drehen und wenden, wie du willst. Es ist lediglich dein überstrapazierter Ehrgeiz, der dich an dieser Tatsache zweifeln lässt.»

«Mein was?» Ihre Augen sprühten Funken, sie hatte sich von ihrem Stuhl, auf dem sie nach ihrem verspäteten Erscheinen Platz genommen hatte, mit einem Ruck erhoben. «Überstrapazierter Ehrgeiz? Was meinst du denn damit?»

Er genoss es, sie ruhig und besonnen anzulächeln, denn er

wusste, dass es sie rasend machte, wenn er sich ungerührt zeigte. «Du willst uns allen beweisen, dass du es im Griff hast – Baby Emil und den Job. Du willst zeigen, dass du noch immer die alte Wencke Tydmers bist. Die Powerfrau mit der mystischen Macht der weiblichen Intuition. Aber in diesem Fall schießt du über das Ziel hinaus. Es gibt hier nichts zu deuten, die Sache ist klar.»

«Du solltest nach dem Mountainbike suchen lassen. Es ist sehr interessant, dass er es allem Anschein nach dabeihatte. Hätte er sich umbringen wollen, wäre er doch eher zu Fuß zum Schuppen gegangen. Es sind nur wenige Schritte ...»

«Ich werde die Helligers fragen, ob die das Fahrrad inzwischen gefunden haben. Bist du damit zufrieden?»

«Ich habe Annegret Helliger bereits danach gefragt. Sie hat es nicht gesehen. Aber ich habe bemerkt, dass sie seltsam steif wurde, als ich sie darauf ansprach. Ihre Hände ...»

«Mir ist es egal, was du wieder bemerkt zu haben glaubst, Wencke, und die Sache mit dem Fahrrad hat meiner Meinung nach überhaupt nichts zu bedeuten. Du verrennst dich in etwas. Soll ich nun wegen jeder Kleinigkeit, die dir auf einmal im Kopf herumspukt, eine Hundertschaft losschicken, oder was?»

«Axel!»

«Immerhin hast du es gestern versäumt, den Kollegen diese ach so relevante Information mit dem Fahrrad weiterzugeben. Sonst hätten wir ja danach suchen lassen, wo wir schon mal da waren, auch wenn ich da keinen wirklich gewichtigen Zusammenhang sehe.»

«Gestern Abend habe ich mit einem deutschen Sozialarbeiter in Arad gesprochen. Auch er hat indirekt gesagt, dass ...»

«Hör doch endlich auf. Was irgendwer irgendwo indirekt gesagt hat, ist wirklich ... Mir fehlen die Worte!»

«Axel, dann lass mich wenigstens noch einmal versuchen, zu dieser Teresa Kontakt aufzunehmen.»

«Meinetwegen, telefonier dir die Finger krumm. Ich kann mir nicht vorstellen, dass ein rumänisches Straßenkind brav vor dem Telefon hockt und auf einen Anruf von Wencke Tydmers wartet. Wenn sie etwas Wichtiges zu sagen gehabt hätte, wäre sie doch zur verabredeten Zeit da gewesen. Aber stattdessen scheint sich dort im tiefen Transsilvanien schon längst kein Mensch mehr für dich und deine Aurel-Pasat-Theorien zu interessieren. Ist es nicht so?» Bald riss Axel der Geduldsfaden. Wie konnte man nur so hartnäckig, stur und unbelehrbar sein. Prallten denn all seine so offensichtlich plausiblen Argumente an ihr ab?

Trotzdem bereitete es auch irgendwie Spaß, mit Wencke Tydmers zu streiten. Das hatte es schon immer getan.

«Und der Liebesbrief?» Sie fuchtelte mit dem Schriftstück hin und her, welches sie ihm vorhin so enthusiastisch auf den Schreibtisch geknallt und als Wende im Fall Aurel Pasat angekündigt hatte. «Was ist damit? Glaubst du, ein Lebensmüder schreibt so etwas?»

«Warum denn nicht? Die Zeilen sind zudem schon eine Woche alt. Nehmen wir an, die Verliebtheit ist in den vergangenen Tagen der bitteren Erkenntnis gewichen, dass eine Beziehung zu einer zwanzig Jahre älteren und verheirateten Frau und Mutter ziemlich aussichtslos ist. Dann, das musst du zugeben, liebe Wencke, müsste man dieses Indiz noch zusätzlich als Selbstmordmotiv ansehen.»

Ihr breiter Mund klappte zu, ihre sonst so lebendigen Gesichtszüge sackten in sich zusammen wie ein Soufflé, welches man zu früh aus der Ofenhitze nahm. Fast tat sie ihm leid. Im Grunde mochte er ihren Eifer ja. Und im letzten Jahr, seit sie in den Mutterschutz gegangen war, hatte Wencke Tydmers in dieser Abteilung an allen Ecken und Enden gefehlt. Doch hier und heute war es zu viel des Guten. Es war besser, wenn sie diese Tatsache so schnell wie möglich begriff.

Vielleicht sollte er sie als Trostpflaster am Wochenende mal wieder zum Essen in die Altstadt, am liebsten ins *Twardokus*, einladen. Gut, sie würde ihm deswegen nicht gleich aus der Hand fressen. Er amüsierte sich geradezu über sein gelungenes Wortspiel, aber ...

«Axel Sanders, warum grinst du so unverschämt?»

«Ich grinse?»

«Bis über beide Ohren.» Sie hatte die Hände auf den Schreibtisch gestemmt, es sah aus, als wolle sie das schwere Massivmöbel verschieben und ihn samt Chefsessel gegen die Regalwand dahinter quetschen. Er erinnerte sich, dass dies ja eigentlich ihr Platz war und er quasi bis zu Wenckes gänzlicher Rückkehr nur den Stuhl warmhielt. Aber er erinnerte sich nur sehr kurz. Denn heute war heute und hier war hier.

«Jetzt ist es aber gut. Schluss mit dem Thema. Ich möchte dich bitten, Greven und Strohtmann etwas Hilfestellung zu geben. Sie beschäftigen sich mal wieder mit dem *Penny*-Fundament.»

«Mit *dem* alten Fall?»

Wencke hatte recht. Diese Sache mit dem verschwundenen Mann aus Berum lag etliche Jahre zurück, die mutmaßlichen Mörder waren schon längst hinter Gittern, nur von dem Opfer fehlte noch immer jede Spur, und man munkelte hartnäckig, die Leiche sei damals in das Fundament des Berumer *Penny*-Marktes eingearbeitet worden. Daher auch der Titel, mit dem die Kollegen den Fall beim Namen nannten. Hin und wieder gab es neue Hinweise, denen man nachgehen musste, bislang jedoch immer ergebnislos. So hatte sich in der Abteilung der Begriff «*Penny*-Fundament» leider schon längst zu einem Synonym für sinnlose Zeitverschwendung entwickelt. Kein Wunder, dass Wencke stöhnte.

«Du könntest die neuen Hinweise in die Akte einarbeiten. Soweit ich weiß, hat Greven bereits ein Protokoll erstellt.»

«Willst du mich ärgern?»

Nun war es genug, entschied Axel Sanders, und es fiel ihm schwer, nicht mit der Faust auf den Tisch zu hauen, um seiner Autorität zusätzlichen Ausdruck zu verleihen. «Hier wird niemand geärgert, verdammt nochmal. Unser Job besteht aus mehr als nur Detektivspielen, und du solltest dich auch noch daran erinnern können.»

«Aber ...»

«Nein, ich will dieses Wort nicht mehr hören. Die Unterlagen findest du auf deinem Schreibtisch, dort warten sie übrigens schon seit gestern Abend. Also ...»

«Und Aurel Pasat?»

«Schluss damit!»

Sie warf die Tür zu. Wie auch immer sie das machte, eigentlich verfügte sein Büroeingang über eine Schalldämpfung und ließ sich nur langsam und schwerfällig öffnen und schließen. Doch Wencke schaffte es, ihre Wut an seinem klobigen Türblatt auszulassen, und der Knall hallte über den Flur der Auricher Kriminalpolizei wider.

«Wencke, wollen wir morgen zusammen essen gehen?», fragte Axel Sanders den leeren Stuhl gegenüber.

Gelände des Moormuseums
geschäftiges Treiben

Der Container wurde von vier kräftigen Männern auf dem unebenen Boden in Richtung Wiese gezogen. Marianne, die freundliche Teestubenbesitzerin, war aus dem kleinen roten

Häuschen geeilt, hielt nun das Museumstor weit geöffnet und feuerte die Truppe mit einem «Hau ruck!» an.

Annegret riss sich zusammen, damit sie nicht zu oft «Vorsicht» und «Nicht so grob» dazwischenrief. Sie war ja froh, dass sich auch heute so viele Freiwillige eingefunden hatten, um die Exponate an Ort und Stelle zu bringen. Die Gemeindeverwaltung hatte einen Aufruf zur Mithilfe gestartet, und die verschiedenen Südbrookmerländer Behörden und Vereine hatten ihre Mitarbeiter, ihre Zivis und Auszubildenden auf den Helliger-Hof und ins Moormuseum zum Anpacken geschickt. Der Holländer hatte das Kommando übernommen, und auch wenn Annegret den Hausmeister nicht unbedingt mochte, er machte die Sache hier gut. Was die Organisation und das Bepacken von Transporten anging, war er ein Profi. Seit Jahren schon war er es, der auch bei den Hilfslieferungen nach Rumänien die Fäden in der Hand hielt. Deswegen war es auch übertrieben, wenn Annegret ihm diesen Job hier nicht zutraute. Ein Fachspediteur wäre zudem eine weitere finanzielle Belastung gewesen, und die Ausstellung kostete sie und den Kulturverein schon jetzt ein kleines Vermögen.

Das Verladen hatten sie bereits in der vergangenen Woche hinter sich gebracht, Holländer hatte zwölf junge Kerle mit hochgekrempelten Ärmeln kommandiert, unter ihnen auch Aurel. Alle waren voller Arbeitseifer in ihrem Atelier aufgetaucht, alles war in weniger als einer Dreiviertelstunde erledigt gewesen.

Morgen Mittag, so hatte Sebastian gestern erzählt, wollte dann noch ein junger Mann, irgendein Naturschutz-Zivi, zum Museum kommen, um gemeinsam mit ihr die letzten Detailarbeiten zu bewerkstelligen. Er hatte sie gestern, als sie noch auf Spiekeroog gewesen war, auf dem Handy angerufen, ein wenig rumgestottert, und obwohl sie das Fixieren der

Skulpturen und das Anbringen der Schilder am liebsten allein machte, hatte sie sich nun trotzdem mit ihm verabredet. Wer weiß, wozu ein junger, beweglicher Naturbursche vielleicht noch gut sein konnte. Das ewige Bücken und Heben durfte sie ihm dann ja getrost überlassen.

Die Skulpturen waren die letzten Tage in einem der Betriebslaster der Kompostierwerke gelagert gewesen, und nun gruselte es Annegret, wenn gleich die Verriegelung zur Seite geschoben und die Tür geöffnet wurde. Eigentlich hatten sie und die Helfer alle Objekte mit Seilen – mit diesem kratzigen braunen Hanfseil aus ihrer Werkstatt – befestigt und die empfindlichen Stellen zusätzlich mit Schaumstoffplatten geschützt. Es dürfte nichts verschoben oder gar beschädigt sein.

Trotzdem bangte sie um ihr Werk. Die Ladung dieses Gefährts stellte ja im Grunde genommen den Löwenanteil ihrer Arbeit der letzten zehn Jahre dar. Sie hatte zwar auch Projekte zu anderen Themen gemacht, Auftragsgeschichten für Sparkassenfoyers oder sonstige Geschäftsräume, doch das Motiv «Gestaltenwechsel – Wechselgestalten» war ihr in dieser ganzen Zeit das Wichtigste gewesen. Ihr Herzblut steckte darin. Damals, als es ihr noch so schlecht ging, hatte sie mit dem «Phönix» begonnen, sie hatte das erste Mal ein Schweißgerät in den Händen gehalten, tage- und nächtelang gearbeitet, Flügel und Körper und Asche, weil es ihr so wichtig war, diese Skulptur zu vollenden. Es war etwas anderes gewesen als die Arbeit mit Holz, Speckstein oder Acryl. Sie hatte die Metallplatten verbunden, hatte den gleißend blauen Feuerstrahl immer behänder über die Nahtstellen gehalten, und irgendwann hatte sie gespürt: Dies war ihre Kunst. Dies war ihr Element. Es war ein wichtiger Moment gewesen, mehr als nur ein Aha-Erlebnis. Sie würde es heute am ehesten als Erfüllung beschreiben. Damals, als die schlimme Zeit endlich vorbei war, als sie Sebastian kennenlernte, als sie beschlossen zu heiraten, als sie die Kinder adoptierten. Und bei jeder dieser Stationen hatte sie ein Kunstwerk geschaffen. Ganz persönlich.

Nun stand in ihrem Atelier nur noch diese unvollendete Gestalt, die sie «Rumänien» nennen wollte und die ihre Empfindungen für Aurel zum Ausdruck brachten.

Es hatte heute keine Minute gegeben, in der sie nicht an ihn gedacht hatte. Sowohl zärtlich und voller Trauer wie auch misstrauisch: Warum hatte er sich unter Vorspielung falscher Tatsachen diese Medikamente besorgt? Hatte sie ihn wirklich gekannt? Sie spürte genau, sein Tod und die vielen Fragen, die er aufwarf, würden die Skulptur ganz anders aussehen lassen, als sie ursprünglich auf Spiekeroog gedacht hatte. Würde sie es schaffen, «Rumänien» nach alledem noch ein Gesicht zu geben? Sollte es aussehen wie Aurel? Wie hatte er eigentlich ausgesehen? Es tat weh, darüber nachzudenken. Sie wusste, die Arbeit an der Figur konnte ihr helfen, diesen Schmerz zu überwinden, weil sie schon so oft Schmerzen in ihrer Kunst verarbeitet hatte. Sobald die Skulptur fertig war, würde sie einen Platz bei den anderen bekommen. Erst dann wäre die Ausstellung hier auf dem Freigelände des Moormuseums komplett. Zumindest fürs Erste. Es ging ja immer weiter, das Leben, immer neue Stationen warteten in der Zukunft, immer neue Inspirationen für ihre Hände, das Schweißgerät und das wunderbar riechende Metall.

«Hier oder weiter rechts?», rief Holländer mit seiner tiefen Bassstimme. Er hatte den «Bettler» auf eine Sackkarre gestemmt und schaute sie ungeduldig an. Sie war so in Gedanken verloren gewesen, hatte er sie vielleicht schon mehrfach angesprochen? Annegret blickte in das Innere des Lkws und bemerkte erleichtert, dass alles noch an Ort und Stelle stand, heil und unbeschädigt.

«Bitte stellen Sie die Figur unter die Birke dort hinten am

Zaun. Es wäre hübsch, wenn die aufblühenden Zweige genau über der Rundung sind.»

«Wird gemacht, ganz wie Sie wollen. Sie sind die Künstlerin.»

Der «Bettler» – sie hatte ihn in der Zeit entworfen, als Sebastian und sie wegen der Adoptionen von Behörde zu Behörde gerannt waren – wurde zum Glück vorsichtig geschoben. Die Räder der Lastenkarre versanken etwas im weichen Moorboden, das schwarze Profil der Luftbereifung hinterließ eine gemusterte Schneise im löchrigen Rasen.

Wie wunderhübsch es hier war. Besonders im Mai, wenn die wenigen Bäume langsam grün wurden und das Heidekraut in den Winkeln der Landschaft zu wuchern begann. Sie dankte noch heute Sebastian dafür, dass er ihr diese Möglichkeit gegeben hatte. Es war zwar nicht ihre erste Ausstellung – früher, als sie noch Aquarelle gemalt hatte, war sie in einigen Städten zu sehen gewesen –, doch es war ihre erste öffentliche Sammlung aus Metall. Zwölf Skulpturen – die alle weit über fünfzig Kilo wogen, schwer zu fassen waren, viel Platz in Anspruch nahmen –, die bekam man nur selten in ihrer Gesamtheit unter.

Das Moormuseum befand sich auf einem riesigen Grundstück. Sodenhütten und Lehmhäuschen verteilten sich über die Fläche, und daran angebrachte Tafeln erzählten von der Armut, in der die Moorarbeiter bis in die zwanziger Jahre des vorigen Jahrhunderts hinein lebten. Dann ein wenig Naturkunde und Landwirtschaft, alte Maschinen, ein Kochhaus. Die Einrichtung war der Stolz der Gemeinde, man hatte sich bei einer Umfrage über die sehenswertesten Museen Deutschlands sogar einen Platz neben dem *Deutschen Museum* in München und dem weltberühmten *Pergamon*-Museum in Berlin erworben.

Nun würden ihre Arbeiten das Ganze für eine Sommersaison bereichern. Und dies hatte sie ihrem Mann zu verdanken. Sebastians Firma unterstützte dieses Museum bereits seit Jahren. Er hatte auch den «Kulturverein für ein neues Moordorf» ins Leben gerufen, der hiesigen Künstlern eine Chance gab, also auch ihr.

Sebastian war ein wunderbarer Mann. So oft wurde ihr bewusst, dass er ihr das Leben gerettet hatte. Damals. Als sie überhaupt nicht wusste, wie es weitergehen sollte, nachdem sie endlich diesen Andreas Isselmeer losgeworden war.

Polizeirevier Aurich, Sitzungszimmer
alle wollen eigentlich Feierabend machen

Manchmal saß man gern am Ende der Schicht zusammen. Trug die aktuellen Wissensstände zusammen, hörte sich an, was die Kollegen am Tag geschafft hatten, und gab zum Besten, womit man selbst die letzten Stunden beschäftigt gewesen war. Manchmal brachten diese Treffen im Sitzungszimmer etwas, zwar nicht immer neue Erkenntnisse, aber oft das Gefühl der Zusammengehörigkeit. Früher hatte Axel Sanders nicht viel davon gehalten, heute wusste er, dass ein funktionierendes Betriebsklima die Arbeit für alle angenehmer machte. Zugegeben, diese Erkenntnis hatte er Wencke und ihrem Führungsstil in Aurich zu verdanken. Und auch als ihr Vertreter auf Zeit hielt er diese Abschlussgespräche für enorm wichtig.

Doch heute hätte er das Meeting gern einmal sausen lassen. Er hätte sogar einen Außer-Haus-Termin – selbst eine Leichensache – übernommen, um Wencke an diesem Tag und in diesem Haus nicht mehr begegnen zu müssen. Die

Meinungsverschiedenheiten am frühen Nachmittag hatte zwischen ihnen eine frostige Stille breit werden lassen, und Axel Sanders registrierte missmutig, dass er damit überhaupt nicht umgehen konnte. Es wäre für ihn eine Erlösung gewesen, hätte er eine passende Ausrede parat gehabt und gerade heute Abend gefehlt. Greven hätte seinen Part sicher gern übernommen. Aber nichts da. Es gab keinen neuen Fall, keinen neuen Termin, er hatte noch nicht einmal irgendein glaubwürdiges Wehwehchen, welches etwas Ruhe und Entspannung hätte rechtfertigen können. Er musste dahin. Er musste ihr gegenübersitzen, ihren beleidigten Gesichtsausdruck ertragen und zu alledem auch noch eine freundliche Miene machen. Zum Glück hatte sie morgen frei. Es brauchte etwas Zeit, damit sich die Wogen glätten konnten.

Axel Sanders nahm sich für die nun folgenden Minuten vor, die Kollegen reden zu lassen und zum Schluss noch irgendetwas Nettes in Wenckes Richtung zu schicken.

Meint Britzke meldete sich mit gewohntem Eifer gleich zu Beginn, kaum dass alle am langen Tisch Platz genommen hatten. «Wir haben jetzt das endgültige Obduktionsergebnis des Rumänenjungen.»

Wencke machte so eine Bewegung, die erkennen ließ, dass sie sich nicht anmerken lassen wollte, wie interessiert sie an dieser Information war. Sie schlug die Beine übereinander, legte sich einen Finger unter das Kinn und schaute ausdruckslos aus dem Fenster. Und innerlich – dies wusste Axel Sanders, er kannte sie so gut –, innerlich sprudelte sie vor Wissbegierde und hätte Britzke das Protokoll wahrscheinlich zu gern aus den Händen gerissen.

«Und?», fragte Axel Sanders nach, weil alle anderen schwiegen. Es war klar, der ganze Kollegenkreis hatte von dem Disput zwischen Wencke und ihm erfahren, sie waren ja auch nicht eben leise gewesen. Und nun knisterte es gewaltig, nun standen sie unter Beobachtung, jeder in diesem Raum wusste, was zwischen ihnen beiden, den altbekannten Kontrahenten, in diesem Moment passierte.

«Und, was hat Rieger in seinem Institut herausgefunden?»

«Er bestätigt unsere Selbstmordtheorie. Tod durch Unterbrechung von Sauerstoff- und Blutzufuhr zum Gehirn, eindeutig aufgrund der Strangulation mit dem Strick.» Britzke blätterte um und klopfte mit dem Kugelschreiber auf das nächste Blatt, als bekäme der Inhalt dieses Schreibens dadurch noch mehr Gewicht. «Die Strangulationsfurche ist nicht ganz eindeutig, sie zeichnet sich weiter unten am Hals mit starken Unterblutungen ab, die höheren Male sind später entstanden und waren wahrscheinlich tödlich, denn hier zeigen sich keine Hämatome mehr. Der Strick scheint also verrutscht zu sein, so zirka um zwei bis drei Zentimeter. Sein Zungenbein ist ebenfalls nicht gebrochen.»

«Und worauf lässt das schließen?»

«Rieger meint, der Junge hat es nicht richtig angestellt. Der Knoten war ungünstig, er zog sich nicht richtig zusammen. Außerdem hat er sich wohl nicht hart genug in die Schlinge fallen lassen, deswegen kein Bruch. Der arme Kerl hat wahrscheinlich ziemlich lange gelitten.»

Niemand sagte etwas. So erfahren diese Mannschaft in Tötungsdelikten auch war, wenn die Obduktionsberichte die Sache beim Namen nannten, waren alle immer irgendwie sprachlos. Zum Glück beherrschte Britzke die Kunst, es beim Vorlesen sachlich klingen zu lassen.

«An Aurel Pasats Leiche wurden keinerlei Gewalteinwirkungen festgestellt. Keine Drogen, Beruhigungsmittel oder sonstige Dinge, die ihn so hätten benebeln können, dass er sich nicht wehren konnte. Fest steht also: Wäre er von jemandem gegen seinen Willen dort aufgehängt worden, dann hätte er sich mit Sicherheit gewehrt. Und das hätte Spuren hinterlassen. Aber in diesem Fall ist da nichts.»

«Gar nichts?», hakte Sanders noch einmal nach und kassierte dafür ein genervtes Augenrollen von Wencke.

«Nichts.» Britzke klappte die Mappe zu und lehnte sich zurück. Doch gerade als Axel das Gespräch auf das *Penny*-Fundament lenken wollte, schnellte Meint Britzke wieder nach vorn und schüttelte den Kopf. «Ach doch, eine Kleinigkeit war da noch.» Flink fanden seine Finger eine Seite im letzten Drittel der rechtsmedizinischen Ausführungen. «Unter Allgemeinzustand steht da was.»

Jetzt gab Wencke ihr zur Schau gestelltes Desinteresse auf und beugte sich nach vorn, die Augenbrauen sehr weit nach oben gezogen. Doch sie sagte nichts. Brauchte sie auch nicht. Jeder wusste, sie würde nicht lockerlassen in diesem Fall. Egal, was Britzke nun doch noch berichtete, sie würde es wieder als ein Indiz zu ihren Gunsten auswerten. Weil sie sich in den Kopf gesetzt hatte, diesen Fall hier zu verkomplizieren.

«Rieger schreibt, der Körper des Jungen litt zur Zeit des Todes unter Elektrolyt-Mangel.»

«Was heißt das?», fragte Sanders.

«Mangel an Calcium, Magnesium und anderen Mineralien. Er wird sich etwas schwindelig gefühlt haben, vielleicht hatte er auch leichte Krämpfe in der Muskulatur.»

«Und wodurch kann es ausgelöst worden sein?»

«Vielleicht hat er kurz vorher Sport getrieben, Rieger nennt es in seiner Abhandlung etwas antiquarisch *Er ist vermutlich vor seinem Tod einer körperlichen Ertüchtigung nachgegangen.* Also ich vermute mal, er ist gerannt, gejoggt oder ...»

«... Fahrrad gefahren ...», warf Wencke lässig ein und schaute durchdringend in Axel Sanders' Richtung. Na also, da hatte sie ihr Indiz. Das war ja klar gewesen.

140

Britzke las unbeirrt weiter. «Und wenn man dann nicht genug trinkt oder sonst irgendwie den Elektrolyt-Haushalt ausgleicht, kann es zu Mangelerscheinungen kommen. Diese waren aber – und das betont Rieger mehrfach und ausdrücklich – nicht lebensgefährlich, sie kommen auf keinen Fall als Todesursache infrage.»

Axel Sanders atmete auf. «Ich werte das als zusätzliches Argument für einen Selbstmord.»

Wencke schnellte herum und blitzte ihn an. «Wie kommst du denn darauf?»

«Ich stell mir das nur gerade so vor: Aurel hat Liebeskummer, er will nicht in sein elendes Heimatland zurück, und dann fühlt er sich noch krank und müde in den Knochen. Drei Faktoren, die sich hervorragend in das Gesamtbild einfügen ...»

Wencke lachte auf und drehte sich demonstrativ in eine andere Richtung.

Eigentlich mochte Sanders derlei Spielchen nicht. Dieses schnippische Lachen, wenn man eigentlich stocksauer auf den anderen war. Und umgekehrt dieses biestige Zanken, wenn man sich eigentlich mochte. Wenn man sich eigentlich schon lange im Klaren darüber war, dass man den anderen vermissen würde, gäbe es ihn nicht.

Wencke holte tief Luft. «Ich habe bereits gesagt, wir sollten das Fahrrad suchen. Wenn Aurel damit unterwegs gewesen ist, dann könnte die Spurensicherung bestimmen, wo genau er sich durch das ostfriesische Gehege geschlagen hat, bevor er dann in diesem Schuppen einen Strick um den Hals trug. Denn ihr könnt mir alle sagen, was ihr wollt. Ich bleibe dabei, es passt nicht zusammen. Und wenn ihr keine Zeit oder Lust habt oder die Veranlassung dazu seht, der Sache auf den Grund zu gehen, so mache ich es eben im Alleingang.»

«Nun», sagte Sanders mit betonter Ruhe. «Du hast ja

morgen deinen freien Tag. Dann wünschen wir dir alle viel Spaß bei deinem Moorspaziergang. Wenn du deinen Sohn mitnimmst, wird vielleicht noch ein netter kleiner Familienausflug daraus. Und jetzt möchte ich Strohtmann bitten, uns über die neuen Entwicklungen beim *Penny*-Fundament zu berichten. Haben die Zeugenaussagen einen Hinweis auf das Verschwinden ...» Axel sprach wie automatisch weiter, er registrierte, wie die Kollegen den einen Ordner zu und den neuen aufklappten. Doch seine tatsächliche Aufmerksamkeit gehörte Wencke, die sich auf die Unterlippe biss, bis die Haut darunter weiß wurde.

Wenckes Garten
die letzten Sonnenstrahlen wärmen die Steine

Emil, schon im mollig weichen Schlafanzug, war gerade selig auf Wenckes Arm eingeschlafen, sein Gesicht ihrem Hals zugewandt. Sie spürte die Wärme seines ruhigen Atems, Spucke rann aus seinem Mundwinkel und durchnässte den Kragen ihrer Jeansjacke. Anivia räumte das Geschirr zusammen. Sie hatte heute den Terrassentisch gedeckt, zum ersten Mal in diesem Jahr gab es Abendbrot im Freien. Auf der Fensterbank flackerten ein paar Kerzen in ihren Windgläsern, die sie während ihrer Schwangerschaftskur im Teutoburger Wald vor anderthalb Jahren mit bunten Servietten beklebt hatte. Landgeräusche als Untermalung, das Scheppern eines Traktors, die Kühe an der Melkstation einen halben Kilometer entfernt. Ein schöner Moment, friedlich und harmonisch. Ein Bilderbuchfeierabend.

Hätte es sein können. Ein Tag ging zu Ende, ein Tag, von

dem sich Wencke weit mehr erhofft hatte, als dass er über einem Ordner voller veralteter wie nutzloser Zeugenaussagen in einem aussichtslosen Fall endete.

Das Thema Aurel Pasat war im Kollegenkreis nur noch einmal kurz und bündig abgehandelt worden. Ihre Argumente, ihre Befürchtungen waren von Axel Sanders wie eine Staubschicht vom Tisch gefegt worden. Und der Gipfel der Frechheit waren Axel Sanders Abschlussworte gewesen: «Morgen hat Wencke ihren freien Tag, liebe Kollegen. Wollen wir ihr nicht alle an dieser Stelle einmal offiziell sagen, wie schön es ist, sie wieder in unserer Mitte zu haben? Damit sie uns morgen beim Windelwechseln in guter Erinnerung behält ...»

Ein Gutes hatten Axel Sanders' Unverschämtheiten: Sie motivierten Wencke, vor ihrer Heimkehr noch auf eigene Faust nach Moordorf zu fahren. Und tatsächlich hatte sie das blaue Fahrrad unweit des Schuppens im Gebüsch gefunden. Es war an einen dünnen Baum gekettet, es wäre für die Spurensicherung ein Leichtes gewesen, es dort zu entdecken. Wenn sie überhaupt danach gesucht hatten. Unter der Stange war eine Halterung angebracht, die darin verstaute Getränkeflasche erwies sich als noch knapp gefüllt. Wenn Aurel Pasat nach so viel körperlicher Ertüchtigung nun tatsächlich unter Mineralstoffmangel gelitten hatte, der seiner angeblichen Lebensmüdigkeit noch Vorschub geleistet hätte, dann wäre doch wahrscheinlich kein einziger Tropfen mehr in der Flasche verblieben. Es war ihr übrigens schon vorhin im Sitzungszimmer unglaubwürdig erschienen, dass ein Mann in Aurels Alter, der laut Aussage seiner Gastfamilie jeden Tag stundenlang mit dem Mountainbike unterwegs war, auf einmal nach einer Radtour fast zusammenklappt. Und sich dann den Strick nimmt. Das war einfach ... Quatsch.

Kurz hatte sie überlegt, Axel Sanders mit dem Handy anzurufen und ihm von ihrem Fund zu berichten. Doch dann waren ihr all die Sätze wieder eingefallen, die er im Laufe des Tages losgelassen hatte. Es machte keinen Sinn. Er würde sich nie von ihr umstimmen lassen.

Stattdessen hatte sie die Nummer der Spurensicherung gewählt und das Glück, ausgerechnet Kerstin zu erwischen, mit der sie von all den Experten in weißen Plastikoveralls das beste Verhältnis hatte. Auch sie war Mutter ohne Trauschein und Polizistin, auch sie hatte nach der Babypause über die Doppelbelastung gestöhnt. Vielleicht nutzte diese Gemeinsamkeit etwas.

Doch Kerstin hatte nachgehakt: «Wir sollen ein Fahrrad sicherstellen? Aber ich denke, der Fall ist ad acta gelegt worden. Selbstmord. Oder nicht?»

«Es gibt neue Erkenntnisse. Und es wäre wichtig, dass noch heute jemand das Fahrrad samt Drumherum in Augenschein nimmt.»

«Wencke, das klingt für mich irgendwie nach Alleingang.»

Was hätte Wencke antworten sollen? Streng genommen war es das ja. Aber andererseits ... «Axel Sanders hält das Ganze für einen Selbstmord. Und die meisten unserer Abteilung auch, zugegeben. Aber ich habe meine Zweifel, berechtigte Zweifel, wenn du es genau wissen willst.»

Kerstin hatte geseufzt. «Die meisten von uns sind unterwegs. Wir haben mal wieder neue Beweise beim *Penny*-Fundament ...»

«Papperlapapp!»

«Wencke, ich bitte dich! Ich weiß genau, dass Axel Sanders derzeit die Leitung hat. Und somit ist er es auch, der uns die Anweisungen gibt.»

«Aber du weißt auch genau, dass ich eigentlich die Chefin in diesem Laden bin. Und nur weil ich ein Kind bekommen habe, muss ich mir nun von Axel Sanders alles vorschreiben lassen?»

«Ach Mensch ...»

Es hatte nicht mehr viel gefehlt, einige Appelle an die Gleichberechtigung, einiges Lamentieren über die grundsätzliche Missachtung derselbigen in der Situation, in der sie gerade beide steckten, Kind und Beruf, und wie soll man das alles nur schaffen, und dann hatte Kerstin eingelenkt und ihr zwei Kollegen versprochen, die zwanzig Minuten später auch tatsächlich eingetroffen waren.

Wencke war klar, diese Aktion würde weiteren Ärger nach sich ziehen. Weitere Standpauken von Axel und Co. Aber das Verhältnis zwischen ihnen war ohnehin auf dem Nullpunkt. Was sollte da noch kommen?

Im halbwegs sicheren Wissen, das Richtige getan zu haben, war Wencke nach Hause gefahren, hatte versucht, sich auf Emil und Anivia und einen Bilderbuchfeierabend zu freuen.

Doch erst als ihr Au-pair-Mädchen sich neben sie setzte und nach wenigen Sekunden schon das Deutschkursbuch sinken ließ, nahm der Abend für Wencke endlich eine neue Wendung.

«Was gibt es Neues in Sachen Aurel?», fragte Anivia.

Und da konnte Wencke loslegen. Endlich ein Mensch, der sie verstand, der ihr zuhörte, wenn sie von ihrer Begegnung mit Annegret Helliger erzählte, dieser seltsam aparten Künstlerin, die vom Verliebtsein gesprochen hatte. Anivia folgte ihren Ansichten, was das Fahrrad anging, und auch sie zeigte sich verärgert über Axel Sanders' absolut bescheuertes Benehmen.

«Das hätte ich ihm gar nicht zugetraut. Hier im Haus ist er immer so nett», sagte sie nur.

«Im Büro ist er ein Schwein», blaffte Wencke, natürlich öffnete sich just in diesem Moment die Terrassentür, und Axel schaute um die Ecke. Er schien einen Moment zu überlegen, sich zu ihnen zu setzen, immerhin standen auf dem

Tisch frisches Brot, appetitlicher Aufschnitt und ein Rest vom Tomatensalat. Doch als er die feindlichen Blicke seiner Mitbewohnerinnen abbekam, zog er sich wortlos und mit resigniertem Gesichtsausdruck ins Hausinnere zurück.

«Das ist auch besser so!», sagte Anivia, und Wencke hätte sie küssen mögen für diese weibliche Solidarität. Sie stand auf, bemühte sich, durch den Positionswechsel nicht den Schlaf ihres Sohnes zu stören, und trug den weiterschlummernden Emil in sein Kinderbett. Ein Kuss auf seine weiche Wange, eine Hand über seinem flaumigen Haar, sie hörte auf sein tiefes, zufriedenes Seufzen und dachte, dass er es richtig machte. Wencke lächelte, nahm sich vor, die schlechte Laune für heute zu streichen, und ging zurück in den Garten.

«Trinken wir einen Wein?», fragte Wencke und holte nach einem eindeutigen Nicken eine Flasche Pinot Grigio aus dem kühlen Keller. Noch während sich gluckernd die Gläser füllten, rutschte Anivia unruhig auf ihrem Gartenstuhl hin und her, bis sie nicht mehr an sich halten konnte.

«Ich habe heute auch unheimlich viel herausgefunden!», platzte sie heraus, griff nach dem Weinglas und nahm einen großen Schluck, als hätte sie eine längere Rede vor sich und müsste die Kehle feucht halten und gleichzeitig einen Anflug von Lampenfieber besiegen. Sie grinste. «Vielleicht werde ich auch mal Kommissarin, wenn meine Zeit hier in Deutschland vorbei ist. Ich habe da irgendwie so ein Gespür ...»

«Intuition!», wusste Wencke und prostete ihrem Au-pair-Mädchen zu. Ihr war klar, auf diese Weise begannen immer die Abende, die im benebelten Zustand endeten. Aber sie hatte morgen frei, es wäre nicht schlimm, sollte sie im Eifer des Gefechtes gleich noch eine zweite Flasche öffnen müssen. Nach langer Zeit überkam sie wieder einmal Lust auf eine Zigarette, zum Glück hatte sie keine im Haus, und der nächste

Automat war meilenweit weg an der Bundesstraße zu finden. «Erzähl mal!»

«Heute Morgen habe ich zufällig Annegret Helliger in der Apotheke getroffen.»

«Kennst du sie denn?»

«Nein, aber der Apotheker hat gleich ein Gespräch über Aurel angefangen, und da wusste ich Bescheid. Es war merkwürdig, sie sprachen davon, dass Aurel Medikamente für die Kinder besorgt hätte, Antibiotika, es ging um Infektionen und so, doch ich glaube, dass Frau Helliger überhaupt nicht wusste, wovon er sprach.»

«Oh!», sagte Wencke. Und das sollte alles sein?

«Dann haben sie noch eine Weile über Frau Helligers Krankheit gesprochen und dass die Operation gut verlaufen ist und so. Ich hatte das Gefühl, die Frau war froh, als sie wieder an der frischen Luft war.» Sie nahm erneut einen Schluck Wein. «Und weil Emil und ich gerade so schön mit dem Fahrrad unterwegs waren, habe ich noch den Typen von gestern Abend besucht. Diesen Naturschützer.»

«Warum denn das? Hast du Interesse an ihm?»

«Rein beruflich, er ist ein wichtiger Zeuge, Frau Kollegin.» Sie setzte den letzten Satz hörbar in Gänsefüßchen. «Er ist nicht nach meinem Geschmack. Ich mag lieber Männer mit Muskeln. Aber ich dachte, er könnte mir vielleicht doch noch etwas über Aurel erzählen.»

«Und?»

«Er hat gesagt, dass er und seine Kollegen ihn ziemlich oft im Moor getroffen haben. Immer mit dem Fahrrad, und er hatte meistens einen großen Rucksack dabei.» Anivia schaute stolz, doch Wencke hatte noch immer Schwierigkeiten, dieser Tatsache etwas wirklich Interessantes abzugewinnen.

«Aha ...»

«Ich glaube, Aurel war nicht zum Spaß mit dem Rad in der

Natur. Ich glaube, er hatte dort etwas zu tun. Schließlich war es doch verboten, Jakob hat es ihm sehr oft gesagt, er sollte sogar Strafe bezahlen. Und trotzdem ...»

Jetzt verstand Wencke, es leuchtete ein. «Du meinst, diese Sache, die er für seine Familie zu erledigen hatte, könnte etwas mit dem Moor zu tun haben? Aber was?»

«Das werde ich morgen herausfinden. Ich bin am Nachmittag mit Jakob verabredet. Dann schauen wir uns in der Gegend ein wenig um. Schließlich hast du morgen frei, dann kann ich doch ...»

«Großartig!», unterbrach Wencke sie. Und beim nächsten Schluck war auf einmal schon das Glas leer. Sie schenkte nach. «Wenn du für deine Polizeikarriere in Serbien noch ein Empfehlungsschreiben brauchst, dann sag mir Bescheid!»

Sie prosteten sich zu und lachten. Wencke wünschte sich, dass Axel Sanders in seinem Zimmer hörte, wie gut es ihr ging, wie herrlich sie sich amüsierte, trotz seiner Gemeinheiten. Er war ihr egal. Er würde schon sehen. Haha!

Fast hätte sie das Piepen ihres Handys in der Jackentasche überhört. Umständlich fingerte sie nach dem Gerät, das eigentlich so gut wie nie klingelte in letzter Zeit, besonders nicht nach acht Uhr abends. Auf dem Display erschien die Nummer der Dienststellenzentrale. «Ja?»

«Wir haben hier einen Anruf aus Rumänien. Für Sie. Es scheint dringend zu sein.»

Aus Rumänien, dachte Wencke. Na bitte, sicher dieser Sozialarbeiter oder Aurel Pasats kleine Freundin persönlich. Dieser Feierabend hatte es in sich. «Danke, stellen Sie durch.»

Es rauschte einen kurzen Augenblick, dann knackte es, und endlich meldete sich eine Frauenstimme. «Hallo? Wer spricht da?»

«Hier ist Wencke Tydmers. Sie wollten mich sprechen?»

«Ja, ich glaube schon.» Die Stimme klang verwirrt, stockend, zudem hatte sie einen starken osteuropäischen Akzent.

«Sind Sie Teresa?»

«Wer? Nein, ich bin nicht Teresa. Ich bin Paula Peters. Ich bin Frau von Roland Peters. Können Sie mich verstehen?»

«Ja, es ist in Ordnung. Ich habe gestern mit Ihrem Mann telefoniert. Eigentlich wollten wir heute Morgen wieder sprechen, aber da habe ich niemanden erreicht.»

«Natürlich nicht», sagte die Stimme seltsam apathisch.

«Das ist aber nicht so schlimm, es ist gut, dass Sie sich jetzt melden. Ist Teresa da?»

«Teresa? Warum fragen Sie immer nach diese Teresa? Ich muss Ihnen sagen, dass mein Mann, er ist tot.»

«Was?»

«Ich habe gesehen Nummer aus Deutschland auf Telefon, und es ist gewesen letzte Nummer. Darum ich habe angerufen. Denn ich nicht wissen, was ist passiert und warum haben Teresa meinen Mann getötet. Ich nicht verstehen. Du?»

«Was ich?»

«Du verstehen, warum Mord? Einfach so? Er war guter Mann.»

«Ihr Mann ist ermordet worden? Wann?»

«Letzte Nacht. In alten Theater. Er hat gesagt, er kommen später die Nacht, weil er müssen suchen Teresa für wichtige Sache. Als er ist nicht gekommen nach Hause die ganze Nacht und ich haben angerufen Polizei. Und die haben gefunden Roland tot in Teatrul vechi. Und Kinder gesagt, Teresa ist gewesen und ist verschwunden jetzt. Und ich weiß nicht ...» Sie schluchzte laut auf.

Es war kaum fassbar, irgendwo in diesem fremden Land saß eine Frau am Telefon und weinte, und sie – Wencke – sollte etwas damit zu tun haben. Was konnte sie sagen?

149

«Weinen Sie nicht», versuchte Wencke sie zu beruhigen und wusste im gleichen Augenblick, es war der unbrauchbarste Satz, den sie nach Rumänien hatte schicken können. Weinen Sie nicht ... was sollte das? Wenn diese Frau in der letzten Nacht ihren Mann verloren hatte, weil durch den Telefonanruf irgendetwas losgetreten worden, irgendeine Katastrophe ausgelöst worden war, dann hatte diese Frau das verdammte Recht zu weinen.

«Entschuldigen Sie», sagte Wencke langsam. «Es ist nur so ... wissen Sie, dass Sie mit der deutschen Polizei telefonieren?»

«Mit Polizei? Nein. Ich haben einfach nur die Nummer gewählt, die Roland ...» Wieder brachte die Trauernde in Rumänien kein Wort heraus.

«Ich habe gestern mit Ihrem Mann telefoniert, weil wir hier in unserem Dorf einen Toten haben. Es ist Aurel Pasat. Kennen Sie ihn?»

«Aurel? Ein guter Junge. Mein Mann hat ihn gemacht gut. Er ist ... auch ...?»

«Ja. Und ich hatte nur diese Telefonnummer von der *Primăvară*-Schule als Kontakt in Aurels Heimat. Ihr Mann hat mir erzählt, dass eine gewisse Teresa mehr wüsste. Er wollte dafür sorgen, dass ich mit ihr telefonieren könnte. Und dann habe ich ihn nicht mehr erreicht.»

«Dann er ist ... er ist gegangen zu Teatrul vechi für sagen Telefon. Und Teresa hat ihn getötet wegen Angst. Und dann sie ist weg. Und keine Strafe. Für meinen Mann ...»

Auch wenn das, was die Frau sagte, traurig genug war, verebbte das Weinen zum Glück nach und nach. Wahrscheinlich ging ihr, was sie eben über Aurel erfahren hatte, durch den Kopf und verdrängte einen Augenblick lang die Verzweiflung.

«Wer ist diese Teresa?»

Es dauerte ein wenig, bis die Antwort kam. Eine ganze Weile hörte man nur ein schweres Atmen, fast ein Seufzen. Dann holte Frau Peters Luft. «Sie ist eine gefährliche Mädchen. Sie kennt keine Gefühle. Sie hat nie gelernt Regel, nie gelernt richtig Schreiben und Rechnen. Sie hat nur gelernt Töten.»

«Und wohin könnte sie geflohen sein?»

«Wenn sie noch nicht weiß, dass Aurel ist tot, dann ist sie zu ihm gefahren.»

«Nach Deutschland?»

«Ja, ich glaube, sie ist zu ihm gefahren. Hier in Arad sie wäre ...» Wieder weinte die Frau, diesmal noch heftiger und atemloser als zuvor. «Hier sie wäre tot!»

Dann wurde die Leitung unterbrochen. Ob Frau Peters aufgelegt oder die rumänische Technik ihre Finger im Spiel hatte, war nicht auszumachen. Doch Wencke hatte genug erfahren, um zu wissen, dass jetzt irgendwie alles anders aussah, die Sache mit der Familie in Rumänien. Wenn sie die Andeutungen der Frau über Aurel Pasat richtig verstanden hatte – *Mein Mann hat ihn gemacht gut* –, dann war der tote Roland Peters so etwas wie ein Ziehvater gewesen. Dann bedeutete, dass Aurels Tod nun auch in Rumänien, in Peters' Familie, Spuren hinterließ. Auf welche Art und aus welchem Grund auch immer.

Und nun war – vielleicht, wahrscheinlich – diese Teresa hierher unterwegs. Was wollte dieses Mädchen, das Aurels beste Freundin gewesen war, das einen Mann getötet hatte, das außer Gewalt anscheinend noch nicht viel kennengelernt hatte – was wollte dieses Mädchen in Moordorf? Wenn sie es überhaupt bis nach Deutschland schaffte.

Wencke wollte aufstehen, an Axels Tür klopfen, ihm davon berichten, mit ihm die Zusammenhänge entknoten und interpretieren. Doch sie hörte aus seinem Zimmer laute Klassikmusik, etwas Dramatisches mit Blechbläsern und Pauken. Und so weit kannte sie ihn, dass er diese Musik nur hörte, wenn er ansonsten gar nichts mehr an sich ranlassen wollte. Außerdem hatten sie sich einmal geschworen, nichts Dienstliches in ihre vier Wände dringen zu lassen. Also blieb sie sitzen.

Wencke begegnete Anivias Blick. Sie schien einiges mitbekommen zu haben, doch die weit aufgerissenen Augen verrieten, dass sie vor Neugierde fast platzte.

«Was ist passiert?», fragte sie endlich.

«Ich glaube, du musst morgen Emil mit ins Moor nehmen. Ich überlasse dir mein Auto, dann kannst du den Babyjogger mitnehmen. Für meine Aktionen reicht vielleicht das Fahrrad.»

«Deine Aktionen? Was hast du vor?»

«Ich streiche meinen freien Tag. Und den Wein lasse ich auch lieber stehen heute Abend. Es gibt zu viel zu tun!»

Moordorf, an der Ampel Bundesstraße 72
sauber und geordnet

Hier ist es aber nett. Ich kann es kaum glauben, dass ich endlich da bin. Es gibt hier eine Uhr, die so ähnlich ist wie die im Bahnhof in Arad. Als ich ankomme, zeigt sie 10:38.

Nun stehe ich todmüde in der Fremde und gucke mich um. Eine breite Straße kreuzt eine noch breitere, viele große Autos, ein paar Geschäfte mit Klamotten, eine Kirche aus roten Steinen, hinten weiter ein Bäcker, im Schaufenster liegen Brote, wie ich sie noch nie gesehen habe. Mit Getreide obendrauf.

Stück für Stück habe ich mich diesem Ort genähert. Erst die Landstraße von Arad zur ungarischen Grenze, dann die Raststätte bei Prag. Und auf einem Parkplatz irgendwo in der Nähe der Stadt, die Hamburg heißt, bin ich mitten in der Nacht von Wasserfalls Ladefläche gekrochen und habe mich erst einmal eine Stunde lang bewegt. Bin gelaufen, in diesen Wald hinter den Parkplätzen, ein ganzes Stück weit hinein zwischen die Bäume. Überall lag Scheiße herum und Klopapier. So habe ich mir Deutschland nicht vorgestellt. Doch ein paar Schritte weiter war es ganz sauber. Aber auch ziemlich dunkel, nur ein halber Mond und keine Laternen. Ich bin einfach gelaufen. Es tat gut, denn die Nacht auf dem schmutzigen Boden hat meine Klamotten durchgescheuert, ich glaube, meine Schultern bluten vom Auf-dem-Rücken-Liegen. Deswegen war der Marsch in die Natur echte Erholung. Ich bin ja nicht empfindlich, habe oft genug auf hartem Untergrund geschlafen, aber die Fahrt in Wasserfalls Lkw war echt zu viel.

Du willst sicher wissen, wie ich dann von diesem Parkplatz nach Moordorf gekommen bin.

Ehrlich gesagt, das hatte ich mir auch einfacher – oder zumindest ganz anders – gedacht. Denn ich hatte mir ja Moordorf viel größer und viel wichtiger vorgestellt. Und nachdem ich Wasserfall in seiner Pinkelpause das Portemonnaie aus dem Auto gestohlen habe, dachte ich auch noch, ich kaufe mir von dem Haufen Geld jetzt eine Busfahrkarte und später eine für den Zug, und dann stehe ich in den nächsten Stunden auf einem großen Bahnhof in Moordorf. Aber kein Mensch weiß, wo Moordorf liegt.

Einige Kilometer hinter dem Autobahnparkplatz fand ich eine Bushaltestelle, die mitten in der öden Landschaft lag. Ich stellte mich hin und wartete. Die Sonne ging auf, die Vögel waren laut und lustig, die Wiesen um mich herum waren so grün, so etwas habe ich noch nie gesehen. Als der Busfahrer kam, habe ich «Moordorf» gesagt, und er hat mich verständnislos angesehen. Dann habe ich deinen Brief aus der Tasche gekramt und ihm den Absender gezeigt. Er hat den Kopf geschüttelt und etwas Unverständliches gesagt. Ich bin aber trotzdem mitgefahren. Schließlich wäre es auch nicht schlau gewesen, einfach dort stehen zu bleiben.

Wir hielten in einer Stadt, die Bremen hieß. Am Bahnhof, zum Glück. Vor Bahnhöfen habe ich nicht so viel Angst wie vor grünen Landschaften. Ich habe lange gesucht, bis ich herausgefunden habe, wo man die Fahrkarten kaufen kann, und dann habe ich der Frau gleich den Umschlag gezeigt. Sie hat mir wieder etwas in Deutsch erklärt, und als sie merkte, dass ich nichts verstehe, hat sie mir einen Zettel geschrieben. Moment, ich schaue mal nach, darauf steht ganz ordentlich:

ZUG BIS EMDEN – BUS RICHTUNG AURICH – AUSSTEIGEN MOORDORF

Die Fahrkarte hat viel Geld gekostet, mehr hatte ich dann auch nicht in der geklauten Brieftasche. Aber ich war froh. Ich habe es geschafft. Ich kann nicht wirklich gut lesen und schreiben, ich kann kein Wort Deutsch, ich habe keine Ahnung, wohin ich eigentlich genau will, aber ich habe es geschafft und stehe jetzt hier an einer unbekannten Kreuzung ganz in deiner Nähe. Aurel!

Es ist ein Dorf. Sauber und reich zwar, im Vergleich zu Arad ist wahrscheinlich alles sauber und reich, aber es ist winzig. Die Menschen, die mir bislang begegnet sind, starren mich an, weil sie natürlich merken, dass ich nicht hierhin gehöre. Aber sie sind freundlich. Ich habe so viel Glück gehabt auf meiner Reise. Onkel Casimir, Wasserfall, der Busfahrer, die Fahrkartenverkäuferin. Niemand hat mich geschlagen, niemand hat mich beschimpft.

Eine junge Frau mit roten kurzen Haaren fährt auf dem

Fahrrad an mir vorbei und schaut in die andere Richtung. Ich denke an die alte Dame in Arad auf dem Bahnhof, die mich vorgestern so schlecht behandelt hat, die mich mit dem Stock bedroht hat, als ich da einfach nur stand und auf dich gewartet habe. Hier ist es anders.

Was hast du wohl das erste Mal gedacht, als du an dieser Straße standest? Du hattest es leichter, denn du wurdest erwartet, kanntest die Sprache. Und du hattest nicht kurz vorher einen Menschen umgebracht und Angst davor, doch noch erwischt zu werden. Ich denke, du hast dich gefreut, als du hier angekommen bist. Manchmal habe ich Angst, dass du mich zu diesem Zeitpunkt schon vergessen hattest. Aber dein Brief erzählt etwas anderes. Du bist mir treu geblieben. Du hast nicht den Grund vergessen, aus dem du hierher gekommen bist. Aber alles andere hätte auch nicht zu dir gepasst.

Aber was ist durch Ladislaus' verwirrten Kopf geirrt, als er das erste Mal Deutschland gesehen hat?

Mein Bruder, ob er Angst hatte, als sie ihn hierhin gebracht haben? Ich bin mir gar nicht sicher, ob Ladislaus überhaupt so etwas wie Angst kennt. Er kann nicht sprechen, und ich hatte nur selten den Eindruck, dass er mich wahrnimmt, wenn ich ihn zu Hause besucht habe. Die Einzige, die er kannte, war meine Mutter. Mit ihr hat er gelacht, nach ihr hat er gerufen. «A-ka» hat er sie genannt. Ich habe ihn von allen meinen Geschwistern immer am liebsten gehabt. Obwohl er keine Beziehung zu mir aufbauen wollte. Aber er war so hilflos mit seinen verkrüppelten Beinen und Armen, die wie Unkraut aus seinem dünnen Körper wuchsen. Viele haben gesagt: Der Junge ist ein Fluch für die Familie. Aber ich bin mir sicher, er ist der größte Segen. Schließlich ist er mein Zwillingsbruder. Wir waren zusammen im Bauch meiner Mutter. Und weil ich bei der Geburt so lange gebraucht habe, ist er so krank geworden. Ich habe mich nicht genug beeilt, auf die Welt zu kommen, und deswegen ist Ladislaus im Mutterleib fast erstickt.

Wir haben uns immer ein Zimmer geteilt, als ich noch zu Hause lebte. Wir haben den ganzen Tag miteinander verbracht. Als die kleinen Geschwister kamen und Mutter nur noch wenig Zeit hatte, habe ich mich allein um Ladislaus gekümmert. Das hat mir nicht immer Spaß gemacht. Oft war ich sauer, denn ich wollte doch auch spielen wie die anderen Kinder. Doch ich musste ihm die Hosen wechseln, wenn die Windeln voll waren, und das war schwer, denn seine Beine waren verkrampft und steif, ich musste den Stoff mit Gewalt über die Knie ziehen. Aber das Leben an seiner Seite machte irgendwie Sinn. Dafür bin ich ihm dankbar.

Ich erinnere mich an den Tag, an dem ich nach langer Zeit mal wieder nach Hause kam, weil ich eine ganze Menge Geld hatte. Woher die Kohle stammte, ist ja eigentlich egal; ich bin mir sicher, derjenige, der sie vermisste, brauchte sie nicht so dringend wie mein Bruder. Meine Mutter nahm mir das Geld aus der Hand und schickte mich mit bösen Worten davon. Ich habe nach Ladislaus gefragt, aber sie hat den Kopf geschüttelt. Ich habe nicht lockergelassen und bin in unser altes Zimmer gegangen. Dort lag ein nackter Mann, den ich nicht kannte. Ich schaute mich um und konnte nichts erkennen, was mich an Ladislaus erinnerte. Es war, als habe mein Zwilling nie dort gelebt, dabei hatte er bis vor wenigen Wochen den Großteil seines Lebens in dieser dunklen Butze verbracht. Ich dachte, er ist bestimmt tot, irgendwie gestorben, schließlich war er ja krank. Aber es war sonderbar, dass meine Mutter nichts erzählte. Stattdessen warf sie mich raus, schickte noch einen Tritt hinterher und nannte mich Hure, weil ich so viel Geld mit mir herumtrug und sie sich denken konnte, woher es kam.

Meine kleine Schwester Carla ist mir hinterhergelaufen. Sie hat gesagt, es seien Männer da gewesen, in unserer Hütte, sie hätten sich Ladislaus angeschaut, nur ihn, ausgerechnet. Und dann seien sie am nächsten Tag wiedergekommen und hätten ihn geholt. Und meine Mutter hat für sich und ihren Freund ein neues Bett gekauft, Wein und Brot und eingelegtes Fleisch.

«Sie hat ihn verkauft?», habe ich meine Schwester gefragt. Doch Carla wollte nicht antworten, sie schaute sich ständig um, wahrscheinlich hatte sie Angst, dass jemand sah, wie sie mit mir sprach.

«Aber warum ausgerechnet ihn?», fragte ich aufgeregt. «Ich habe schon gehört, dass reiche Ehepaare aus Deutschland, England oder Amerika sich kleine Kinder aus Rumänien kaufen, weil sie keine eigenen bekommen können. Das ist auch nicht wirklich schlimm, finde ich, schließlich haben die es dann sicher gut in den neuen Familien. Aber diese Leute wollen hübsche, kleine Kinder, am liebsten mit heller Haut und nicht allzu schwarzen Haaren. Aber einen kranken Dreizehnjährigen? Wer gibt für so etwas denn Geld aus? Was wollen die von ihm? Von meinem Zwillingsbruder?»

Carla ist dann weggerannt. Ich habe nur kurz überlegt, zurückzugehen und meine Mutter zur Rede zu stellen. Aber es machte keinen Sinn. Also bin ich nie wieder dorthin gegangen. Es war vorbei. Es war nicht mehr meine Familie. Da zog ich lieber mit Victor und Iancu und den anderen durchs Leben. Und mit dir, Aurel.

Ich bin zu dir gegangen an diesem Tag, ins *Primăvară*, habe dir alles erzählt. Erinnerst du dich? Du hast genickt und mir gesagt, das sei in letzter Zeit öfter passiert. Und du wüsstest von Kollegen aus der Hauptstadt, dass der Handel mit kranken Kindern derzeit floriere. Wir haben lange gesprochen. Du hast gesagt, du würdest dich darum kümmern. Das ist fast zwei Jahre her. Immer wieder hast du mir etwas über deine neuesten Erkenntnisse berichtet. Jede Woche hast du von einem neuen Kind erfahren, das verschwunden ist. Nicht alle wurden verkauft, einige sind auch einfach verschwunden, beim Betteln auf der Straße gestohlen oder sogar aus ihrem Babybett geraubt. Kinder mit Behinderungen, wie Ladislaus sie gehabt hat. Aber auch Kinder, bei denen die Haut immer entzündet war, blinde Kinder, Kinder mit Narben im Gesicht, Kinder mit amputierten Gliedmaßen. Es war unvorstellbar. Ich malte mir manchmal einen Ort aus, an dem diese ganzen gestohlenen Kinder gesammelt wurden. Es musste ein fürchterlicher Anblick sein. Wer hatte Interesse daran, so viel Elend anzuhäufen? Du hattest Angst, dass es Menschen waren, die der alten Regierung angehörten. Denn obwohl der Diktator schon längst tot ist, sollen noch immer Geheimsoldaten von ihm unterwegs sein. Und diese Leute kennen keine Gnade, sie wollen die Kranken und Hässlichen vernichten, weil sie meinen, sie nehmen den Gesunden das Essen weg. Aber ich glaube nicht, dass sie dann bereit wären, Geld für Ladislaus und die anderen zu zahlen. Das wäre ein absoluter Widerspruch. Es muss etwas anderes dahinterstecken.

Und dann hattest du auf einmal einen Namen und einen Ort in Deutschland gefunden. Du warst dir sicher, eine Spur zu haben. Eine Familie, die vor einigen Jahren einmal zwei Kinder adoptiert hatte, zwei gesunde und hübsche Kinder aus einem Heim in Cluj-Napoca, das auch mit *Primăvară* zusammenarbeitet. Im Grunde eine gute Sache, doch es gebe seit damals einen steten Kontakt zu diesen Leuten und du hättest bemerkt, dass auch Geld im Spiel sei. Viel Geld. Es komme dir verdächtig vor. Aber du hättest einen Weg gefunden, der Sache auf die Spur zu kommen. Und freudestrahlend zeigtest du mir einen Brief und sagtest: «Genau diese

Leute haben mich nun als ihren Au-pair-Jungen eingeladen. Ein Jahr werde ich dort sein, genug Zeit, um nach Ladislaus und den anderen Kindern Ausschau zu halten. Wenn ich wiederkomme, werde ich deinen Bruder mitbringen und die Sache geklärt haben. Warte ab!»

Dann ist alles so schnell gegangen. Eine Woche später bist du zu ihnen gefahren. Nach Moordorf. Zu dieser Familie, die mit Nachnamen Helliger hieß.

Ich stehe noch immer hier und schaue mir staunend diese andere Welt an. An einem grauen Elektrokasten hängt ein Plakat, auf dem eine Frau zu sehen ist. Sie lächelt. Ich krame den Brief hervor und schaue von deiner Handschrift auf das aufgeklebte Bild und wieder zurück, und noch einmal, dann erkenne ich es: Die Frau auf dem Bild heißt Annegret Helliger. Und unter deiner Adresse steht: bei Familie Annegret Helliger.

Sie ist es! Ich brauche Ewigkeiten, bis ich die Schrift auf dem Plakat verstehe, ich glaube, dass sie in einem Museum arbeitet. Und weil ich nun schon sehr lange hier herumstehe und so ziemlich alle Schilder studiert habe, weiß ich auch, dass die etwas schmalere Straße links zum MOORMUSEUM führt. Ein braunes Schild zeigt den Weg. Ich mache mich auf. Nur noch wenige Schritte, und ich bin angekommen. Nach einer langen Reise.

Auf dem Fahrrad durch den Mai
voller guter Vorsätze

Axel Sanders wusste nicht, dass Wencke heute eigenmächtig ihren freien Tag drangegeben hatte. Und wenn es nach Wencke ging, so würde er es auch erst dann erfahren, wenn sie Neuigkeiten in Sachen Aurel Pasat in petto hatte, und zwar derart handfeste, dass er ihre Einwürfe einfach nicht mehr ignorieren konnte. Anivias Beobachtungen in der Apotheke, die Vermutung, dass Aurel irgendetwas Bestimmtes im Moor zu tun gehabt hatte, nicht zuletzt der gestrige Anruf aus Rumänien, wo ein Mord stattgefunden hatte. Heute würde sie diesen Dingen auf den Grund gehen. Und sie wusste, am Ende dieses Tages würde alles anders aussehen.

Voller Tatendrang war Wencke auf das Fahrrad gestiegen, und in der angenehmen Frühlingswärme machte die Tour sogar weitaus mehr Spaß, als wenn sie sich hinter das Steuer ihres Passats geklemmt hätte. Sie hatte bereits den Adler-Apotheker besucht, aber er hatte sich recht stur auf seine Diskretion berufen. Lediglich den Namen des Kinderarztes, der Aurels Rezepte über Antibiotika unterschrieben hatte, hatte Wencke aus ihm herausgekitzelt. Doch bevor sie die Praxis in Aurich besuchte, wollte sie sich von Annegret Helliger so etwas wie eine Erlaubnis geben lassen, dass der Mediziner zumindest sagen durfte, welche Arznei er für die Helliger-Kinder – oder allem Anschein eben doch nicht für diese – verordnet hatte. Manchmal musste man sich in Fällen, bei denen Ärzte oder Seelsorger aller Art an ihre Schweigepflicht gebunden sind, von hinten an die Wahrheit heranschleichen. Es war eine knifflige Situation, denn wenn die Medikamente gar nicht für die beiden gewesen waren und die Mutter dieses in irgendeiner Form bestätigte, dann unterlag die Information genaugenommen auch keiner ärztlichen Schweigepflicht mehr. Es war mehr als wichtig, herauszufinden, was genau Aurel Pasat sich aus der Apotheke geholt hatte und warum. War er selbst krank gewesen? Oder hatte er jemanden, der nicht versichert war, mit Antibiotika versorgt? Und warum hatte Annegret Helliger diese Informationen nicht an Wencke weitergegeben? Der Besuch in der Apotheke gestern war vor ihrem Gespräch im Atelier gewesen, doch war es Aurels Gastmutter leichter gefallen, von einer aufkeimenden Liebesgeschichte zu reden, als zuzugeben, dass ihr jugendlicher Verehrer sich allem Anschein nach hinter ihrem Rücken Medikamente besorgt hatte. Das war schon seltsam. Wencke bog mit dem Fahrrad auf den Weg, an dessen Ende zwei hohe Bäume den Eingang zum Helliger-Hof säumten, im Kopf hatte sie sich allerhand Fragen zurechtgelegt.

Doch auf dem Helliger-Hof traf Wencke niemanden bis auf den schmusebedürftigen Wachhund und das Dienstmädchen Mandy an, welches sich inzwischen wieder gefangen zu haben schien und fleißig seinen Job in der riesigen Hofküche erledigte. Ihre fast hysterische Heulerei um Aurel war einer schnippischen Art gewichen.

«Herr Helliger ist im Werk in Großheide und wird vor heute Abend nicht wieder im Haus sein. Und die Kinder sind in der Schule, wo sonst? Frau Helliger hat alle Hände voll zu tun, Sie wissen doch, die Ausstellung im Moormuseum. Ich denke nicht, dass irgendjemand Zeit für Sie hat. Und außerdem ist die Sache doch jetzt geklärt, oder nicht?»

«Ist es denn für Sie geklärt?»

Sie zuckte die Schultern. «Was soll man da machen? Er wollte nicht nach Hause zurück. Ich kann ihn verstehen, ich will auch nicht unbedingt mit meiner Vergangenheit tauschen und wieder ab nach Sachsen-Anhalt. Obwohl meine Freundinnen dort immer fragen, wie ich es in einem ostfriesischen Kaff aushalte. Aber die sind alle arbeitslos oder wissen jetzt schon, dass sie nach ihrer Lehre keine Anstellung finden werden. Da bin ich lieber hier.» Sie räumte, während sie sprach, das Geschirr aus der Spülmaschine, und man merkte ihr an, dass sie diese Sätze schon mehr als nur einmal gesagt hatte, trotzdem klangen sie immer noch irgendwie unglaubwürdig. Ein bisschen Wehmut schwebte schon mit, als Mandy Sachsen-Anhalt sagte. Und Wencke war sich sicher, auch Aurel hatte seine Heimat geliebt.

Wenckes Handy piepte, sie dankte Mandy kurz für die Auskunft und ging auf den Hof.

Es war Kerstin von der Spurensuche. «Wencke? Ich weiß, du hast heute frei, aber wir haben eben das Fahrrad unter die Lupe genommen und etwas Interessantes gefunden. Und da ich ja weiß oder vermute, dass diese Aktion hinter Sanders' Rücken angeleiert wurde, wollte ich dir das Ergebnis lieber persönlich sagen.»

«Du bist ein Schatz, Kerstin. Und nun mach es nicht so spannend!»

«Also …», zog sie es natürlich in die Länge. «Erst einmal: Wir haben jede Menge Erde im Reifenprofil gefunden, welches darauf schließen lässt, dass der Junge oft im Moor unterwegs gewesen sein muss. Im Hochmoor, genau genommen.»

«Das könnt ihr so genau differenzieren?», fragte Wencke ungläubig.

«Ja, noch mehr als das. Moore unterscheiden sich in ihrem Säuregehalt und in ihrer Beschaffenheit zwar nur minimal, doch da sie sich im Gegensatz zu anderen Böden noch in einer Art lebendigem Zustand befinden, sind sie wunderbar zu unterscheiden. Jedes Moor ist anders, individuell, quasi wie ein Fingerabdruck. Seit dem Vermisstenfall vom *Penny*-Fundament haben wir ja bei uns jeden Kubikzentimeter Ostfrieslands im Archiv, deswegen weiß ich sogar, dass Aurel Pasat in der Gegend um das Große Meer unterwegs gewesen sein muss.»

«Dann hat dieses *Penny*-Fundament ja wenigstens noch einen anderen Sinn, als uns als ABM zu dienen.»

«Was aber komisch ist, Wencke, und jetzt pass auf: Im Reifenprofil war auch Erde des Waldbodens enthalten, der der am Fundort gleicht. Jedoch klebte er unter der Moorerde.»

«Was heißt das?»

«Aurel Pasat ist erst im Wald unterwegs gewesen und dann im Moor. Aber anschließend muss er oder sonst jemand sein Fahrrad getragen haben, denn nach dem Ausflug zum Großen Meer sind die Reifen nirgendwo mehr drübergerollt.»

«Aha … Aber warum sollte er das getan haben? Es macht keinen Sinn.»

«Das Warum ist dein Job, Wencke. Ich weiß nur, dass die Reifen in Ordnung waren, also kein Plattfuß, und auch sonst war das Mountainbike in fahrbereitem Zustand. Ach, und bei Proben aus seinen Schuhsohlen traten die beiden Bodenarten in der richtigen Reihenfolge auf. Also, zu Fuß war er nach dem Moor auch noch im Wald unterwegs. Und der Staub aus der Lagerhalle passt dazu. Fingerabdrücke haben wir außer denen des Toten am Fahrrad auch keine gefunden, wohl aber Baumwollfasern und Wischspuren, die darauf schließen lassen könnten, dass Spuren beseitigt werden sollten. Sie können aber auch vom letzten Fahrradputz stammen, das Mountainbike war sehr gepflegt.»

Wencke hing in ihren Gedanken fest und versuchte sich auszumalen, was an diesem Tag, an Aurels Todestag, passiert sein mochte. «Er schleppt doch nicht sein geliebtes Mountainbike durch die Gegend, wenn es ihm ohnehin schon so schlecht ging. Und dann trinkt er noch nicht einmal etwas. Das passt nicht.»

«Ach ja, das Getränk. Die zweite Merkwürdigkeit.»

Wencke hielt die Luft an und sagte nichts.

«Destilliertes Wasser!»

«Wie bitte?»

«Ja, die Trinkflasche war mit destilliertem Wasser gefüllt, wie man es in jedem Supermarkt kaufen kann, für Autobatterien oder Dampfbügeleisen oder so, der Zweiliterkanister für ein Euro irgendwas.»

«Aber stirbt man denn nicht, wenn man destilliertes Wasser trinkt?»

Kerstin lachte am anderen Ende der Leitung ihr trockenes, kluges Wissenschaftlerinnenlachen. Sie war eine wunderbare Kollegin, und Wencke nahm sich fest vor, sie nach der ganzen Geschichte mal zu sich nach Hause zum Essen einzuladen. Dann könnte sie ja auch ihr Kind mitbringen.

«Das ist einer der Mythen aus dem Schulunterricht. Ich weiß, auch mein Biolehrer hat mit erhobenem Zeigefinger gesagt, wenn ihr das Zeug trinkt, platzen die Blutkörperchen, wegen des osmotischen Effekts.»

«Genau, Osmose ...», bestätigte Wencke, denn dieser Begriff war ihr gleich in den Sinn gekommen.

«Ja, das geht aber nicht. Das ist total übertrieben. Man müsste destilliertes Wasser schon intravenös verabreichen, wenn man irgendetwas zum Platzen bringen will.»

«Aber wenn man es trinkt, dann ...»

«Dann wird man vielleicht ein bisschen wackelig auf den Beinen. Das Aqua destillata entzieht dem Körper Nährstoffe, saugt ihn leer sozusagen. Und dann noch in Kombination mit Sport, hm, könnte einem schon zusetzen ... Aber nähere Details kann dir wohl eher die Rechtsmedizin liefern.»

In diesem Moment beobachtete Wencke durch die offene Scheunentür den Hausmeister, er ging die Treppe hinauf, beladen mit irgendwelchen Leitern, Farbeimern und Werkzeugen. Es sah aus, als mache er sich an die Renovierung der oberen Etage. War Aurels Zimmer eigentlich noch versiegelt?

«Warte einen Moment, Kerstin», sagte sie hastig ins Telefon, dann rief sie in Richtung Hausmeister: «Halt! Herr ... hießen Sie nicht Holländer?»

Der kräftige Glatzkopf blieb stehen und schaute mürrisch zu ihr hinüber. «Was gibt's denn? Ich krieg lange Arme, wenn ich hier noch lange stehen muss ...»

«Ich hoffe, Sie gehen nicht in Aurels Zimmer.»

«Hatte ich eigentlich vor. Der Chef hat gesagt, ich soll neu streichen.»

«Sie werden heute etwas anderes machen müssen. Sie dürfen noch nicht dort hinein.»

«Die Polizei hat's erlaubt, der Kleber ist ab.»

«Ich bin die Polizei, und ich sage: Finger weg, Herr Holländer!»

Er zögerte kurz, dann wendete er auf der schmalen Holztreppe und ging langsam wieder hinab. Sein Blick sprach Bände. Er hielt nicht viel davon, hin- und hergeschickt zu werden. Wencke verzog keine Miene, als er so dicht an ihr vorbeiging, dass sie den Geruch von Schweiß und Wandfarbe in die Nase bekam. Als er außer Hörweite war, nahm sie wieder das Handy zum Ohr.

«Kerstin, bist du noch da? Ich habe eine weitere Bitte.»

«Für dich doch immer.»

«In Aurel Pasats Zimmer habe ich einen Kasten Mineralwasser stehen sehen. Ich nehme mal an, ihr habt den Inhalt der Plastikflaschen nicht untersucht ...»

«Du meinst, jemand hat dem Jungen destilliertes Wasser in den Getränkevorrat gemischt? Na, das wäre ja ein Ding. Ich hab zwar noch was auf meinem Tisch liegen und dann auch irgendwann mal Feierabend, damit ich heim zum

Töchterlein gehe und hoffe, dass sie mich noch erkennt, aber ich schicke gleich noch jemanden vorbei. Bist du vor Ort?»

«Ja, ich warte im Innenhof. Von der Familie ist ohnehin niemand da und das Zimmer noch so gut wie versiegelt. Ist doch komisch, dass Helliger schon einen Tag nach dem Todesfall die Bude renovieren lassen will.»

«In der Tat.»

Wencke war zum Jubeln zumute. «Ich danke dir, Kerstin. Ich glaube, damit hast du mir den Fall gerettet.»

Doch diese winkte ab. «Immerhin war es deine Eingebung, der ich gefolgt bin.»

«Egal. Du hättest dir Ärger einfangen können, weil du meinem etwas zu kurzen Dienstweg gefolgt bist. Axel Sanders hätte dir sicher die Ohren lang gezogen. Ich werde mich bei Gelegenheit mal mit einem Essen revanchieren, wenn du magst.»

Kerstin zögerte kurz, dann hörte man sie angestrengt durchs Telefon atmen: «Apropos Axel Sanders.»

«Was ist mit ihm? Hat er schon Probleme gemacht?»

«Nein, es ist … Na ja, du wohnst doch mit ihm zusammen.»

«Ja, aber das ist rein privat. Wir halten die dienstlichen Sachen sauber aus unserer kleinen WG raus. Er wird von mir nichts erfahren. Versprochen!»

«Ja, das habe ich mir auch schon gedacht. Ich wollte eigentlich etwas von dir erfahren.»

«Ja?»

«Ist Axel Sanders eigentlich … Single?»

«Was?»

«Na, ob er noch zu haben ist …»

Wencke war kurz sprachlos. War Kerstins unbürokratisches Entgegenkommen etwa nur ein Annäherungsmanöver gewesen? Um mehr über Axel zu erfahren? Über ihren Axel?

Das war doch wohl die Höhe. Wencke musste sich zusammenreißen, um ihre Wut nicht direkt in den Telefonhörer zu zischen. Kurz überlegte sie, hatte diese Kerstin nicht ein Kind? Sie war auch alleinerziehend, daran konnte Wencke sich erinnern. Und an ihre langen schwarzen Haare, die schlanken Beine, die überaus klugen braunen Augen. Sie würde einfach phantastisch zu Axel Sanders passen. Optisch und überhaupt. Und Axel Sanders war solo. Seit Jahren schon.

«Nein, tut mit leid. Axel hat eine Freundin, Fernbeziehung, er hängt sehr an ihr, spricht aber selten darüber.»

«Ach so ...», kam es verlegen aus dem Telefonhörer. Und dann wieder in anderem Tonfall: «Aber ich fände es auch nett, wenn wir mal essen könnten. Nur nicht so gern im Restaurant, mit dem Kind ist es so stressig ... Vielleicht bei dir?»

«Ich kann überhaupt nicht kochen», log Wencke, nuschelte irgendwas von «*Twardokus* ist doch nett, vielleicht besser da» und legte schließlich auf.

Sie musste sich erst einmal wieder fangen und setzte sich auf die blaue Holzbank, die roten Rankblumen auf der Fensterbank über ihr kitzelten im Nacken. Kerstins Anruf hatte alles umgeworfen. Was hatte das zu bedeuten?

Weniger die Sache mit Kerstin und Axel, darüber – und warum es sie eigentlich wurmte, dass die Kollegin an ihm Interesse hatte – würde sie später einmal nachgrübeln müssen.

Vielmehr waren die Spuren am Fahrrad und das destillierte Wasser etwas, worüber sie sich den Kopf zerbrechen sollte. Es veränderte alles. Es stellte alle bisherigen Indizien und Beweise in den Schatten. Denn nun war es eindeutig, unumstößlich, noch nicht einmal von Axel Sanders ignorierbar: Sie, Wencke, hatte die ganze Zeit recht gehabt, als sie gegen die Voreiligkeiten ihrer Kollegen gewettert hatte.

Es bedeutete, dass jemand Aurel Pasats Gesundheit beeinträchtigen wollte. Dass jemand destilliertes Wasser in seine Trinkflasche gefüllt hat, um ihn zu schwächen. Und wahrscheinlich ebendieser Jemand ihn im Hochmoor beim Großen Meer getroffen hatte und dann mit ihm gemeinsam – das Fahrrad im Schlepptau – zu diesem Lager im Wald zurückgekehrt ist. Und dort dem wahrscheinlich völlig desolatem Aurel eine Schlinge um den Hals gelegt hat. Ging das überhaupt? Und wenn ja, warum? Und wer?

Wer kannte Aurel Pasat so gut, dass er seine Gewohnheiten derart hinterhältig für sich zu nutzen wusste? Die Menschen auf dem Helliger-Hof. Annegret Helliger schied aus, sie war in den Tagen vor Aurels Tod auf Spiekeroog unterwegs gewesen. Blieben also noch die Sachsen-Anhalterin Mandy, der Holländer und Sebastian Helliger. Alle drei hätten auch die Gelegenheit gehabt, einen Abschiedbrief zu türken, wie auch immer sie die Sache mit der Handschrift gelöst haben mochten. Körperlich waren aber zweifelsohne nur der Hausherr und sein Knecht in der Lage, den Mord zu begehen.

Und wer hatte überhaupt ein Motiv? Gut, es konnte sein, dass Mandy unglücklich verliebt gewesen war. Das Geheule vor zwei Tagen war schon herzergreifend gewesen. Doch heute schien sie bereits das Schlimmste verdaut zu haben.

Über diesen Holländer wusste Wencke im Grunde gar nichts. Er schien wirklich nur ein Handlanger zu sein, kräftig und fleißig, dem Chef verpflichtet. Sollte er ein Motiv haben, so wäre es Wencke jedoch bislang gänzlich unbekannt, es sei denn, er war auch hier so dienstbeflissen und erledigte, was der Boss ihm an Aufträgen gab. Der Boss, ja, Sebastian Helliger hatte als Einziger ein Motiv, eines der klassischen Mordmotive überhaupt: Eifersucht. Der Jüngling war in seine Frau verliebt, diese geriet ins Schwärmen über einen gefühlvollen Liebesbrief ... Aber würde ein gestandener Mann in Helligers Alter, einigermaßen vermögend und Vater zweier Kinder, wegen einer harmlosen Gefühlsverirrung eines Halbwüchsigen diesen eiskalten Mord planen und durchführen? Nein, das schien nur wenig glaubwürdig.

Vielleicht hatte Aurel Pasat dort im Hochmoor etwas entdeckt, was Helliger lieber geheim gehalten hätte. Eventuell eine Liaison? Mit Mandy, dem Dienstmädchen? Das klang eher nach Großbritannien und Miss Marple als nach Ostfriesland und Wencke Tydmers, fand Wencke.

Endlich trafen die Leute von der Spurensicherung ein. Wencke führte sie in Aurels Zimmer und zeigte ihnen den Mineralwasserkasten, den sie sogleich inspizierten. «Ergebnis in einer guten Stunde», versprachen sie.

«Ich habe noch zu tun. Ihr kommt doch zurecht, oder?» Die Kollegen nickten.

Wencke lief in den Hof, schnappte sich ihr Fahrrad und fuhr in Richtung Moormuseum. Sie hatte entschieden, dass Annegret Helliger die richtige Person war, die ihre neu aufgeworfenen Fragen beantworten konnte.

Denn wahrscheinlich war sie es, um die sich hier alles drehte.

Teestube Moormuseum
gemütliches Klappern von Porzellan

«Noch eine Tasse, Frau Helliger? Sie wissen, drei Tassen sind Ostfriesenrecht.»

Annegret mochte sich nicht vorstellen, wie oft am Tag die Teestubenbesitzerin Marianne diesen Satz sagte. Immerhin war beinahe jeder Tisch im Raum besetzt. Die meisten waren augenscheinlich Touristen, die es liebten, wenn sie zwischen blau-weißen Fliesen, Backstein, Holz und maritimen Utensilien ihren ersten originalen Ostfriesentee auf einem Messingstövchen serviert bekamen. Sie hielten sich strikt an die traditionellen Anweisungen – erst den Kandis, dann den Tee, zum Schluss die Sahnewolke, und nicht umrühren –, versuchten sich im Plattdeutschen, sagten «Moin» auch am späten Vormittag.

Annegret hatte im Grunde einmal als eine von ihnen angefangen, als sie mit Mitte zwanzig das erste Mal nach Ostfriesland gekommen war, um Urlaub zu machen. Mit Mitte zwanzig war sie noch ein ganz anderer Mensch gewesen, gerade im Studium, gerade die ersten Familienpläne im Kopf, damals natürlich nicht mit Sebastian. Sie hatte das Moor geliebt, auch den Wind über den weiten Feldern, die raue Salzluft und die wortkargen Ostfriesen. Sie war noch ein paarmal in den Semesterferien wiedergekommen und hatte auch einige Bilder hier gemalt. Doch nie hätte sie daran gedacht, einmal hier zu leben. Das Leben hatte sich für sie mit dreißig auf einmal so rasant in eine andere Richtung entwickelt, dass nichts von dem, was sie damals für erstrebenswert gehalten hatte, eingetroffen war. Und im Umkehrschluss hatte das Leben, welches sie jetzt führte, gar nichts mit dem Wunschdenken zu tun, dem sie nachhing, als sie Mitte zwanzig gewesen war. Bis auf die eine Sache.

Annegret lächelte bei dem Gedanken. Es war gut, so wie es jetzt war.

Sie wusste, eine waschechte Ostfriesin würde sie natürlich nie werden, dies merkte sie soeben an dem Spruch «Drei Tassen sind Ostfriesenrecht», der im Grunde nur an Fremde gerichtet wurde, weil die Einheimischen ihn längst nicht mehr hören wollten.

«Danke, Marianne, ich glaube, ich lasse es. Ich bin hier verabredet. Die Arbeit …»

«Aber die Ausstellung ist doch nun so gut wie komplett. Oder nicht?»

«Nur noch ein paar Details, die Schilder für jedes Objekt. Aber dann ist alles fertig. Am Sonntag ist Eröffnung.»

Die Frau mit dem blauen Kittel nickte eifrig. «Mein Mann und ich planen schon das Büfett. Wir freuen uns ja so, dass der Kulturverein, also Ihr lieber Mann, eine so gute Idee gehabt hat. Ihre Kunst wird unserem Museum bestimmt wieder ein paar Besucher mehr bringen. Und die können wir gebrauchen, Sie wissen ja ...»

Bevor die Teestubenbesitzerin ihren ausführlichen Bericht zur finanziellen Lage des Moormuseums beginnen konnte, stand Annegret Helliger auf, legte das abgezählte Geld neben die Teetasse und verabschiedete sich. Es war kurz vor halb zwölf. Gleich wollte der junge Mann kommen.

Eigentlich hatte ihr der Termin heute Vormittag nicht so besonders gut gepasst, doch dieser Kerl hatte darauf bestanden. Richtig aufdringlich war er am Telefon gewesen. Er habe sich so viel Mühe gegeben mit den Schildern, und dann wolle er sie auch persönlich anbringen, das müsse sie verstehen. Und er wolle sich so gern mal mit ihr unterhalten, sein Vater sei auch Künstler gewesen. Nicht so bekannt und erfolgreich, aber sonst eine ganz ähnliche Richtung. Und vielleicht kenne sie ihn ja. Den Namen hat er nicht genannt, auch nicht auf Nachfrage. Wahrscheinlich war er nicht der Rede wert, und der junge Mann wollte sich nur interessant machen. Aber Annegret hatte schließlich in den Termin eingewilligt. Es war sicher eine angenehme Ablenkung von diesem Theater zu Hause.

Gestern Abend noch waren wieder Polizisten auf dem Grundstück gewesen. Die Kommissarin hatte nach Aurels Fahrrad gesucht und es schließlich auch gefunden. Sebastian war zornig geworden. «Dieses Hin und Her», hatte er sich beschwert. «Erst sagen sie mir, es war eindeutig Selbstmord, und dann rücken sie wieder an und drehen jeden Stein um, als gäbe es doch noch etwas zu entdecken.» So aufgeregt kannte Annegret ihren Mann gar nicht, und es leuchtete ihr auch nicht ein, warum er etwas dagegen hatte, wenn die paar Leute im Wald unterwegs waren. «Das Gerede von den Nachbarn und dieses Herumwühlen in unserer Privatsphäre. Ich will dich und die Kinder schonen», hatte er seine unterschwellige Aggression gerechtfertigt, dabei hatte niemand ihn gebeten, sich als Schutzschild zu betätigen. Und sonst hatte er immer ein ziemlich dickes Fell gehabt, wenn es um das Gerede der Leute ging.

Damals, als sie sich in Osnabrück kennenlernten – sie hatte das Studium gerade abgeschlossen und er seinen Betriebswirt in der Tasche –, da war es für ihn schwer gewesen, das Getuschel und Gegucke, wenn er sie zum Krankenhaus brachte, zur Therapie, oder auch wenn sie einfach nur die Straße entlanggingen. Er hatte stets gesagt, es mache ihm nichts aus, er liebe sie so, wie sie sei. Und es kämen bald bessere Tage, dann würden sie den Hof seiner Eltern in Moordorf übernehmen. Dann gäbe es einen Neuanfang, und niemand würde mehr hinter vorgehaltener Hand über sie tuscheln. Ja, Sebastian war ihr so stark und verständnisvoll erschienen, er hatte ohne Zögern ihr Schicksal mit getragen und nicht einmal geklagt. Umso mehr erstaunte es Annegret, dass er sich nun so sehr über die paar Polizisten auf dem Grundstück aufregte.

Annegret Helliger trat durch die Tür nach draußen. Von hier aus konnte man den größten Teil des Außengeländes überblicken. Die Skulpturen machten sich gut zwischen den Lehmhütten und Gerätschaften. Ganz hinten neben dem abgegrabenen Hochmoor, dessen feuchte Abrisskante eine schimmlig-grüne Wand vor dem Rundweg bildete, stand der junge Mann. Er musste sich über den Zaun gestohlen haben. Nun blickte er ihr entgegen, die Hände in den Hosentaschen vergraben. Natürlich waren die Mitarbeiter des Naturschutzhauses oft Typen, die sich gern lässig kleideten, doch dieser Junge – mein Gott, er war wirklich noch so jung – sah aus, als habe er auf der Straße geschlafen. Und zwar länger als nur eine Nacht. Sie winkte ihm zu. Seine Haare waren tiefschwarz, und je näher sie kam, desto unergründlicher schien ihr der finstere Blick, mit dem er sie anstarrte.

«Sie sind schon da?», rief sie aus rund zwanzig Meter Entfernung. Doch er antwortete nicht. Die Haut, die Haare, die Augen. Er sah aus wie ihre Kinder, wie Henrike, Thorben, und auch wie Aurel. Wie ein Rumäne. Aber am Telefon hatte er keinerlei Akzent gehabt. Vielleicht irrte sie sich, und das war jemand anders. Ein Hilfsarbeiter oder so. «Wir sind doch verabredet?», fragte sie den Fremden und bemühte sich um ein Lächeln.

«Aurel?», fragte er. Die Stimme war hoch und klar wie die eines kleinen Jungen. Oder irrte sie sich? Stand sie einem Mädchen gegenüber?

Sie machte den letzten Schritt auf ihn – auf sie zu. «Aurel ist tot. Wussten Sie das noch nicht? Kannten Sie ihn?»

«Aurel?», fragte die Gestalt wieder.

Vor dem Moormuseum
trügerische Ruhe

Eine Familie mit zwei kleinen Kindern löste die Eintrittskarten, obwohl der Vorschuljunge ununterbrochen quengelte, Museen seien stinklangweilig und er würde lieber nach Aurich zu McDonald's, da gebe es zurzeit Mexikowochen. «Nix da Mexiko, heute steht Ostfriesland auf dem Programm», reagierte die Mutter ungnädig und schob den Kinderbuggy mit dem schlummernden Töchterchen umständlich durch das Drehkreuz. Der Vater sagte nichts, sondern nahm alles teilnahmslos mit der Videokamera auf.

Wencke stellte sich geduldig hinten an und wartete, bis die Sippe sich auf dem kleinen Fußweg versammelt hatte. Ein junger, schlaksiger Mann mit Ziegenbart hatte es anscheinend eilig, das Museum zu verlassen, sie ließ ihn geduldig das Eisentor passieren. «Hochbetrieb im Moormuseum», sagte Wencke zu sich selbst. Wahrscheinlich waren noch einige Vorbereitungen für den kommenden Sonntag im Gange, deswegen der Trubel wie im Taubenschlag. Es war egal, sie hatte Zeit, sie fühlte sich, als stünde ihr alle Zeit der Welt zur Verfügung und als hätte sie einen großen Vorsprung in dieser Sache. Ein seltsamer Gedanke, denn von wem sollte sie überhaupt verfolgt werden? Axel Sanders ging schon längst eigene Wege, und der Mörder von Aurel Pasat musste sich doch bereits in Sicherheit wiegen. Vielleicht hatte sie niemanden vor und erst recht niemanden hinter sich, sondern war ganz allein auf weiter Flur.

Annegret Helliger war verabredet, irgendwo hinten bei der Sodenhütte hatte die Frau aus der Teestube sie das letzte Mal gesehen. Mit einem dunkelhaarigen Jüngling, so ein Schluderiger, der ihr beim Aufbau helfen sollte. Das war vor ungefähr einer halben Stunde, wusste die Kittelbeschürzte noch genau, weil sie gerade begonnen hatte, die Salate für den Mittagstisch vorzubereiten, und das machte sie immer so gegen zwölf. Wencke solle nur bis hinten durchgehen, da werde sie die Künstlerin schon persönlich antreffen. Nur richtig schauen. Sie sei eine große Frau.

Wencke machte sich auf den Weg. «Frau Helliger?», rief

sie, als sie die erste niedrige Lehmhütte passierte. Doch aus dem Inneren kam nur der kleine Junge, der sich wohl immer noch langweilte und dabei war, seinem Kamera haltenden Vater abzuhauen. Die Mutter rief von innen: «In dieser kleinen Hütte haben sie damals mit bis zu neun Arbeitern gelebt. Zusammen mit den Ziegen. Das muss man sich mal vorstellen. Das Plumpsklo ist ums Eck neben dem Eingang. Nun schau dir das doch mal an, Dennis.» Sie kam heraus, ein wenig zu schnell, übersah den tiefen Türsturz und holte sich eine Beule an der Stirn. Ihre Laune schien sich immer weiter zu verschlechtern, der Tonfall wurde so meckernd, dass man meinte, das Vieh von damals sei wieder in die Hütte eingezogen. «Dennis, bleib stehen!» Doch der Rotzlöffel überhörte den Befehl und rannte weiter den verschlungenen Weg entlang. «Herbert, mach doch mal diese Scheißkamera aus und kümmere dich um deinen Sohn!»

«Das kommt alles mit auf den Film!», warnte dieser und ignorierte – ganz Vorbild für den ungehorsamen Sprössling – ebenso die Aufforderung des Hausdrachens.

Wencke nahm sich fest vor, niemals eine solch griesgrämige Mutter zu werden wie die von Dennis, komme, was wolle. Vielleicht hatte sie Glück und Emil blieb das friedliche und sonnige Kerlchen, das er war. Auch wenn sie als Mutter nicht viel zu Hause sein würde, es bestand doch immerhin die Hoffnung, dass er einigermaßen wohlerzogen auf die Anweisungen seiner Erziehungsberechtigten hören würde. Und nicht wie dieser nervtötende Lausebengel einfach weiterlief, einfach in die nächste Hütte, in diesen Haufen aus alten Grassoden, eine wirklich ärmliche Moorbude, als sei hier der richtige Ort zum Versteckspielen. Und dann zu brüllen begann.

Ohrenbetäubend, man wollte meinen, das Erdhaus würde von seinem Geschrei im nächsten Moment in sich zusammenbrechen. Allmächtiger, lass Emil niemals zu einem solchen Minimonster mutieren, flehte Wencke kurz, doch dann merkte sie im selben Moment, dass etwas nicht stimmte, dass der kleine Junge einen Grund zu haben schien, wie am Spieß zu kreischen. Er kam mit erhobenen Händen aus dem Grassodenhaus, sein Kopf war knallrot, und die ersten Tränen rollten über seine Wangen. «Mama! Mama!»

Wencke rannte los. Hatte Marianne nicht gesagt, dass Annegret Helliger dort bei dieser Hütte gewesen war? Was hatte den kleinen Dennis zu Tode erschreckt? Im Augenwinkel nahm sie wahr, wie er über seine kurzen Beine stolperte und lang auf den Boden schlug. Wencke blieb nicht stehen, sollte sich die Mutter darum kümmern, sie lief weiter, sie musste sehen, was passiert war in dieser grünbraunen Behausung. Sie duckte sich, denn obwohl Wencke selbst nur gerade einen halben Kopf größer als anderthalb Meter war, war der Eingang für sie zu niedrig. Im Inneren war es dämmrig, auch wenn durch kleine Spalten in Wand und Decke etwas vom Sonnenlicht in die Hütte fiel. Eine Schlafstätte aus Stroh, ein Grund aus Lehm und … eine Frau am Boden. Das lockige Haar breitete sich auf der Erde aus, die Haare waren in dunkler Flüssigkeit getränkt, der Wencke sofort ansah, was es war. Nur Blut sickerte auf diese Art, träge, dunkel und satt, einen metallischen Geruch verbreitend. Der Kopf von Annegret Helliger war seltsam verrenkt, ihre Augen schreckhaft geöffnet. Sie sah tot aus. Richtig tot, im Vergleich zu Aurel Pasat, der noch so lebendig gewirkt hatte, vor zwei Tagen am frühen Morgen dort in diesem Waldlager. Doch sie täuschte sich wieder einmal. Vielleicht war es der Schock, Wencke war auf diesen Anblick nicht vorbereitet gewesen, vielleicht war es auch einfach diese unmögliche Stellung, in der die Frau des Moorkönigs dort auf dem schmutzigen Boden lag. Doch auf einmal bewegte sich etwas, die Lider der blicklosen Augen schlossen sich kurz, wollten reflexartig die Netzhaut befeuchten. Und der Brustkorb, den man in der verschraubten Körperlage fast gar nicht ausmachen konnte, senkte und hob sich kaum wahrnehmbar. Sie lebte. Wencke löste sich aus ihrer Erstarrung. Sämtliche Kniffe der Ersten Hilfe kamen ihr in den Sinn. Blutung stillen, stabile Seitenlage, wenn keine erkennbare Verletzung der Wirbelsäule zu befürchten war, die Verletzte ansprechen ... Es war wahrscheinlich nicht die richtige Reihenfolge, in der sie vorging, doch es geschah instinktiv, und sie war froh, überhaupt handlungsfähig zu sein.

«Frau Helliger? Hören Sie mich? Ich bin es, Wencke Tydmers, die Frau von der Kripo.»

Keine Reaktion. Obwohl die Augen geöffnet waren, schien Annegret Helliger das Bewusstsein verloren zu haben. Und dass Schwerverletzte in solchen Augenblicken wichtige Hinweise auf den Täter stammelten, aussagekräftige Wortfetzen in die Ohren des Ersthelfers flüsterten, dies war leider nur eine Sache, die in Fernsehserien oder Kinofilmen passierte. In Wahrheit lässt der Kampf um Leben und Tod keine Gelegenheit für solche Dinge. Und diese Frau war dabei, zu sterben, hier in Wenckes Schoß. Wenn nicht bald etwas geschah. Wencke blickte sich um. Der Familienvater stand gebückt im Eingang. Er hatte zum Glück seine beschissene Kamera sinken lassen und stattdessen ein Handy in der Hand. Draußen heulte noch immer Dennis, sein Vater musste den Notruf direkt in den Apparat brüllen, um die Lautstärke zu übertönen. Was rief der Junge denn da? In einer Tour, er konnte sich nicht beruhigen: «Mama, der schwarze Mann, der schwarze Mann!»

Wencke dachte, der Junge hat einen Schock, der Arme, er sieht Gespenster. Hier ist eine blutende Frau, das ist schlimm, wirklich, aber ...

Doch als sie wieder aufblickte, in die andere Richtung

schaute, dort, wo kein Ausgang war, sondern diese Pritsche aus Holz und Stroh, da sah auch sie etwas. Ein Gespenst. Einen schwarzen Mann.

Ein dunkler Junge saß in der Ecke. Die Beine an den Körper gezogen, wippte er vor und zurück und starrte mit weit aufgerissenen Augen auf das, was sich vor ihm abspielte.

An Axel Sanders schnittigem Sportwagen
Wencke links, Axel rechts

«Ja. Gut. Zugegeben, du hattest recht.»

«Wie bitte? Ich habe dich nicht richtig verstanden!» Wencke lehnte sich gegen seinen Wagen, hatte die Arme verschränkt und drehte ihm demonstrativ den Rücken zu. Doch auch ohne dass er in ihr Gesicht blicken konnte, wusste er, dass aus ihren Augen Kampflust mit einem nicht unwesentlichen Teil Genugtuung blitzte.

Sie tat so, als beobachtete sie die Sanitäter, die in diesem Moment die Türen des Krankenwagens schlossen, die schwerverletzte Annegret Helliger immer im Visier.

Er holte Luft. «Du hattest recht! Hinter dieser Sache scheint mehr zu stecken als ein gewöhnlicher Selbstmord aus Liebeskummer und Verzweiflung. Woher auch immer du diese Idee hattest ...»

«Du solltest mich inzwischen gut genug kennen, um meine Intuitionen ernst zu nehmen. Wissenschaftler behaupten sogar, dass das Bauchgefühl einem Menschen oft bessere Tipps gibt als der Verstand. Langjährige Experimente beweisen ...» Jetzt drehte sie sich um und konnte sich ein kleines Augenzwinkern nicht verkneifen. Dann wurde sie wieder ernst. «Hättest du mir mehr getraut, dann müsste Sebastian Helliger nicht um seine Frau und die beiden Kinder nicht um ihre Mutter bangen. Der Notarzt hat gesagt, die Kopfverletzungen seien lebensgefährlich. Man könne froh sein, wenn Frau Helliger jemals wieder ...»

«Ist ja gut, Wencke, ich weiß es jetzt.»

Als der Krankenwagen mit Blaulicht auf die Straße rollte, wurde dahinter Sebastian Helliger sichtbar. Bleich und verzweifelt schaute er dem Auto hinterher. Als das Martinshorn einsetzte, zuckte er zusammen. Wencke hatte seine Visitenkarte gehabt, ihn bei der Arbeit erreicht, und er war so schnell wie möglich aus Großheide herbeigeeilt. Seitdem stand er in völlig desolatem Zustand immer irgendwo herum, zu einer klaren Aussage nicht in der Lage, auch nicht zu sonst irgendetwas. Er tat Axel Sanders leid. Und Wencke spürte das mal wieder, ritt darauf herum, wollte ihn, Axel, für das Elend verantwortlich machen.

Der Wagen von der Spurensicherung fuhr rasant auf den Parkplatz und hätte den versteinerten Moorkönig fast gerammt. Am Steuer saß diese Dunkelhaarige, eine attraktive Kollegin, kompetent noch dazu.

Sobald die Mannschaft diese seltsame Grashütte, den Tatort, in Beschlag genommen hatte, wollte er mit Wencke nach Aurich auf das Revier, wo dieses burschikose Mädchen aus Rumänien bereits wartete. Ein verschrecktes Kind, Teresa war ihr Name. Laut Wencke wurde sie in ihrer Heimat bereits wegen Mordes gesucht. Alles sah danach aus, als habe sie auch diese Bluttat hier im Moormuseum begangen.

Die Teestubenbesitzerin hatte ausgesagt, dass sie die Begegnung zwischen Annegret Helliger und der Fremden, die aus der Entfernung ohne weiteres für einen Jungen gehalten werden konnte, beobachtet hatte. Die Helliger hatte zuvor erzählt, dass sie mit einem jungen Mann verabredet gewesen sei, deswegen sei ihr das Treffen nicht verwunderlich erschienen. Sanders hatte gleich Greven im Büro darauf angesetzt, diesen Burschen irgendwie ausfindig zu machen. Schließlich schien er bislang noch nicht zur Verabredung gekommen zu sein.

Sonst hatte die Teestubenfrau nicht allzu viel bemerkt, es seien an dem Morgen schon einige Leute in der Teestube und im Museum gewesen, Familien, Senioren und eine Schulklasse, da sei ihr niemand besonders aufgefallen. Aber sie habe auch nicht die ganze Zeit aus dem Fenster geschaut.

Im Grunde genommen lag es also nahe, dass diese merkwürdige Teresa mit dem alten Holzwerkzeug, welches früher zum Torfstechen benutzt wurde, zugeschlagen hatte. Das Warum war Gegenstand des anstehenden Verhörs. Es würde ein Leichtes sein, aus dem Mädchen die Wahrheit herauszubekommen, vorausgesetzt, sie bekämen die Sprachbarriere in den Griff.

Strohtmann war bereits beauftragt, einen Dolmetscher zu finden, sonst müssten sie Sebastian Helliger bitten, mitzukommen, doch ob dieser heute in der Lage sein würde, die Aussage zu übersetzen, war fraglich.

Die Kollegin von der Spurensicherung kam auf sie zu. Axel Sanders hätte nie gedacht, dass es Menschen gibt, denen die weißen Plastikoveralls standen, aber der Ansehnlichkeit dieser Frau tat die knisternde Berufskleidung keinen Abbruch. Täuschte er sich, oder schenkte sie tatsächlich ihm dieses strahlende Lächeln?

Nein, sie ging auf Wencke zu. «Na, da hat es uns heute wohl beide erwischt mit den Überstunden», sagte sie und klopfte Wencke komplizinnenhaft auf die Schulter. Axel erinnerte sich, sie hatte vor nicht allzu langer Zeit einen ebenso runden Bauch wie Wencke gehabt, ein Blick auf ihre noch nicht in den Handschuhen steckenden Finger verriet ihm, dass sie keinen Ehering trug. Deswegen also das vertraute Verhältnis. Alleinerziehende Mütter unter sich.

«Was ist passiert?»

«Annegret Helliger wurde niedergeschlagen. Wir haben zwar direkt am Tatort ein junges Mädchen festgenommen, das bereits in seiner Heimat Rumänien wegen eines Tötungsdeliktes gesucht wird, aber ich glaube nicht, dass wir in diesem Fall unsere Täterin haben.»

«Wisst ihr Näheres über das Opfer?»

Wencke hatte die Handtasche des Opfers an sich genommen und kramte nun die Ausweispapiere hervor. «Annegret Helliger, geborene Isselmeer. Die Frau des Moorkönigs. Die Adoptivmutter zweier Rumänienkinder. Die Gastmutter von Aurel Pasat. Hier laufen Fäden zusammen, ich hoffe, eure Truppe kriegt die Knoten entwirrt.»

«Wir sind dabei. Und noch etwas: Wir haben das Wasser unter die Lupe genommen, und du hattest recht. Wie immer!»

«Welches Wasser?», mischte sich Axel Sanders ein.

Beide schauten ihn an, Wencke genervt, doch die andere eindeutig freundlich, wenn nicht sogar mehr als das. «Das Wasser aus Aurel Pasats Zimmer», sagte sie.

«Und was ist damit?»

«Es ist destilliert. Die Flaschen waren alle geöffnet, jemand muss die Flüssigkeiten ausgetauscht haben. Leider ohne dabei Fingerabdrücke zu hinterlassen. Aber jemand, der so perfide vorgeht, wird an diesem Punkt auch kaum mit dem Pfuschen beginnen.»

Axel Sanders merkte, dass er einen ziemlich unwissenden Gesichtsausdruck erwischt haben musste, denn die Spurenfrau schaute auf einmal von ihm zu Wencke und wieder zurück. «Ich verstehe, die beiden Kollegen hatten noch nicht die Gelegenheit, sich über die neuesten Erkenntnisse auszutauschen.» Sie musste ein Grinsen unterdrücken, das sah man ihr deutlich an. «Na dann ... will ich mal an die Arbeit gehen.»

Wencke schaute ihr hinterher.

«Wie heißt sie nochmal?», fragte Axel Sanders.

«Keine Ahnung», sagte Wencke. Doch das glaubte er nicht. Nun, es mochte tatsächlich eine Intuition sein, gefühltes Wissen sozusagen, doch Axel Sanders hätte in diesem Moment einiges darauf verwettet, dass diese beiden Frauen einen geheimen Konkurrenzkampf ausfochten. Doch um was ging es?

Egal, wichtiger war es, bei dieser Sache mit dem destillierten Wasser nachzuhaken. Wencke kam ihm zuvor: «Ich hätte es dir schon noch früh genug gesagt. Wenn nicht diese Sache mit Annegret Helliger dazwischengekommen wäre ...»

«Was hättest du mir früh genug gesagt?»

«Ich habe Kerstin von der Spurensicherung ...» – nun hatte sie sich verplappert, natürlich, die Brünette im Plastiküberall hieß Kerstin, Wencke schlug nur kurz verlegen die Augen nieder –, «... ähm, also, ich habe die Kollegin gefragt, ob sie Aurel Pasats Fahrrad untersuchen könnte. Ich habe es gestern Abend gefunden.»

«Beim Spazierengehen wahrscheinlich.»

«Haha! Ja, okay, ich habe auf eigene Faust ermittelt. Aber wenn du so stur bist?»

«Und was hast du herausgefunden, Miss Marple?»

«Übertreib es nicht, Axel. Sonst hänge ich es an die große Glocke, dass durch deine Ignoranz jede Menge Spuren übersehen wurden, die gegen Aurel Pasats Freitod sprechen.»

«Und die wären?»

«Die Bodenanalyse hat ergeben, dass er nicht mit dem Fahrrad zum Schuppen gefahren, sondern gelaufen ist. Die Erde im Reifenprofil weist darauf hin, dass seine letzte Tour in der Nähe des Großen Meers stattgefunden hat. Trotzdem stand das Mountainbike in der Nähe des Tatorts.»

Axel Sanders schluckte. Dies war definitiv eine Verstrickung von übersehenen Tatsachen, die für eine Schlinge um seinen Hals reichen könnte. Er verkniff sich jeglichen Kommentar.

«Und der desolate Elektrolyt-Haushalt lässt sich damit erklären, dass jemand destilliertes Wasser in die Fahrradflasche gefüllt hat. Nicht nur das, auch der Mineralwasservorrat im Zimmer wurde ausgetauscht, wie wir eben erfahren haben. Ich nehme an, jemand hat beabsichtigt, Aurel zu schwächen. Warum, kannst du dir selbst zusammenreimen.» Sie machte eine drehende Handbewegung an ihrer Schläfe, die ihn zum Nachdenken auffordern sollte. «Ach ja, wo wir gerade dabei sind: Aurel Pasat hat sich in der Apotheke illegal Antibiotika besorgt. Angeblich für die Helliger-Kinder, aber Annegret Helliger wusste nichts davon. Deswegen war ich eben ...»

«... an deinem freien Tag ...»

«... ja, genau, ich wäre auch lieber mit Emil im Sandkasten; aber ich war an meinem freien Tag unterwegs ins Moormuseum, um mehr über all diese merkwürdigen Zusammenhänge zu erfahren, die sich um deinen bombensicheren Selbstmord ranken. Und in der Zwischenzeit geht mein Aupair-Mädchen Anivia mit meinem Sohn durchs Leben.»

Jetzt drehte sie sich endlich ganz zu ihm um, sie nutzte den Schwung der wütenden Bewegung, um ihm mit voller Kraft die Faust auf das Autodach zu knallen. «Das stinkt mir dermaßen, Axel Sanders! Das du mir die ganze Zeit nicht geglaubt hast und ich Freizeitschnüfflerin spielen muss.» In ihrem Blick war jetzt entgegen seiner Vermutung kein einziger Funken Genugtuung zu erkennen. Sie war einfach nur stinksauer auf ihn. Und das zu Recht, wie er zugeben musste.

«Hast du denn noch mehr Erkenntnisse gewonnen?

Dinge, von denen ich auch besser wüsste, damit wir ab hier und jetzt vielleicht doch gemeinsame Sache machen könnten ...» Sanders konnte sich nicht erinnern, jemals so kleinlaut mit Wencke gesprochen zu haben. Doch sosehr es ihn auch Überwindung kostete, er musste es auf diese Tour versuchen, denn allem Anschein nach hatten Wenckes Ergebnisse als – wie hatte sie es eben ausgedrückt? – Freizeitschnüfflerin doch einige neue Aspekte im Fall Aurel Pasat aufgezeigt. Sie hatte alle Trümpfe in der Hand, um ihn bei den Polizeiobrigen wie einen Stümper aussehen zu lassen. Zum Glück schien sie keine Vorsätze dieser Art zu haben. «Wencke, ich bitte dich ...»

Nur zögernd griff sie in die Tasche ihrer Jeansjacke und zog einen dünnen, kleinen Zettel heraus. «Das hier habe ich in Annegret Helligers Handtasche gefunden.»

Sanders verkniff sich eine Bemerkung, was in drei Teufels Namen sie vor der Spurensicherung an der Handtasche des Opfers zu suchen gehabt hatte. Er lächelte sie nur auffordernd an. «Was ist das?»

«Eine Apothekenquittung. Über einhundertzwanzig Euro, ausgegeben in der Adler-Apotheke. Ich nehme an, Annegret Helliger hat diesen Bon hier gefunden und ist so hinter diese Medikamentensache gekommen.»

«Und?»

«Auf der Rückseite ist ein Wort notiert. Ladislaus. Könnte ein rumänischer Name sein.»

«Hast du eine Erklärung dafür?»

«Nein, habe ich nicht. Aber vielleicht kann uns dieses fremde Mädchen weiterhelfen.»

«Dann fahren wir jetzt zum Revier?», fragte er und bemühte sich um einen versöhnlichen Unterton. Wencke öffnete wortlos die Autotür und setzte sich auf den Ledersitz, den Blick stur nach rechts gerichtet, als gäbe es dort immer noch etwas zu sehen. Doch das Einzige, was in dieser Richtung zu betrachten war, war der hilflose Sebastian Helliger.

Das Handy piepte, Sanders nahm das Gespräch an und erfuhr kurz und knapp von Strohtmann, dass es in Ostfriesland weit und breit keinen Dolmetscher für Rumänisch gebe, der nächste aus Oldenburg oder Münster anreisen müsse und in frühestens drei bis vier Stunden zur Verfügung stehe. Gäbe es doch nur nicht diesen verflixten Datenschutz, dachte Sanders, sonst könnte man eben mal schnell bei der Ausländerbehörde nachfragen und hätte in null Komma nix sicher eine Handvoll Rumänen, die seit einigen Jahren in Deutschland lebten und sich für diesen Zweck eigneten.

«Schon gut», sagte Sanders, beendete das Gespräch und wandte sich an den Moorkönig. «Kommen Sie mit, Herr Helliger? Es könnte sein, dass wir noch ein paar Fragen an Sie haben. Und vielleicht brauchen wir auch Ihre rumänischen Sprachkenntnisse. Meine Kollegin erzählte mir, dass Sie auf diesem Gebiet eine Hilfe sein könnten.»

Er blickte auf und nickte leicht. «Versprechen Sie sich nicht zu viel, meine Kinder sind da besser in Form ... Was geschieht eigentlich mit ihnen? Die Schule müsste jeden Augenblick zu Ende sein. Was ist, wenn sie von den Nachbarn oder Mandy erfahren, was mit ihrer Mutter passiert ist?»

«Wir könnten eine Streife vorbeischicken und die beiden nach Aurich bringen lassen», schlug Axel Sanders vor, und als er Helligers erschreckten Gesichtsausdruck bemerkte, fügte er hinzu: «Keine Angst, die Kollegen werden ihren Kindern eine eins a Erlebnisfahrt anbieten, kein Wort von dem, was geschehen ist, nichts, was ihnen Angst einjagen könnte.»

«Und auf dem Präsidium könnten wir Ihnen sogar eine psychologische Unterstützung anbieten, wenn Sie mit den Kindern reden ...», fügte Wencke hinzu. «Gehen die beiden auf die Grundschule in der Ringstraße?»

Helliger nickte nach kurzem Zögern. Während Axel Sanders gleich das grün-weiße Kindertaxi organisierte, schlenderte der Moorkönig mit den Händen in den Hosentaschen auf das Auto zu und nahm schließlich fast lautlos auf der Rückbank Platz.

Axel Sanders fuhr kurz darauf los. Nicht zu schnell, wie er es sonst gern machte, sondern gemächlich, als sei er mit einem Schlachtschiff unterwegs. Langsam in die Kurven gehen, nicht zu sehr auf das Gaspedal drücken, sanft bremsen, jetzt mal halblang. Ab und zu versuchte er sich mit ein paar Sätzen, entweder aufmunternd in Helligers Richtung: «Es wird schon werden mit Ihrer Frau. Der Notarzt sagte, man hat sie noch früh genug gefunden», oder geschäftlich zu Wencke: «Hat man denn schon herausgefunden, ob diese Teresa wirklich etwas mit dem Fall in Rumänien zu tun hat?» Beide Male bekam er keine Reaktion von seinen Mitfahrern.

Da er vermutete, dass Sebastian Helligers Schweigen im Gegensatz zu Wenckes auf eine seelische Notsituation zurückzuführen war, wagte er noch ein paar Gesprächsansätze: «Kennen Sie diese Teresa? Hat Ihre Frau Ihnen gegenüber schon einmal den Namen erwähnt?» – – – «Es ist doch zu seltsam, warum kommt sie aus dem fernen Rumänien, trifft sich mit Ihrer Frau im Museum und dann ... dann das?» – – – «Hat Ihre Frau Ihnen denn von der heutigen Verabredung nichts erzählt?» – – – «Und Ihre Kinder? Haben die vielleicht noch Kontakte in ihre Heimat? Alte Verwandte und Freunde?» – «Sagt Ihnen das Wort *Ladislaus* etwas?» – – – «Kennen Sie einen Mann namens Roland Peters, er arbeitet für die Organisation *Primăvară* in Arad.» – – – «Wie lief das damals eigentlich mit der Adoption?»

Alle Fragen liefen ins Leere, Sebastian Helliger schien ihn zwar nicht gerade zu ignorieren, doch er machte keinerlei Anstalten, zu antworten.

Sie hatten schon längst das Ortschild von Aurich passiert, waren bereits rechts abgebogen, hielten gerade an der Kreuzung in der Nähe des Gerichts neben dem Matratzenladen, als Sebastian Helliger auf einmal, wie aus heiterem Himmel, zu erzählen begann:

«In Deutschland hätten wir doch keine Kinder bekommen. Nach der Operation, wissen Sie, die sind ziemlich hart in der Auswahl, nehmen nur die jungen, normalen Familien.» Das Wort *normalen* setzte er in hörbare Anführungsstriche. «Und obwohl wir unseren Hof haben mit jeder Menge Platz zum Spielen, wir hätten keine Chance bekommen. Wie die Hausierer sind wir von Amt zu Amt geschlichen, vielleicht haben Sie die Skulptur ‹Bettler› neben der Hütte gesehen, meine Frau hat sie in dieser Zeit geschaffen. Es war Annegret so wichtig, Kinder zu haben, sie hat sich danach verzehrt, eine Mutter zu sein. Als wir dann mal einen Bericht über die rumänischen Straßenkinder gelesen haben, war uns klar, hier können wir unseren Traum ein Stück weit erfüllen und zudem zwei Kinder vor einem schlimmen Schicksal bewahren.» Sebastian Helliger machte eine kurze Pause. Die Ampel sprang endlich auf Grün, und Axel Sanders fuhr an, noch sachter als eben. Er wollte den Redefluss nicht stören.

«Es ging alles mit rechten Dingen zu, glauben Sie mir. Auch wenn Auslandsadoptionen immer etwas leicht Kriminelles anhaftet, von wegen Kinderhandel und so, aber wir haben die richtigen Anträge gestellt und sie bewilligt bekommen, die Kinder erhielten ihre Visa, ihre Unterlagen, alles einwandfrei. *Primăvară* sucht die Kinder sehr sorgsam aus, es dürfen nur Waisen sein oder Fälle, in denen es für die leibliche Familie keinerlei Chancen mehr gibt. Auch Findelkinder können adoptiert werden, unseren Sohn Thorben hat man beispielsweise neben einer Parkbank gefunden, neugeboren und nackt. Henrikes Mutter hingegen starb bei einem Unfall, auf den Vater gibt es keine Hinweise. Beide lebten damals seit einem Jahr in einem Heim in Cluj-Napoca, welches von *Primăvară* pädagogisch unterstützt wurde. Es ist eine wunderbare Hilfseinrichtung, diese Frauen und Männer tun so viel Gutes für Rumänien. Ob nun in Arad oder sonst wo, ich kenne zwar keinen – wie nannten Sie ihn gleich – Roland Peters, aber wenn er bei *Primăvară* arbeitet, muss er ein guter Mann sein. Seit der Adoption haben meine Frau und ich uns weiterhin für diese Sache engagiert. Jährliche Hilfstransporte, Sie hörten sicher schon davon. Wir verdanken der Organisation so vieles, da schien es Annegret und mir selbstverständlich, auch von Deutschland aus unser Bestes zu geben, damit die zurückbleibenden Kinder ein wenig Freude im Leben haben.»

Inzwischen hatten sie das Polizeirevier erreicht, Sanders fuhr auf den Parkplatz, stellte den Motor ab und blieb sitzen. Auch Wencke machte keine Anstalten, aufzustehen. Und der Moorkönig sprach fast monoton in einem fort.

«Einmal im Jahr fährt mein Lastwagen in diese Region, voll gestopft mit Hilfsgütern, die wir hier gesammelt haben. Kleidung, Nahrungsmittel, Spielsachen …»

«Medikamente?», unterbrach ihn Wencke.

«Ja, auch das. Und Pflaster und Verbandszeug, es fehlt dort einfach an allem. Und trotzdem wissen wir, diese Hilfe ist nur ein Tropfen auf heißem Stein …»

«Auch Antibiotika?»

«Nein, das ist ja nicht so einfach. Ohne Rezept. Obwohl: Gebrauchen könnten sie es dort. Viele Kinder leiden durch die Mangelernährung und diesen schrecklichen Schnüffelklebstoff an allen möglichen Infekten …»

Wencke ließ ihn wieder nicht ausreden, gerade noch lungerte sie stumm auf dem Beifahrersitz herum, nun schien sie mit einem Mal hellwach zu sein: «Wussten Sie, dass sich Aurel Pasat hier in Deutschland mit falschem Rezept mehrfach Medikamente besorgt hat?»

Helliger stockte. «Wie? Ähm, nein. Warum sollte er ...?»

«Das hätte ich gern von Ihnen erfahren. Wir sind durch Zufall darauf gestoßen, und Ihre Frau wusste zumindest seit gestern Vormittag ebenfalls davon. Hat sie Ihnen nichts erzählt?»

«Ich ... nein.» Man roch von der Rückbank, dass Helliger schwitzte.

Es war offensichtlich: Wencke hatte den Moorkönig kalt erwischt. Ob er sich darüber aufregte, dass ihm diese Tatsache bislang unbekannt gewesen war, oder ob er vielleicht doch mehr wusste, als er zugab, war zumindest für Axel Sanders nicht ersichtlich. Doch er ahnte, dass Wencke sich rein intuitiv bereits eine Meinung gebildet haben mochte. Sobald sie allein waren, würde sie ihn davon in Kenntnis setzen. Vielleicht würde er dann auf sie hören. Ausnahmsweise.

Vernehmungszimmer
Stühle, Tisch und der Geruch von kalt gewordenem Kaffee

Greven saß neben dem seltsamen Mädchen und schien sich zu freuen, Wencke zu sehen. «Ich denke, sie versteht wirklich keine Silbe», sagte er und warf einen mitleidigen Blick auf Teresa. «Aber sie hat eine ganze Flasche Wasser und mein belegtes Brötchen verputzt. In null Komma nix.»

«Danke vorerst, Greven», sagte Sanders, der hinter Wencke in den Raum getreten war. «Haben Sie schon diese Verabredung der Annegret Helliger ausfindig machen können?»

«Bislang noch nicht. Wir versuchen, den Hausmeister,

diesen Holländer zu erwischen. Er hat einen Großteil der Arbeit erledigt, vielleicht weiß er auch, wer heute noch zum Helfen eingeteilt war.»

«Gut, bleiben Sie dran. Und danach …»

«Schon klar, Chef, die ABM wartet, *Penny*-Fundament, wie immer …»

Sanders fiel ihm ins Wort. «Nein, der alte Fall muss warten. Die Sache Aurel Pasat hat jetzt oberste Priorität.»

Greven schaute mit einem Blick, dem Erstaunen und etwas Bewunderung innewohnte, zu Wencke hinüber. Dann klopfte er dem stillen Mädchen freundschaftlich auf die Schulter, nuschelte etwas Beruhigendes, obwohl er wusste, es verstand kein Wort davon, und ging hinaus.

Sanders schaute Wencke an. «Ich habe Helliger noch nicht mit reingenommen, weil ich erst von dir wissen will, was in deinem Kopf vorgeht.»

Sie standen sich gegenüber, das Mädchen auf dem Stuhl nahm genauso wenig Notiz von ihnen wie sie von ihm.

Wencke spürte ein Stechen in der Brust, so ein Mist, warum mochte sie diesen Kerl nur so gern? Immerhin hatte er ihr den Anfang nach der Babypause so dermaßen schwergemacht, hatte ihre Kompetenz infrage gestellt, sie übergangen, sie bloßgestellt. Und trotzdem mochte sie ihn und konnte ihm nicht in die Augen blicken ohne dieses Herzgefühl.

Sie verbot sich jede Nuance von Freundlichkeit: «Sanders, was ist?»

«Deine Andeutungen mit den Medikamenten, die Sache mit dem destillierten Wasser. Was glaubst du zu wissen?»

«Ich glaube, es war Sebastian Helliger!»

«Was?»

«Er hat Aurel Pasat ermordet.»

«Weswegen?»

«Wahrscheinlich Eifersucht …» Wencke konnte nicht verbergen, dass auch ihr dieses Motiv etwas mau erschien. Sie suchte krampfhaft nach einem zusätzlichen Argument: «Annegret Helliger hat ihrem Mann nichts von der Sache mit den Medikamenten erzählt. Für mich ist das ein Zeichen, dass es doch so etwas wie Heimlichkeiten zwischen den Eheleuten gab.»

«Da magst du recht haben. Aber wofür hat Aurel die Arzneien gebraucht?"

«Für die kranken Kinder in Rumänien vielleicht … Es könnte doch sein, dass er sie gesammelt hat und mit nach Hause nehmen wollte. So wäre seine Tat zwar immer noch illegal, jedoch aus absolut ehrenwerten Gründen geschehen.»

«Ich habe den Eindruck, alle Beteiligten in diesem Fall handeln aus absolut ehrenwerten Gründen. Der Monolog von Helliger eben in meinem Wagen strotzte nur so von Nächstenliebe. Seine Frau und die Kinder und die Behörden und die Menschen in Rumänien … Traust du einem solch korrekten Menschen einen Mord aus Eifersucht zu?»

Wencke zögerte. Sanders hatte recht, Helliger schien das personifizierte reine Gewissen zu sein. «Aber er hatte die Gelegenheit, das Wasser auszutauschen.»

«Und der Tote in Rumänien? Das kann doch kein Zufall sein. Wie passt Roland Peters in die Geschichte?»

Das Mädchen auf dem Stuhl fuhr zusammen, als hätte sie einen Stromschlag bekommen.

Wencke schaute sie an. Das erste Mal in vollem Bewusstsein. Vorhin im Moormuseum waren keine Zeit, kein Licht und viel zu viel Panik gewesen, da hatte sie diese Teresa nur am Rande wahrgenommen, sitzend in der Hütte, in Handschellen auf dem Weg zum Einsatzwagen. Nun erblickte sie ein dünnes Kind. Wenn man wusste, dass es sich um ein Mädchen handelte, dann bemerkte man auch die langen Wimpern, die hohen Wangenknochen, die kleinen Brüste. Sie trug zerschlissene Kleidung, ihr Gesicht war gewaschen, wahrscheinlich hatte der gute Greven ihr die Gelegenheit gegeben, nach dem Imbiss noch eine Katzenwäsche vorzunehmen. Dennoch war nicht zu übersehen, dass hier ein Straßenkind saß. Narben durchzogen den dunklen Teint, die oberen Schneidezähne waren alle abgebrochen und braun. In den Augenwinkeln klebte Staub. Doch trotzdem war sie hübsch, zweifelsohne. Sie rührte sich nicht, apathisch und doch wie zum Absprung bereit, wie eine Leitlöwin, die sich in der Steppensonne auszuruhen schien und gleichzeitig – wachsam auf das Wohl ihrer Herde bedacht – jederzeit zum Kampf bereit war.

«Du kennst diesen Namen, nicht wahr? Roland Peters?»

«Wencke, sie versteht kein Wort.»

Das stimmte nicht. Und Sanders wusste das auch. Er konnte das erneute Zusammenzucken nicht übersehen haben.

«Kennst du auch Aurel Pasat?»

Jetzt richteten sich die schweren schwarzen Augen direkt auf Wencke. «Aurel! Aurel!» Dann sagte sie einen schnellen Satz in ihrer Muttersprache, den Wencke zu gern übersetzt gehabt hätte.

«Ladislaus?», versuchte es Wencke.

Das Mädchen wurde aufgeregt, blickte sie mit einer Mischung aus freudiger Erregung und Schrecken an. «Ladislaus!»

«Es macht keinen Sinn», sagte Sanders. «Wir können nicht mit ihr reden. Und wenn sich dein Verdacht gegen Helliger bewahrheiten sollte, können wir ihn auch ziemlich schlecht als Übersetzer zur Hilfe nehmen. Das könnte alles noch schlimmer machen.»

«Anivia!», sagte Wencke.

«Sie kann Rumänisch?»

«Sie kann es zumindest verstehen, hat sie mir erzählt. Mit

Aurel hat sie sich des Öfteren in seiner Muttersprache unterhalten.»

«Das wäre ja ... ziemlich gut. Ruf sie an.»

«Sie ist mit Emil im Moor, trifft sich dort mit diesem Naturschützer, der Aurel so oft dort begegnet ist.»

«Du willst eigentlich sagen: Sie ermittelt ebenfalls in diesem Fall? Wencke!»

«Das ist doch nun wirklich nebensächlich. Wir können jede Information gebrauchen, oder nicht?» Sie tippte eilig die Handynummer ein, wartete auf das Freizeichen und legte die Hand schützend über den Hörer, während sie in Axels Richtung zischelte:

«Also, ich möchte wissen, was da eben im Moormuseum geschehen ist. Warum ich Annegret Helliger blutend am Boden gefunden habe. Und ob es wirklich dieses Mädchen hier gewesen ist.» Niemand ging ans Telefon.

«Du musst zugeben: Es sieht alles danach aus.»

«Ich hoffe wirklich, du hast diesen Satz irgendwann selbst einmal satt: *Es sieht alles danach aus* ... Dass ich nicht lache! Bei Aurel Pasat sagtest du auch, es sieht alles danach aus, dass er es selbst getan hat. Und wenn du dich jetzt wieder irrst? Was ist, wenn diese Teresa es nicht gewesen ist? Der Arzt sagte, es müssen mindestens zehn Schläge auf den Kopf gewesen sein, mit voller Wucht, dieser Torfstecher war blutgetränkt. Aber Annegret Helliger hat eine kräftige Statur, sie ist mindestens einen Kopf größer als Teresa und sicher um einiges stärker. Glaubst du, sie ist geduldig stehen geblieben und hat sich von einem mageren Straßenkind den Schädel zertrümmern lassen?»

«Du hast recht, es klingt unwahrscheinlich, aber ...»

«Wenn sie es nicht war, dann läuft dort draußen jemand rum, der eine Mordswut im Bauch zu haben scheint.»

Sanders sagte gar nichts, überhaupt war es, nachdem Wencke es aufgegeben hatte, ihr Au-pair-Mädchen zu erreichen, sehr still im Zimmer, und man hörte draußen auf dem Flur Kinder und die Stimme einer Frau, die gerade jedes Detail der Auricher Polizeibehörde pädagogisch bravourös erklärte. «Und hier ist das Zimmer, in dem wir die Menschen befragen.»

«Die Verbrecher?», fragte eines der Kinder.

«Und die Zeugen. Immer wenn man ungestört ein langes Gespräch führen muss, geht man hier hinein.»

«Bin gleich wieder da», sagte Wencke in Sanders' Richtung und öffnete die Tür. Vor ihr standen ein Junge und ein Mädchen, beide dunkel und samtig, mit staunenden Augen, die Schulranzen noch auf den Schultern. Die Kollegin von der Streife lächelte. «Und das ist unsere Kriminalhauptkommissarin Wencke Tydmers, eine ganz wichtige Person in diesem Haus.»

«Hallo», sagte Wencke und gab beiden Schülern die Hand. «Ihr kommt gerade im richtigen Augenblick. Denn ich habe ein paar Fragen, und dafür nehme ich euch mit in das wichtige Zimmer, von dem ihr gerade gehört habt.»

«Wir haben aber nichts angestellt», sagte das Mädchen.

«Doch, du hast gestern bei meinem Rad das Rücklicht kaputtgetreten», petzte der Junge, lachte kurz und wurde gleich darauf ernst. «Aber in echt sind wir wegen Aurel hier, stimmt's?»

Wencke nickte, bedankte sich mit einem Augenzwinkern bei der Kollegin und ging mit den Kindern in das benachbarte Zimmer. Es war besser, wenn die Kinder sich vorerst an sie gewöhnten, bevor sie Teresa gegenübertraten und vielleicht sogar als Dolmetscher eingesetzt werden mussten.

Der Junge ließ sich gleich auf einen der beiden Stühle fallen. «Das war cool, als uns die Polizisten von der Schule abgeholt haben. Die anderen haben alle geguckt wie die Autos.»

«Dann ist es ja gut, wenn es euch gefallen hat. Euer Vater hat befürchtet, ihr würdet einen Schrecken bekommen, wenn ein Streifenwagen für euch bereitsteht.»

«So 'n Quatsch», sagte das Mädchen und setzte sich ebenfalls. «Ist Mama denn auch da?»

«Nein ...», begann Wencke langsam.

Doch der Junge unterbrach sie: «Mama hat doch keine Zeit. Sie muss arbeiten. Am Sonntag macht ihre Ausstellung auf. Meine Mutter ist nämlich Künstlerin, sie macht Metallskulpturen, Riesendinger, wussten Sie das?»

Der Junge sah Wencke stolz entgegen.

«Meine Mutter war auch Künstlerin», sagte Wencke lächelnd. «Aber sie hat gemalt.»

«Meine Mutter kann auch malen», sagte das Mädchen eifrig. «Ganz toll sogar, schauen Sie mal ...» Sie setzte den Ranzen ab und kramte ihre Federmappe hervor. Hinter einer durchsichtigen Plastikschlaufe klemmte eine Skizze, die sie Wencke hinhielt. Man erkannte einen knubbeligen, freundlichen Zwerg mit leuchtenden Augen, der es sich in einem Wust aus Wurzeln bequem gemacht zu haben schien.

«Das ist ein Wurzelkobold, der lebt in umgekippten Baumstümpfen. Hat meine Mutter mir mit Bleistift gezeichnet. Toll, nicht wahr?»

Heikeschloot am Großen Meer
Schafgarbe, Flieder und eine Herde glotzender Kühe

Jetzt hatte sie doch das Gör mitgebracht. Und trug hochhackige Schuhe. Hier im Moor. Wie dämlich war diese Anivia eigentlich?

Und wie dämlich war er selbst? Jakob hätte die Sache abblasen können. Oder einfach nicht zum Treffen erscheinen. Schließlich war heute sein freier Nachmittag, und er war niemandem Rechenschaft schuldig, was er tat und was er lieber bleiben ließ.

Nur der Gedanke, dass es ihn irgendwie verdächtig machen könnte, wenn er nicht um 15 Uhr am Treffpunkt Heikeschloot erschien, hatte ihn hierher kommen lassen.

Satter Frühlingsduft aus den Gärten der Feriensiedlung wehte vom Ufer der Hieve herüber. Das gute Wetter hatte den Flieder an den Bäumen zwei Wochen früher sprießen lassen. Schwer hingen die traubenförmigen Blütenballen weiß, hell- und dunkellila an den Ästen. Hier in der Meedenlandschaft war der Boden fruchtbar, hier wuchs saftiges Gras für die schwarzbunten Milchkühe, die sich wie zur Begrüßung am Gatter versammelt hatten, an dem jetzt sein Rad lehnte. Die Tiere glotzten zu ihnen hinüber, nicht neugierig, eher gleichgültig, das Wiederkäuen sah aus, als hätten sie sich vor Langeweile Kaugummis ins Maul gesteckt. Eine Kuh muhte und machte kehrt, der Rest der Herde folgte ihrem für menschliche Ohren unverständlichen Kommando und trottete ebenfalls auf die Weide.

Jetzt waren sie allein. Einige Schritte weiter begann das Seeufer mit seinem dicken Schilf und den trotz der Regenarmut immer noch feuchten Schleichwegen.

Anivia machte sich daran, den Kinderwagen aus dem Kombi zu ziehen, aufzubauen und den quengeligen Jungen hineinzusetzen.

«Er kriegt Zähne», erklärte sie beiläufig. «Aber wenn wir gleich losmarschieren, beruhigt er sich, schläft vielleicht ein und macht uns keine Probleme.» Das Kind schrie lauter, wie um zu demonstrieren, dass es ganz etwas anderes vorhatte, als sich zu beruhigen und problemlos zu sein.

Sie gingen den schmalen Trampelpfad entlang, Jakob schlug den Weg in Richtung Naturschutzgebiet ein, er wollte sich der Stelle nähern, an der er damals Aurel zum ersten Mal begegnet war. Das war wenig riskant, denn bis zu dem Ort, den sie besser nicht zu sehen bekommen sollte, waren es noch einige Kilometer. Er würde sie erst auf den richtigen Weg und dann in die Irre führen.

Der Pfad war fast schon zugewachsen, außerhalb der Führungen war das Betreten dieser Zone den Normalsterblichen verboten. Da hatten Schafgarbe und Brennnesseln genügend Zeit zum Wuchern. Viel breiter hätte der Kinderwagen nicht sein dürfen, schon jetzt war Anivia ständig damit beschäftigt, das Unkraut vom Gesicht des Jungen abzuwehren. Doch das Kind machte trotzdem Krawall.

«Hast du vielleicht irgendwas zum Spielen? Gestern in deinem Zimmer hast du Emil diese Dose mit den Klammern gegeben, da war er ganz begeistert.» Sie lächelte und zwinkerte ihm zu. «Und ich auch, übrigens, fand ich total süß von dir, wie du auf das Kind geachtet hast ...»

Jakob hatte noch nie viel daran gelegen, von jemandem «süß» gefunden zu werden. Trotzdem kramte er während des Laufens in seinem Beutel. Alles war besser als ein schreiendes Kind. Da war doch dieser Zettel. Dieses abgegriffene, uralte Ding, welches jahrelang in seinem Portemonnaie gesteckt hatte, bis er es heute Vormittag ein letztes Mal hervorgezogen hatte.

Den Schock in den Augen des anderen würde er nie vergessen. Da, schau her, was ich noch immer bei mir trage ...

Jetzt war es wertlos geworden. Es machte nichts aus, wenn der kleine Junge im Buggy daran herumlutschte, es zerriss und ins Gebüsch warf. Jakob hätte die Skizze seines Vaters ohnehin heute in den Müll geschmissen. Denn dahin gehörte sie, jetzt, wo Andreas Isselmeer endlich wirklich tot war.

«Hier, Kleiner. Ein Wurzelkobold. Die leben unten in den toten Baumwurzeln ...»

Bevor der Junge nach dem Zettel greifen konnte, schnappte das Mädchen danach und betrachtete grinsend die Skizze. «Na, ich weiß ja nicht, ob so ein unheimliches Bild das Richtige ist, um Emil zu beruhigen.»

«Warum hast du ihn überhaupt mitgebracht? Ich dachte, ich hätte mich gestern klar ausgedrückt in puncto Kinderkarre im Moor.»

«Meine Gastmutter musste heute doch noch aufs Revier ...»

«Revier?», hakte Jakob direkt nach. Am Gesichtsausdruck gegenüber erkannte er sofort, dass das Mädchen sich verplappert hatte.

«Wo arbeitet sie denn?»

«So genau weiß ich das auch nicht, ich habe keine Ahnung, wie das im Deutschen heißt ...»

Das war eindeutig eine verdammt faule Ausrede. Sie konnte sehr gut Deutsch, sie war wissbegierig, sie wollte etwas verheimlichen. Für Jakob war klar, was *Revier* bedeuten konnte. Wahrscheinlich weniger Forst-Revier, ihm kam gleich die andere grüne Truppe in den Sinn, er dachte an die Polizei.

Was hatte das zu bedeuten? War es Zufall?

«Sie ist Polizistin?», fragte er und schaute Anivia durchdringend an. Er konnte sich nicht helfen, dieses Au-pair-Mädchen, ihr ständiges Auftauchen, ihr merkwürdiges Interesse an seiner Person und den Begegnungen mit Aurel im Moor, dies alles war ihm suspekt. Und auf seinen direkten Blick reagierte sie irritiert.

Das Handyklingeln schien ihr gerade recht zu kommen, hastig griff sie in ihre kitschige, mit Fransen und Perlen verzierte Handtasche.

«Ja, Wencke?» – «Hmm, kann sein, dass ich das Klingeln nicht gehört habe, als ich mit dem Auto gefahren bin. Emil hat geweint. Die Zähne ...» – «Nein, keine Sorge, mit Emil ist alles okay.» Sie schnitt eine schiefe Grimasse.

«Was?» – «Wann?» – «Wer war es?»

Anivia schlug sich die Hand vor den Mund, sie schien eine schockierende Nachricht am Telefon erfahren zu haben. Jakob ging einige Schritte voraus, hatte die Ohren aber voller Konzentration auf das Telefonat gerichtet. Ob es um die Sache im Moormuseum ging?

«Ein rumänisches Mädchen? War sie es?» – «Ach so, Zeugin, hmm.» – «Übersetzung? Aber ich kann nicht wirklich gut Rumänisch, Wencke.» – «Ich bin hier im Moor. Mit Emil. Und mit diesem Jakob, du weißt, der Freund von Aurel, der Naturmann.» Sie lächelte ihm zu, nur kurz, das Telefonat schien sie betroffen zu machen.

In Jakob breitete sich etwas aus. Ein ungutes Gefühl würden manche es nennen. Aber er kannte sich besser, er wusste, dass es nur als solches begann, als ungutes Gefühl, und dass sich bei ihm daraus ganz schnell eine rasende Wut entwickeln konnte. So ruhig und passiv er nach außen hin wirken mochte – manche würden ihn sogar langweilig nennen –, wenn er sich in die Ecke gedrängt fühlte, übervorteilt, verarscht, dann wurde er zu einem anderen Menschen. Es durfte ihm nicht passieren. Nicht schon wieder. Nicht hier. Er versuchte, sich zu beruhigen. Sie wollte ihm doch mit Sicherheit nichts Böses. Sie war nur eine neugierige junge Frau, die es aus irgendeinem Grund auf ihn abgesehen hat. Außerdem hatte sie ein Kind dabei.

Er musste sich zusammennehmen.

«Ja, okay, ich komme. In zwanzig Minuten bin ich da. Emil soll ich dann ja wohl mitbringen?» – «Gut. Bis gleich.»

Sie legte auf und blieb stehen. «Annegret Helliger wurde im Moormuseum überfallen. Ein Mädchen aus Rumänien hat es gesehen», sagte sie eine Spur zu sensationslüstern.

«Das kann nicht sein …», sagte Jakob.

«Doch. Es ist schlimm, nicht wahr? Sie wollen, dass ich sofort nach Aurich komme. Zur Polizei. Sie brauchen mich, um dieses Mädchen nach dem Fall befragen zu können, als Dolmetscherin sozusagen … Annegret Helliger, erschlagen … Vielleicht weiß diese Rumänin, wer es getan hat.»

In Jakobs Kopf schlug ein Blitz ein. Ja, genau damit konnte man das Gefühl beschreiben, wenn er sich zu wandeln schien, wenn sich sein Innerstes nach außen kehrte. Es war, als wenn ein gewaltiger Stromschlag die Regionen seines Wesens aktivierte, die sonst reglos und vergessen vor sich hin schlummerten. Es war die unberechenbare Seite von Jakob Mangold, da waren Gefühle, die sich nicht steuern ließen, jene Gefühle, die lahmgelegt worden waren, als sein Vater von einem Tag auf den anderen und ohne Vorwarnung die Familie verlassen hatte. Wenn sie hervorkam, diese Seite, dann fühlte er wieder diesen Schmerz, wie damals.

Papa, warum muss ich hierbleiben, bei Mama, sie erdrückt mich, sie lässt mich keinen Zentimeter weg, sie nimmt mich gefangen. Papa, ich kann ja verstehen, dass du nicht bei ihr bleiben willst, nicht bei uns bleiben willst, ich kann ja verstehen, dass du lieber tot bist, aber bitte, bitte, warum nimmst du mich nicht mit, warum lässt du mich allein, warum bin ich dir egal, warum hast du noch nicht einmal auf Wiedersehen gesagt, Papa …

Am besten war die Zeit gewesen, als seine Mutter sich – er musste ungefähr zehn gewesen sein – endlich einmal neu verliebt hatte. Leider nur eine kurze Episode. Schon nach drei Monaten war sie verheiratet gewesen, doch der Mann hatte es nicht lange bei ihr ausgehalten. Dieses Klammern, dieses Misstrauen, diese Enge ... Er war nach weniger als einem Jahr geflüchtet, und das Einzige, was er zurückgelassen hatte, war sein Nachname, den Jakob nach der Hochzeit angenommen hatte, um das trügerische Familienidyll seiner Mutter zuliebe noch zu komplettieren. Ein zweites Mal allein gelassen, hatte sich das Problem noch mehr zugespitzt und war schließlich unerträglich gewesen. Aber irgendwie war es Jakob gelungen, alles zu vergessen, abzuschieben, den Schmerz über den fehlenden Vater und die klammernde Mutter zu verdecken mit anderen Dingen, die in seinem Leben eine Rolle spielten. Die Freunde, die Schule, das Abitur, das Ökojahr, die Zukunft in Kanada, es gab vieles, was man über die Erinnerung stapeln konnte.

Bis das Leid vor wenigen Wochen so unsanft wieder hervorgekramt wurde, von den Ereignissen hier am Heikeschloot. Als er Aurel getroffen hatte, mit ihm ins Gespräch gekommen war, ihn eingeladen hatte, doch ruhig mal mit den Kindern im Moor vorbeizuschauen, wenn er Lust hätte. Die Kinder waren dunkelhaarig, fremdartig, aber angenehm aufgeweckt gewesen. So nett hatte der Tag begonnen, und Jakob hatte schon an so etwas wie eine neue Freundschaft geglaubt mit diesem Aurel, der so freundlich war und so ein strahlendes Lachen hatte. Er hatte die drei begeistern können für die Natur, für die Vögel. Und natürlich für den Sonnentau, diese kleine, fleischfressende Pflanze im Verborgenen.

Bis er dann vom Wurzelkobold erzählt hatte, so ganz beiläufig, wie er es bei jeder Führung tat, egal, ob für die Großen oder Kleinen. Er holte gern die Skizze heraus, sprach von seinem verstorbenen Vater, der ihm vom fremden Wesen in den Bäumen erzählt hatte. Stets hatte er damit Aufmerksamkeit, Belustigung und ein bisschen Mitleid eingeheimst. Bis zu diesem Ausflug mit Aurel und den Kindern, als das kleine Mädchen plötzlich sein Portemonnaie herausgeholt, darin herumgefingert und ihm ein Bild unter die Nase gehalten hatte, welches mit dem in seinen Händen nahezu identisch gewesen war.

Dieser Gnom mit den funkelnden Augen, den komischen Falten, den filzigen Haaren, er hatte genauso ausgesehen wie seine kleine Reliquie, nur wesentlich neuer, noch nicht zerfleddert und vergilbt. Das Mädchen hatte gesagt: «Schau mal, meine Mama malt auch so gut. Sie ist Künstlerin. Sieht doch echt genauso aus, oder?»

Und er hatte genickt und sich endlich erinnert. Daran, dass er einmal seinen Vater gesehen hatte, vor der Schule, als er schon zum Gymnasium gegangen war, viele Jahre nachdem seine Mutter vom Tod Andreas Isselmeers gesprochen hatte. Da hatte ein Mensch bei den Fahrradständern gestanden und ihn angestarrt. Jakob hatte damals gleich gewusst, dass es sein Vater gewesen war. Als die Person langsame Schritte auf ihn zugemacht hatte, war er schnell, sehr schnell auf sein Fahrrad gestiegen und geflüchtet. Er wollte nicht mit einem Vater sprechen, der lange Haare hatte, Lippenstift und einen bunten Rock trug. Er hatte nie wieder darüber nachgedacht, geschweige denn mit jemandem darüber gesprochen. Der Verdrängungsmechanismus funktionierte wie geölt. Kein Wunder, nicht wenige seiner Kindheitsgeschichten waren im seelischen Irgendwo gelandet. Es hatte doch immer funktioniert. Bis dieses Mädchen das Bild gezeigt und von seiner Mutter gesprochen hatte.

«Was ist eigentlich los? Du sagst ja gar nichts.» Anivia stand vor ihm und machte eine Wischbewegung vor seinen Augen. «Aufwachen, junger Mann! Ich würde gern wieder zu meinem Auto zurück. Aber du musst mir den Weg durch diesen Dschungel zeigen. Ich habe keine Ahnung, wie es zurückgeht. Überall diese Blumen.»

Jakob reagierte überhaupt nicht.

Sie wurde lauter. «Ich muss zur Polizei, ein echter Job, ich kann mithelfen, einen Täter zu überführen. Also, hey, Jakob, was ist denn los? Wo müssen wir lang?» Langsam schlich sich Misstrauen in ihre Stimme. «Hör auf, so zu gucken, das ist ja unheimlich. Los, zeig mir endlich den Weg!»

In einem kalten Raum
grau und beängstigend

Sie stehen da rum und warten, ich habe keine Ahnung, worauf. Die kleine Frau mit den roten Haaren tippt immer wieder auf einem Telefon herum, atmet tief und ungeduldig, schüttelt den Kopf und sieht ratlos aus. Zwischendurch streitet sie sich mit dem großen Mann, der einen so feinen dunklen Anzug trägt, wie ich ihn noch nie gesehen habe. Schon seit einer halben Stunde geht das so. Telefonieren – streiten – telefonieren – streiten ...

Zu mir sind sie freundlich, bringen sehr guten Kaffee und Kekse, lächeln zwischen ihren angespannten Gesprächen in meine Richtung, fragen mich ab und zu etwas in ihrer fremden Sprache. Es wundert mich, dass sie so nett sind.

Eigentlich müssen sie doch denken, dass ich es getan habe. Dass ich es war, die dieser Frau in diesem seltsamen Grashaus das schwere Gerät auf den Kopf geschlagen hat. So lange, so oft, bis diese einen seltsam dumpfen, glucksenden Laut von sich gegeben hat und erst in den Knien und dann mit dem Rest ihres Körpers eingeknickt ist. Sie müssen denken, dass ich die Täterin bin, denn ich habe dort neben der Frau gehockt, weil ich nicht in der Lage gewesen bin, über sie hinwegzusteigen, um die Hütte zu verlassen. Ich konnte das einfach nicht. Zu viel ist geschehen in den Minuten, seit diese Annegret Helliger auf mich zugekommen ist mit einem Gesichtsausdruck, als hätte sie mich dort erwartet.

Vorhin habe ich ein paar Worte verstanden. Nach Ladislaus haben sie gefragt, nach meinem Bruder. Sie hatten diesen Namen genannt, den ich wahrscheinlich nie wieder vergessen werde, sie haben von Roland Peters gesprochen. Also wundere ich mich noch mehr, dass sie mich weder schlagen noch fesseln. Wenn sie von der Geschichte im Teatrul vechi wissen, dann müssten sie sich doch ihrer Sache ziemlich sicher sein. Oder nicht?

Das Schlimmste ist, dass ich nicht weiß, was mit dir los ist, Aurel. Aber ich habe eine Vermutung. Ich traue mich nicht, länger darüber nachzudenken. Es ist nur eine Ahnung, die darauf beruht, dass alle so seltsam geschaut haben, wenn ich deinen Namen ausgesprochen habe. Aurel. Da haben sie traurig ausgesehen. Alle.

Annegret Helliger, die Rothaarige, der Polizist, der mir Wasser gebracht hat, alle haben kurz gezuckt und dann zu Boden geschaut. Und ich denke, es ist, weil … Ach Mensch, ganz ehrlich: Hätten sie dich nicht schon längst hierher kommen lassen, damit du die Sprache übersetzen kannst? Ich bin doch nicht blöd. Es gibt einen Grund, weswegen sie dich nicht holen. Du kannst nicht kommen. Weil du … Nein, ich will nicht darüber nachdenken. Es ist zu schlimm.

Was ist hier in Moordorf nur passiert?

Wieder telefoniert die Frau, wieder schüttelt sie den Kopf, dann sagt sie etwas zu dem schicken Mann, noch lauter und bestimmter als zuvor, ich wette, sie ist seine Chefin, schließlich geht sie hinaus, er stöhnt genervt, schaut kurz in meine Richtung, wendet sich ab. Ich habe keine Ahnung, welches Spiel die beiden da spielen.

Kurz darauf erscheinen zwei Kinder im Büro, etwas schüchtern, aber ohne Angst lassen sie sich von der Polizistin bis zu meinem Stuhl führen. Sie sehen aus wie Rumänen, das erkenne ich gleich, und mir ist klar, es müssen die Kinder von Annegret Helliger sein, der Junge und das Mädchen, die vor Jahren aus einem Waisenheim in Cluj-Napoca geholt wurden, um in Deutschland ein besseres Leben zu führen. Man sieht ihnen an, dass sie eine andere Kindheit hatten als zum Beispiel Iancu oder Alexandru. Ihre Haare glänzen und sind gerade geschnitten, ihre Zähne sind weiß und gesund, auf ihrer Haut kann man keine einzige Narbe erkennen. Sie sehen wunderschön aus. Sie stehen aufrecht vor mir. Dann sprechen sie mich an, in meiner Heimatsprache, fast ohne Akzent. Es sind die ersten Worte seit meinem Abschied von Onkel Casimir, die ich verstehe. Und doch überlege ich, nicht hinzuhören, weil ich ahne, sie erzählen mir gleich, was mit dir ist, Aurel.

Nein, seid still, sagt nichts. Ich möchte es nicht wissen. Ich möchte denken und hoffen, dass gleich die Tür aufgeht und er hereinkommt, mich ansieht, lächelt, den Arm um mich legt, fragt, was ich hier in Moordorf wolle, so weit weg von zu Hause, ob ich die Schule schwänze, ob ich die Familie allein lasse, ob ich ihm nicht zutraue, dass er allein den Weg zurück nach Rumänien findet. Doch sie hören mein stummes Flehen nicht. Sie sagen mir ihre Namen, fremde Namen, die ich noch nie gehört habe, und dann sagen sie mir, wenn ich Aurel suchte, käme ich zu spät. Aurel sei tot. Seit zwei Tagen. Und die Polizei wolle herausfinden, was passiert sei. Und sie seien auch ganz traurig, sie hätten ihn lieb gehabt.

Ich glaube ihnen. Natürlich hatten sie ihn lieb. Natürlich sind sie nun traurig.

Aber diesen Schmerz kennen sie nicht. Diesen Schmerz, der einen befällt, wenn man es schon lange geahnt hat und dann zur Gewissheit wird, dass alles, worauf man baute, verschwunden ist. Fort. Für immer.

Schon als Aurel damals in den Bus stieg, habe ich gedacht, es kann sein, dass ich ihn nie wiedersehe. Es ist gefährlich, was er in Moordorf tun will.

Menschen, die behinderte Kinder klauen, müssen Teufel sein. Und Teufel machen gerade einem Engel wie Aurel das Leben zur Hölle.

Aurel ist tot. Und ich möchte sterben.

Sehr schnell auf der Bundesstraße in Axel Sanders' Sportwagen Wencke klopft ungeduldig auf das Armaturenbrett

Erst hatte Teresa geheult, dass es allen im Zimmer durch Mark und Bein gegangen war. Etwas war aus dem davor so stummen Kind – war sie wirklich noch ein Kind? – herausgebrochen. Der kleine Thorben hatte sich erschreckt umgeschaut und so schuldbewusst ausgesehen, als habe er etwas ausgefressen, eine Fensterscheibe zertrümmert oder Ähnliches. «Ich habe ihr nur gesagt, dass der Aurel gestorben ist.»

Das Heulen hatte zum Glück nicht lange gedauert. Und dann war alles sehr schnell gegangen, die Kinder waren mit dem Übersetzen fast nicht hinterhergekommen. Zum Glück, denn weil sie sich so hatten beeilen müssen, dem Wortschwall der Fremden zu folgen, hatten sie vom Inhalt der Aussage wohl nur das Wenigste verstanden.

Nun saßen sie wieder im Auto, Tempo hundertvierzig auf der Bundesstraße in Richtung Großes Meer. Teresa hatte in Britzkes dunkelrotem Zivilkombi Platz genommen, ohne Handschellen, darauf hatte Wencke Wert gelegt. Der Wagen fuhr nur wenige Meter hinter ihnen.

Britzke hatte glücklicherweise zwei Sitzerhöhungen in seiner privaten Familienkutsche gehabt, denn Wencke hatte darauf bestanden, die beiden Kinder mitzunehmen. Der Junge war begeistert, Sanders hatte das Blaulicht aufs Dach geklemmt und lieferte eine filmreife Einsatzfahrt. Das Mädchen kauerte sich eher ängstlich in die Ecke. Im Gegensatz zu ihrem Bruder schien Henrike mehr mitbekommen zu haben. Auch von dem, was Teresa über den Vorfall im Moormuseum erzählt hatte, wenngleich sie vom Angriff auf Annegret Helliger nichts gesehen haben wollte, sondern nur wirres, unglaubwürdiges Gestammel über einen unbekannten Verrückten zu Protokoll gab. Doch das kleine Mädchen schien verstanden zu haben, dass vom Rest der Familie zurzeit nicht viel zu erwarten war, also war es klaglos mit in den Wagen gestiegen. Wencke war froh, denn so leid ihr die Kinder auch taten, sie ahnte, dass deren Sprachkenntnisse heute noch unerlässlich sein könnten. Wenn das stimmte, was Teresas Wissen andeutete, dann waren sie hier auf einmal ganz woanders gelandet, ganz weit weg von kleinen, tragischen Liebes- und Familiengeschichten im beschaulichen Ostfriesland. Dann waren sie einer verdammt heißen Sache auf der Spur.

Und Wencke wusste wirklich nicht, ob sie diese Aussicht aufregend oder bedrohlich finden sollte. Denn eine Sache machte ihr zu schaffen: Seit mehr als einer Stunde schon hatte sie Anivia nicht erreicht. Und obwohl ihr sonst so zuverlässiges Au-pair-Mädchen versprochen hatte, so schnell wie möglich zum Dolmetschen nach Aurich zu kommen, war es bislang noch nicht aufgetaucht. Keine Nachricht, kein Anruf, keine SMS. Es war, als wären sie und Emil mit einem Mal von der Bildfläche verschwunden. Irgendwo im Moor verschluckt. Irgendwo am Großen Meer.

Zufall?

Was war, wenn dieser Jakob und sie tatsächlich den Ort gefunden hatten, den Aurel Pasat während seines Deutschlandaufenthaltes so oft aufgesucht hatte?

Diesen Ort, der geheim und abgelegen sein musste, versteckt im Naturschutzgebiet. Und von dem sie – Wencke – annahm, dass dort Kinder versteckt waren. Kranke Kinder. Aus welchem Grund auch immer. Alles, was Teresa über ihren verschwundenen Bruder Ladislaus und die anderen Vermissten erzählt hatte, deutete darauf hin, dass Menschenhändler im Spiel waren. Diese Hilfstransporte fielen Wencke ein, die voll gepackt mit Spielsachen und Kleidungsstücken von Sebastian Helliger nach Rumänien geschickt wurden, um dort Freude zu bereiten.

Was befand sich im Lastwagen, wenn er zurückkehrte? Nichts? Oder vielleicht diese Kinder?

Wer würde an der Grenze einen Transporter nach Illegalen durchsuchen, wenn dieser von einem offiziellen Gutmenschen geschickt wurde, mit lupenreinen Papieren, ausgestellt von der *Primăvară*-Organisation, die einen tadellosen Ruf besaß?

Man konnte sich leicht zusammenreimen, was dann – in Deutschland angekommen – passierte.

War es nicht so, dass es angeblich organisierte Bettelringe gab, die von dem Mitleid der Menschen profitierten? Traurige Rumänenkinder mit Spastiken, verstümmelten Gliedmaßen, dünnen Körpern – wer hatte sie noch nicht in den Fußgängerzonen gesehen, oftmals noch mit einem halb zerfallenen Instrument in den Händen, auf dem sie jämmerliche Töne spielten, sodass nicht nur die zahlten, denen die Kinder leidtaten, sondern auch Anlieger, die das Gejaule endlich loswerden wollten. Wie oft schon hatte Wencke gehört, dass die Bettelkinder anschließend von einem dicken Mercedes abgeholt wurden, ab ins Nachtlager, zur selben Zeit, wenn die Geschäftsleute ihre Sonderangebotsständer über die Rampe in die Läden wuchteten. Doch wo waren diese Lager? Etwa hier in Ostfriesland?

Vermutungen, nichts als vage Ideen, was hinter dieser Geschichte stecken konnte. Doch für Wencke setzte sich ein Bild zusammen, in dem fast alle Teile passten. Aurels Andeutungen über die wichtigen Sachen, die er vor seiner Rückkehr in die Heimat zu erledigen hatte. Er hatte nach den Kindern, auch nach dem Bruder von Teresa gesucht. Dies entsprach seinem Engagement für die Straßenkinder in Arad, denen Teresa angehörte. Vielleicht war auch der Mord dort in Rumänien an dem *Primăvară*-Mann Roland Peters eine Rachegeschichte, weil Teresa dahintergekommen war, was mit ihrem behinderten Bruder, er war sogar ihr Zwillingsbruder, geschehen war.

Und dann – Wencke konnte sich nicht wehren, ihre Gedanken rasten ebenso schnell wie Axel Sanders' Sportwagen auf der B 210 –, dann hatte Teresa auch noch einen Mord an Annegret Helliger begangen, weil diese ebenfalls mit der Sache zu tun hatte oder es zumindest danach aussah. Ja, das machte Sinn, jedenfalls mehr als das Märchen vom unbekannten Totschläger, welches Teresa ihnen aufzutischen versuchte.

Auch wenn die Handschrift des Mordes wiederum nicht zu diesem Mädchen passte. Gut, sie war ein anderes Kind als Thorben und Henrike, als Emil und wahrscheinlich auch als dieser Jakob, mit dem Anivia jetzt unterwegs war. Teresa hatte andere Werte, andere Vorstellungen von Moral und Gerechtigkeit. Dennoch konnte Wencke es nicht glauben, dass diese Teresa die weite Strecke von Rumänien bis Moordorf auf sich nahm, um Aurel zu finden, der sie vor der Strafverfolgung im Heimatland schützen sollte, und dass das Erste, was sie hier tat, ein weiterer brutaler Mord an einer fast Fremden war.

Beim besten Willen, das passte nicht. Dann hätte Teresa impulsiv sein müssen, aufbrausend und verzweifelt, ganz zu schweigen davon, dass sie auch einige Zentimeter Körpergröße zusätzlich benötigt hätte, um Annegret Helliger derart zu traktieren.

Die Nachricht von Aurels Tod hatte das Mädchen nur kurz und heftig in Aufruhr versetzt, dann hatte es sich wieder im Griff gehabt, hatte zwar traurig, aber doch gefasst gewirkt. Hätte sie heute Mittag einer Frau den Schädel eingeschlagen, viele Male, mit dem erstbesten Gegenstand, der ihr in die Finger gelangt war, dann hätte sie anders gewirkt, anders gesessen, anders geatmet, anders geschaut. Nein, Teresa war Wenckes Intuition zufolge nur eine Zeugin in diesem Fall.

Doch wer hatte es dann getan? Sebastian Helliger? Aber er war zur Tatzeit in seinem Betrieb in Großheide gewesen, er kam nicht infrage. Sein Handlanger, dieser Holländer? Nun, das wäre zumindest denkbar.

Sanders hatte kurz vor ihrem Aufbruch zum Großen Meer nach Sebastian Helliger suchen lassen. Dieser hatte in der Kantine einen Kaffee trinken wollen. Es war noch vor Teresas Aussage gewesen, als Wencke ihn um Erlaubnis gebeten hatte, die Kinder nur einen kleinen Moment für die wichtigsten Informationen als Übersetzer einsetzen zu dürfen. Er hatte seltsam flach genickt und dann gefragt, ob er denn eben eine ruhige Minute für sich ... mit Kaffee ... und dann mal im Krankenhaus nach seiner Frau fragen ... bitte, bitte! Bei so viel Unterwürfigkeit hatte Wencke ihm den Weg zur Kantine einfach zeigen müssen. Obwohl ihr klar war, er sollte eigentlich bleiben, wo er war. Schließlich war er verdächtig, da konnte er noch so unschuldig schauen, es war klar, dass er mehr wusste, als er bislang zu Protokoll gegeben hatte. Es ärgerte Wencke, dass sie sich an der Nase hatte herumführen lassen. Denn natürlich war Sebastian Helliger weder in der

Kantine noch auf den Toiletten, noch sonst wo zu finden gewesen. Ein Anruf im Kreiskrankenhaus verriet, dass er auch nicht bei seiner Frau am Krankenbett saß und ihr die Hand hielt. Der Moorkönig hatte sich aus dem Staub gemacht. Er hatte sicher geahnt und befürchtet, dass dieses rumänische Mädchen von dem Lager im Moor wusste. Wenn es das Lager tatsächlich gab. Bislang war es nur wenig mehr als eine Vermutung.

Doch wenn sich diese als Wahrheit herausstellte, so würde der Moorkönig in diesem Moment dorthin unterwegs sein, wahrscheinlich mit Helfershelfern im Schlepptau, er würde keine Zeit verstreichen lassen, um alle Spuren zu beseitigen. Wenn er bereit gewesen war, zu morden, dann wäre er auch jetzt berechnend genug, trotz seiner schwerverletzten Frau und der verunsicherten Kinder alle Hebel in Bewegung zu setzen, damit sein grausiges Geheimnis im Moor unentdeckt blieb.

Sie mussten schneller sein als er. Deswegen hielt Sanders das Gaspedal ohne Rücksicht auf Verluste kraftvoll durchgedrückt.

Wenckes Handy meldete sich. Sie hoffte, Anivias Nummer auf dem Display zu erkennen, doch es war Strohtmanns Dienstanschluss.

Wo steckte sie nur? Und Emil?

«Strohtmann hier. Du wolltest doch informiert werden, welche leer stehenden Gebäude es im Naturschutzgebiet am Südufer gibt. Ich hab mich da mal schlau gemacht.»

«Und?»

«Die Frau vom zuständigen Katasteramt war zum Glück noch am Arbeitsplatz. Ist ja auch nicht unbedingt selbstverständlich. Im Gegensatz zu uns legen die doch um halb vier den Stift zur Seite.»

Typisch Strohtmann, er hatte kein Gespür dafür, wann

seine ewigen Nörgeleien über Nebensächlichkeiten absolut
überflüssig waren. «Was ist denn nun? Wir sind unterwegs.
Axel biegt gerade in Richtung Feriensiedlung ab. Also?»

«Zwei leer stehende Bauernhöfe, ein verfallener Metallcontainer, ehemals für Asylbewerber in die Walachei gestellt,
aber was dich am meisten interessieren wird ...» Der Empfang war einen Moment unterbrochen. Immer in diesen Augenblicken, dachte Wencke. Wir fliegen ins Weltall, aber auf
der Erde gibt es noch immer Flecken, wo weiterhin getrom-
melt werden muss. Auch wenn hier Ostfriesland war, der
Rand der Zivilisation, wenn man sarkastisch war, trotzdem
gab es hier und jetzt keine Entschuldigung für das Versagen
der modernen Telekommunikation. Es ging um Menschenleben, um viele Kinder, versteckt seit Monaten oder Jahren,
wer konnte das noch nachvollziehen? Es ging vielleicht auch
um Anivia und um Emil. Wencke schlug mit der flachen
Hand gegen die Airbagklappe. Es war nicht auszuhalten.
«Strohtmann? Kannst du mich hören? Hallo?»

Endlich war seine Stimme wieder verständlich, zerhack-
stückt zwar, aber immerhin da. «... Helliger. In einem Waldstück südlich des Ufers ...» – «... rund zweihundertfuffzig
Quadratme...» – «...gerschuppen, ähnlich wie in Mo...»

Nichts.

«Wenn ich dich richtig verstanden habe, ist hier in der
Nähe ein Lagerschuppen, der ebenfalls den Helligers gehört.
Strohtmann, ist das korrekt?» – «Bestätige bitte!» Wieder
schwieg das Handy erbarmungslos. Ein Blick auf das Display
verriet Wencke, dass der Ladebalken für das Empfangssignal
komplett verschwunden war. Das Bild änderte sich, «Netz-
suche» stand nun dort. Es war zum Heulen.

«Axel, schaust du mal auf deinem Handy? Meins ist mause-
tot!»

Er verlangsamte die Fahrt nur einen Moment und reichte

ihr sein Gerät mit einem Schulterzucken. Wie befürchtet machte sich auch bei ihm das Funkloch breit.

«Soll ich umdrehen?», fragte Sanders.

«Und Sebastian Helligers Vorsprung weiter vergrößern? Nein, wir müssen ihm auf den Fersen bleiben. Wenn es ihm gelingt, den Ort zu räumen, stehen wir ziemlich dumm da. Wer weiß, wohin er die Kinder dann bringt.»

«Wenn es das ominöse Lager überhaupt gibt und dieses Straßenmädchen uns nicht ein rumänisches Märchen aufgetischt hat», murmelte Sanders.

Sie explodierte fast. «Noch einen Spruch dieser Art, und ich werde mir genau überlegen, was ich in meinen Bericht über die bisherigen polizeilichen Aktivitäten im Fall Aurel Pasat schreiben werde.»

Er kniff den Mund zusammen.

«Bodenanalyse ... Trinkwasserflasche ... Medikamente ...», reihte Wencke sicherheitshalber noch einige für Sanders unbequeme Begriffe aneinander, damit er bloß nicht auf die Idee kam, kehrtzumachen. Trotzdem, auch wenn sie inzwischen das Naturschutzgebiet des Südufers erreicht hatten und sich zumindest in der Nähe des Ortes befanden, an dem eine Lösung – wie immer sie auch aussah – zu finden war, Wencke hatte trotzdem das Gefühl, ins Blaue zu ermitteln. Sie wusste, ihre Vermutungen waren alles andere als eine Grundlage, auf der man schnell und effizient handeln konnte.

«Was sollen wir jetzt machen?», fragte Wencke rhetorisch. Sanders würde sich nicht mehr trauen, etwas zu erwidern. Auch wenn er sie durchschaute, sie hatte ihn eben mit ihrer versteckten Drohung mundtot gemacht. Nun ließ er sie zwar in Ruhe, jedoch bedeutete es auch, dass er sie allein machen ließ.

Immerhin hatte die vertrackte Situation eine gute Seite:

Vielleicht waren ihre Sorgen um Anivia und Emil unbegründet. Es konnte doch sein, dass sie ebenfalls keinen Handyempfang hatten, schließlich steckten sie hier irgendwo im Umkreis von wenigen Kilometern. Vielleicht hatte sie einen Grund, der sie davon abgehalten hatte, nach Aurich zu kommen, aber sie konnte Wencke einfach nicht Bescheid geben. Alles könnte sich so lapidar erklären: Emil hatte Probleme gemacht, ganz harmlose Probleme, vielleicht war er gefallen und hatte sich ... hmm ... das Knie aufgeschlagen ... Oder waren es die Zähne? Bekamen zahnende Kinder nicht ab und zu wie aus heiterem Himmel Fieber? Eine im Prinzip ungefährliche Temperaturerhöhung, die ihn schwächte und quengelig machte? Und Anivia war so vernünftig, dann keine Reise mehr mit ihm zu unternehmen. Ja, so wird es gewesen sein. Und dieser Jakob half ihr in der Situation. Er war sicher ein netter junger Mann, immerhin hatte er sich mit ihr getroffen, hatte ihr das Moor gezeigt, war ihrer Neugierde im Fall Aurel Pasat so freundlich begegnet. Es wird schon alles in Ordnung sein. Ihre Panik resultierte doch wieder nur aus diesem Gefühl der Unzulänglichkeit, aus diesen Zweifeln, eine gute Mutter zu sein. In Wirklichkeit war alles okay. Und wenn ihr Handy gleich wieder Empfang bekam, würde auf dem Bildschirm bestimmt das Symbol für einen Anruf in Abwesenheit aufblinken. Alles ganz normal. Alles ganz harmlos.

Und jetzt musste sie ihren Job tun und dieses schreckliche Lager finden.

Südufer des Großen Meeres
querfeldein

Als sie merkte, dass sie nicht in Richtung Auto liefen, hatte sie erst ganz naiv gefragt: Warum denn? Ist das eine Abkürzung, oder hast du dich etwa verirrt?

Immerhin war der Junge inzwischen eingeschlafen. Sie liefen tiefer in den Dschungel aus Schilf, Birken, wucherndem Kraut und Gestrüpp. Er kannte sich hier aus, sie hatte augenscheinlich jegliche Orientierung verloren. Gut so.

Dann hatte ihr Handy geklingelt, sie hatte auf das Display geschaut – «Sie warten schon auf mich, sie werden fragen, wo ich bleibe» –, und er hatte mit einem schnellen, ausholenden Tritt das Gerät aus ihrer Hand geschlagen. Es flog im hohen Bogen in die Büsche, und sie hatte ungläubig hinterhergeschaut. In diesem Moment muss ihr spätestens klar geworden sein, dass es keine gute Idee gewesen war, sich hier mit ihm im Moor zu treffen. Aber sie versuchte, sich nichts anmerken zu lassen. Wahrscheinlich hoffte sie, so Zeit zu gewinnen. Ihn in Sicherheit wiegen und zwischenzeitlich nach einem Ausweg suchen. Sie war ja im Prinzip ganz vernünftig, diese Anivia, eine super Nanny, die wusste, was das Beste war, um sich und das Kind zu schützen.

«Deine Mutter und ich hatten uns entschieden, dir nichts zu sagen, weil wir dich schützen wollten.» Das hatte sein Vater ihm heute Morgen gesagt. Nach mehr als zehn Jahren hatte ein Satz diesem Schlappschwanz als Erklärung gereicht. Natürlich hatte er im Moormuseum mehr Worte gemacht, nachdem er begriffen hatte, wem er gegenüberstand. Doch als Entschuldigung hatte er nur dieses Argument hervorgebracht: dass es seinem eigenen Schutz gedient hätte, ihm all die Jahre eine widerliche Lüge aufzutischen.

«Deine Mutter hatte es sehr schwer, verstehst du? Sie dachte, unser ganzes Leben sei auf Unwahrheiten gebaut, und du seiest das Kind meiner Heuchelei.»

War er das nicht auch?, hatte er gedacht. Hatte sein Vater ihn nicht vielleicht deswegen gezeugt, weil er der Welt und sich selbst hatte zeigen wollen, dass er ein echter Mann war? Als es nichts änderte, als der Beweis zwar erbracht, sich aber dennoch als sinnlos erwiesen hatte, war von Vatergefühlen nicht mehr viel übrig geblieben. Kind einer Heuchelei, er fand den Begriff schmerzlich zutreffend, doch er hatte geschwiegen und seinen Vater weiterreden lassen.

«Für deine Mutter ist alles in sich zusammengebrochen, als ich ihr erzählt habe, was ich wirklich empfinde. Deswegen haben wir uns damals auch getrennt. Es war ihr nicht möglich, meinen Weg zu begleiten, sie konnte es nicht akzeptieren.»

Aber warum hast du mich verlassen, hatte er seinen Vater gefragt. Wenn die Ehe aufgrund des – wie sollte man diese Sache bloß nennen, Gestaltenwechsel? Ließ sich das Schicksal tatsächlich so lapidar auf diesen Begriff reduzieren, den sein Vater als Motto seiner Ausstellung gewählt hatte? Wenn die Beziehung seiner Eltern die Umwandlung nicht überlebt hatte, musste dann zwangsläufig auch das Verhältnis zwischen seinem Vater und ihm leiden? Seine Fragen hatten lange im Raum gestanden. Sein Vater hatte keine Antwort parat gehabt. Dies war verwunderlich, schließlich musste ihm doch all die Jahre klar gewesen sein, dass er seinem Sohn im Falle einer Begegnung genau diese Erklärungen schuldig bleiben würde. Erst nach einer quälend langen Minute hatte er etwas zu erwidern gewusst.

«Es war klar, dass du bei ihr bleiben würdest. Die vielen Operationen, die ganze Veränderung, ich wäre nie in der Lage gewesen, dich zu behalten, obwohl ich es gewollt habe.

Und dann hat deine Mutter die Zeit mit dir für sich genutzt, hat dir erzählt, ich sei gestorben, hat mich aus deinem Leben gestrichen, ohne dass ich etwas dagegen unternehmen konnte. Vielleicht hätte ich etwas machen können, das Jugendamt einschalten, einen Kinderpsychiater kontaktieren, ja, es hätte Möglichkeiten gegeben.»

Sein Vater hatte mehrere tiefe Atemzüge lang über seine eigenen Sätze nachgedacht und dann kraftlos den Kopf geschüttelt. «Ich steckte doch selbst in einer schwierigen Phase, da blieb keine Kraft für diese Dinge übrig. Ich dachte, ich könnte es lösen, wenn das Schlimmste überstanden ist. Dann wollte ich zu dir kommen und dir sagen, was wirklich mit deinem Vater geschehen ist.»

Aber du hast es nicht getan, hatte er gesagt. Tonlos, ohne Rührung. Sein Vater war zusammengezuckt.

«Das stimmt nicht, einmal war ich tatsächlich da, habe vor deiner Schule gewartet. Du warst schon so groß, du wirktest so wie alle anderen Jungs, die nach Schulende aus dem Gebäude strömten. So normal, ich dachte, es gibt so viele in deinem Alter, die mit nur einem Elternteil groß werden. Halbwaisen oder Scheidungskinder, egal, aber du warst bestimmt nicht der Einzige in deiner Klasse, der bei einer alleinerziehenden Mutter lebte. So hast du gewirkt, als du mit deinem halbseitig geschulterten Ranzen zum Fahrrad gegangen bist, ganz unproblematisch und normal. Du hast mich angeschaut und nicht erkannt. Da wusste ich, es war zu spät.»

Er hatte genickt, eigentlich hatte er vorgehabt, überhaupt nicht zu reagieren, sich regungslos alles anzuhören, keine Miene dabei zu verziehen. Doch es war ihm in dem Moment nicht gelungen. Er hatte sich wieder an diesen verdrängten Moment erinnert, er wusste noch, wie sich der kalte, lange Schauer angefühlt hatte, damals, als er so unverhofft einem Totgeglaubten gegenübergestanden hatte.

«Jakob, es war das erste Mal, dass du mich als Frau gesehen hast. Mir war schon klar, dass es dich ... nun, wie soll ich mich ausdrücken, aus dem Konzept gebracht hat ...»

Aus dem Konzept gebracht, hatte er ihn mit hämischem Tonfall nachgeäfft und direkt nach diesen Worten dem Vater vor die Schuhe gespuckt. Es hatte ihn damals umgeworfen, es war wie ein Feuer- und Kältetod zugleich gewesen.

Sein Vater nahm seine Reaktion mit einem gelassenen Lächeln auf. «Für mich war es damals unglaublich schwer. Es war das erste Mal, dass ich meinem Sohn in meiner neuen Gestalt begegnet bin. Ich hatte mich vorher stundenlang zurechtgemacht, hatte es mit Jeans probiert, mit Herrenhemden und Lederjacke, zurückgesteckten Haaren. Doch dann war es mir am ehrlichsten erschienen, einen Rock zu tragen, die Haare geöffnet, ein wenig Lippenstift, so wie ich mich eben wahrnehme, als Frau, als Annegret Isselmeer. Aber dann bist du schnell verschwunden. Du hast keine Regung gezeigt, keine Spur des Wiedererkennens. Mir war von diesem Tag an klar, dass es keine Möglichkeit mehr gab, dir jetzt noch die Wahrheit zu sagen, ohne alles zu zerstören. Du dachtest, dein Vater sei tot, du hast dich damit abgefunden. Du trugst inzwischen einen anderen Namen, hattest dich also auch in dieser Hinsicht von mir emanzipiert. Und war das nicht vielleicht gut so? Diese Erscheinung am Schulhof, diese Frau mit dem Gesicht deines Vaters – falls du sie überhaupt wahrgenommen hast, wirst du sie in Sekundenschnelle verdrängt haben. Selbstschutz, ich kann das verstehen. Warum sollte ich dich all dem aussetzen? Deine Mutter ist eine liebenswerte Frau, die dir alles geben konnte, was du brauchtest. Oder nicht?»

Wenn du wüsstest, war durch seinen Kopf geschossen. Sie hat mir nicht nur alles gegeben, sie hat mich zugedeckt mit ihrer Liebe und ihrer Verzweiflung. Sie hat mich verschüttet. Unter dem Gebirge von Mutterliebe konnte ich keine Luft mehr bekommen. Und niemand war da, der mich rausgeholt hätte, niemand war da …

Sein Vater hatte sicher keine Vorstellung von alldem. Der Redeschwall in der Lehmhütte hatte kein Ende genommen. Er hätte gern weggehört, doch die Worte übten einen magischen Zwang aus, der ihn daran gehindert hatte, sich die Ohren zuzuhalten.

«Und selbst wenn du immer geahnt hast, dass ich nicht tot bin, sondern nur eine seltsame Verwandlung durchgemacht habe, du wolltest es lieber nicht wissen, du wolltest lieber einer von diesen ganz normalen Jungs sein. Ich habe mir an diesem Tag vorgenommen, mich dir nicht mehr zu nähern, dich in Ruhe zu lassen. Es mag sich seltsam anhören, aber diese Entscheidung geschah nur aus Liebe zu dir. Dann habe ich Sebastian geheiratet, wir haben die Kinder adoptiert. Es ging mir besser. Auch wenn nichts von alldem die Wunde, dich verloren zu haben, heilen konnte.»

Blanker Hohn war es, dass sein Vater von einer Wunde gesprochen hatte. Vielleicht war es genau dieser Satz gewesen, der ihn nach dem Holzknüppel hatte greifen lassen.

Wer hatte das Recht, hier Schmerzen zu empfinden? Ein Toter? Einer, der gegangen war, auf Nimmerwiedersehen? Der ihn alleingelassen hatte mit dieser Mutter, die nie wieder an etwas glaubte, die keine Wahrheit mehr annehmen konnte, die stets Beweise dafür forderte, dass man sie liebte?

«Was ist dir wichtiger: eine Zeltfreizeit oder deine Mutter?» – «Du willst ausgerechnet heute mit deinen Freunden spielen gehen? Hast du mich denn gar nicht mehr lieb?» – «Komm, schlaf bei mir im Bett, heute Nacht soll es ein Gewitter geben …»

Er hatte sich um seine Mutter gekümmert, sie war doch so allein, der Vater war tot, er musste nun für sie da sein, er war jetzt der Mann im Hause. In der Klasse fanden sie ihn sonderbar, nannten ihn Muttersöhnchen, später Ödipus. Und jede Kleinigkeit, die bei den anderen selbstverständlich gewesen war, hatte ihn Kraft gekostet. Jeder Geburtstagsparty, zu der er ausnahmsweise mal eingeladen gewesen war, war eine tränenreiche Auseinandersetzung mit der Mutter vorausgegangen. Und wenn er sich endlich einmal durchgesetzt hatte, hatte das schlechte Gewissen sich wie ein Begleiter zu ihm gesellt, ihn abgeschirmt und ihm das Fest verdorben. Erst jetzt war es gut geworden, als er nach dem Abitur diese Stelle hier angetreten und seiner Mutter das Versprechen abgenommen hatte, ihn in Ruhe zu lassen. Würde sie ihn bis hierhin verfolgen, so hatte er gedroht, dann würde er nie wieder ein Wort mit ihr reden. Und obwohl er nicht damit gerechnet hatte, sie hatte ihn ernst genommen, sie hatte sich daran gehalten, und er war so frei wie noch nie zuvor in seinem Leben.

Doch nun hatte er seinen Vater getroffen, quicklebendig. Auge in Auge hatten sie sich heute gegenübergestanden. Sein Vater, der von Schmerzen und Wunden sprach und dabei lächelte. Das durfte nicht sein. Er hatte nicht jahrelang dessen Rolle übernommen, die Mutter getröstet und immer wieder Beweise für seine Liebe erbracht, um schließlich herausfinden zu müssen, dass Andreas Isselmeer in Wahrheit die ganze Zeit am Leben gewesen war. Nein, das durfte nicht sein. Er musste den Zustand ändern, er musste die Lüge seiner jahrelang gültigen Wahrheit anpassen. Er musste diesen Menschen, Mann oder Frau, töten. Erst dann wäre da wieder diese Freiheit, nach der er sich so lange verzehrt hatte …

Ihm war klar, früher oder später würde die Polizei hinter die Zusammenhänge kommen. Obwohl sein Vater wirklich nicht wiederzuerkennen war – er sah tatsächlich aus wie eine Frau, wie eine warmherzige, schöne Frau –, in den Akten war bestimmt irgendwo vermerkt, dass der zusammengekrümmte Mensch am Boden der Lehmhütte früher einmal ein ganz anderes Leben unter dem Namen Andreas Isselmeer geführt hatte. Und dann war der Weg nicht mehr weit, bis man auf seine Mutter und ihn stieß, bis man die alte Familie des Andreas Isselmeer entdeckte, bis man den unscheinbaren Naturschutzjungen Jakob als dessen Sohn erkannte. Und der nächste Schritt wäre seine Überführung als Mörder. Lange würde es nicht mehr dauern. Und was war dann mit seiner Freiheit?

Was war mit Kanada? Dem weit entfernten Ufer, an das er gelangen wollte? Auf dem Weg dorthin sollte dieses verwunschene Große Meer doch nur eine Zwischenstation bedeuten, eine Möglichkeit, ein bisschen Geld zu sparen, inzwischen war es schon ein bisschen mehr, der Moorkönig zahlte, wenn man die Klappe hielt. Zehntausend auf dem Konto und dann auf und davon. So war es geplant.

War ihm das Moor nun zur Endstation geworden? War sein Traum vom neuen Leben für immer unmöglich?

Jakob war in seiner Wut schnell und rücksichtslos durch das Gelände marschiert. Den Buggy mit dem schlafenden Kind zog er hinter sich her wie ein Gepäckstück, das man bereute, mitgenommen zu haben. Das Rufen des Mädchens in seinem Rücken nahm er nicht wirklich war. Sie kam nicht hinterher, knickte mit dem Fuß um, verfing sich im Geäst der tief wachsenden Bäume. Jakob Mangold eilte weiter voran. Noch einen Kilometer und sie hätten diesen Metallcontainer erreicht, einen leeren Schuppen, er würde reichen, um Anivia so lange zu verstecken, bis alles andere geregelt war. Wie lange würde er brauchen, bis er das Geld zusammen und einen Flughafen erreicht hatte? Acht Stunden?

Sie würden ihn nicht kriegen, sie müssten ihn laufen lassen. Vielleicht entdeckten sie das Au-pair-Mädchen heute noch hier im Moor. Aber bis dahin wären er und das Kind der Kommissarin schon eine ganze Weile auf der Flucht.

Das war seine einzige Chance. Er war entschlossen, sie zu nutzen.

«Wann sind wir endlich da?», fragte Anivia, und es gelang ihr schon längst nicht mehr, die Angst in der Stimme zu unterdrücken.

«Gleich», sagte Jakob Mangold. «Nur noch ein paar Schritte.»

Ein tiefes Brummen näherte sich aus Richtung Osten. Die Vögel im Schilf flatterten mit aufgeregtem Geschrei in den Himmel. Hier waren Kraftfahrzeuge strengstens verboten, die Tiere wurden so gut wie nie von Motorengeräusch aufgeschreckt. Wenige Meter vor ihnen gab es diese brüchige, fast zugewucherte Straße, die aus dem Nirgendwo zu kommen und ins Nichts zu führen schien. An dieser Stelle war er auch Aurel zum ersten Mal begegnet. Doch ein Auto hatte Jakob hier noch nie entlangfahren sehen. Normalerweise kamen sie doch nachts, das war ausgemacht. Und wenn er sich nicht total täuschte, war es sogar ein Lkw. Was sollte das? Was war hier los?

Anivia zuckte nur kurz, dann versuchte sie, den Kinderwagen zu schnappen. Ein Fluchtversuch, sie wollte bestimmt zum Fahrzeug gelangen, sie sah in diesem Moment wahrscheinlich ihre einzige Chance, ihm zu entkommen.

«Bleib, wo du bist!», knurrte er und packte sie unsanft am Arm. Doch sie riss sich mit einem Ruck los, stieß ihn zur Seite, fasste die Griffe des Buggys und rannte los in Richtung Motorengeräusch.

«Hilfe! Hilfe! Können Sie mich hören?» Beim Laufen zog sie sich mit einer Hand die Stöckelschuhe von den Füßen und warf sie nach hinten. Das Luder, einer der spitzen Absätze traf Jakobs Schulter, er jaulte kurz, dann nahm er die Verfolgung auf. Wenn Anivia diesen Wagen erreichte, war er verloren. Das durfte nicht geschehen. Er hatte diesen

Trumpf, dieses Kind der Kommissarin, wenn es der Furie gelang, den Fahrer des Gefährts auf sich aufmerksam zu machen, dann war seine letzte Chance vertan. Er musste es verhindern.

Sie blieb mit dem vorderen, eiernden Rad des Kinderwagens an einer Wurzel hängen, das plötzliche Hindernis zwang sie zum abrupten Stopp, an der Hüfte knickte sie ein und beugte sich kurz über den Sitz. Das Kind erwachte und schrie im selben Augenblick. Jakob steckte die Hand aus, gleich hatte er sie, dann würde er sie bestimmt nicht mehr entwischen lassen. Seine Fingerspitzen berührten ihren nackten Arm. Sie rannte wieder los. Sie war schnell, verdammt nochmal, trotz des klapprigen Buggys, sie legte in dieser Wildnis ein atemberaubendes Tempo vor. Jakob wusste, es war die Angst, die das Mädchen mit dem Kind vorantrieb. Die Angst vor ihm.

Das Motorengeräusch war jetzt laut, man hörte das Zischen der Schaltung, das riesige Gefährt ächzte die schlangenförmige Holperstraße entlang, quälte sich um die verwachsenen Kurven, näherte sich ihnen langsam und doch mit einem den Straßenverhältnissen unangemessenen Tempo. Kurz tauchte zwischen einigen Baumkronen eine weiße Metallwand auf. Es war tatsächlich ein Lkw, Jakob erkannte das Piktogramm mit dem dunklen Klecks, aus dem eine stilisierte Blume emporwuchs. Es war das Markenzeichen einer großen Firma aus Großheide, es war das Logo von «Helligers Kompostierwerken».

Was hatte der Moorkönig denn jetzt schon hier zu suchen? War alles vorbei?

Im ostfriesischen Wo-auch-immer
und jetzt?

Irgendwo brummte ein Lastwagen durchs Grün, ansonsten lag die schwüle Stille der unberührten Natur über Axel Sanders' Wagen, mit dem er auf einem breiten Grasstreifen am Rande einer zerklüfteten Landstraße direkt vor einem dreieckigen Schild mit kreisendem Adler zum Stehen gekommen war. Sie blieben alle im Wagen sitzen, Wencke, die beiden Helliger-Kinder und er selbst. Die Hitze kroch ihm unter den Hemdkragen, er wusste, es war ein nicht unerheblicher Teil Angstschweiß dabei. Hatte er die ganze Zeit falsch gelegen? War es wegen seiner Sturheit vielleicht zu spät? Hätte er von Anfang an auf Wencke gehört, würde Annegret Helliger dann in diesem Moment gesund und munter ihre Kunstwerke im Moormuseum platzieren?

Es war heiß. Die Klimaanlage gab ihr Bestes. Doch da Wencke darauf bestand, die Fenster heruntergekurbelt zu lassen, um alles um sich herum mitzubekommen, konnte selbst die moderne Ausstattung seines Wagens nichts daran ändern, dass die Temperaturen im Wageninneren unangenehm hoch waren und die Ledersitze bereits an klebriges Lakritz erinnerten.

Neben ihnen hatte inzwischen auch Britzke seinen Wagen abgestellt. Er blieb ebenfalls sitzen und wischte sich den Schweiß von der Stirn und den Enden des Schnurrbartes. Seine Begleiterin, eine Kollegin von der Streife, trank gierig aus einer Mineralwasserflasche.

Stillstand, dachte Axel Sanders. Die Autos parken, die Luft steht, und in diesem Fall kommen wir auch keinen Millimeter voran.

Wencke hatte keine genaue Wegbeschreibung erfahren. Sie

schien zu verzweifeln, denn der Handyempfang war im Umkreis von mehreren Kilometern gestört. Sooft Wencke auf ihrem Gerät herumtippte, nichts geschah. Auch der Polizeifunk im Zivilwagen streikte. Es war ja irgendwie verständlich, dass in einem hauptsächlich von Vögeln, Mäusen und Fischen bewohnten Gebiet das Funknetz nicht so eng gewebt war, aber dass sie sich hier in einem Loch von der Größe Aurichs zu befinden schienen, ausgerechnet in diesem Moment, das war ärgerlich. Und vielleicht sogar bedrohlich.

Axel Sanders wagte nicht, noch einmal den Rückweg vorzuschlagen. Es hatte ihm vorhin eine mehr als bissige Bemerkung eingebracht. Er ahnte, der Grund für ihre mangelnde Einsicht, dass sie hier zurzeit nichts ausrichten konnten, lag an Wenckes unübersehbarer Angst. Wenn sich der Verdacht bestätigte, dass Aurel Pasat einer Menschenhändlerbande auf die Schliche gekommen war, die behinderte Kinder zum Betteln nach Deutschland schmuggelte und allem Anschein nach hier im Moor eine Art Lager unterhielt, wenn all diese ungeheuerlichen Vermutungen der Wahrheit entsprachen, dann war dieser Einsatz eine Spur zu heiß für eine leichtsinnige junge Frau wie Anivia. Wencke wollte hierbleiben, in der Nähe, auch wenn man nicht in der Lage war, den Begriff Nähe genau zu lokalisieren. Es blieb noch die Hoffnung, dass lediglich das gestörte Mobilnetz schuld war, dass man seit so langer Zeit keine Rückmeldung von ihr bekommen hatte. Doch selbst Axel ahnte, Anivia meldete sich aus einem anderen Grund nicht.

«Was hat Strohtmann denn genau gesagt, Wencke? Wo könnte dieser Schuppen sein? Versuche dich zu erinnern, denn je schneller wir diesen Ort finden, desto eher weißt du, ob deine Sorgen berechtigt sind oder nicht.»

«Ich habe keine Ahnung, … Südufer, mehr war nicht zu verstehen …»

Selten hatte Axel seine Kollegin so zerstreut erlebt. Er suchte nach einer Lösung, einem Ausweg, meine Güte, er strengte sich wirklich an. Er wünschte sich, eine Spur zu finden, denn er ahnte, dass er es war, der sie in diese Sackgasse gelotst hatte.

Axel lehnte sich aus dem Fenster und gab Britzke ein Zeichen, dass er seine Autoscheibe herunterlassen sollte. «Britzke, tu mir den Gefallen und fahr mit dem Wagen nochmal in Richtung Bundesstraße, da hat man wieder Empfang. Frag Strohtmann nach dem genauen Weg, okay?»

«Mach ich. Und das Mädchen?» Er zeigte auf Teresa, die auf seiner Rückbank eingeschlafen war.

«Lass sie sitzen. Wenn sie wirklich in den letzten zwei Tagen von Rumänien hierher getrampt ist, hat sie ein Recht auf eine kleine Pause, egal, was sie ausgefressen hat.»

Britzke und die Streifenpolizistin schnallten sich wieder an, wendeten umständlich auf dem schmalen Weg und fuhren davon.

«Und wir?», fragte Wencke.

Axel Sanders' Schultern wollten schon hilflos in die Höhe schnellen, doch dann begriff er, dass diese Geste wirklich nicht das war, was Wencke in diesem Moment aufbauen würde. «Schauen wir uns um. Am Südufer befinden wir uns ja bereits, vielleicht können wir dieses Lager ja entdecken. Ostfriesland ist platt, und die Vegetation hält sich in Grenzen. Wenn die zeitgemäße Telekommunikation versagt, versuchen wir es halt mal wieder wie unsere Vorfahren mit offenen Augen und Ohren.»

Endlich lächelte Wencke, wenn auch nur dünn. Dann drehte sie sich zu den Kindern um. «Kennt ihr euch in dieser Gegend ein bisschen aus? Seid ihr schon einmal hier gewesen?»

«Ja!», sagten beide Kinder unisono.

Das Mädchen setzte sich aufrecht hin: «Mit dem Aurel. Er hat einen Freund getroffen, der Vögel zählt. Mit dem sind wir hier rumgelaufen und haben uns eine fleischfressende Pflanze angeschaut.»

«Fleischfressende Pflanze?», lachte Axel Sanders unwillkürlich auf.

Doch die Kinder nickten ernst. «Sonnentau», wusste der Junge. «So hieß das Ding.»

«Ihr habt ja ein tolles Namensgedächtnis. Und der Freund von Aurel, wisst ihr noch, wie der hieß?» Wenckes Aufmerksamkeit schien wieder zu erwachen.

«Ja, der hieß Jakob.»

«Das ist der Kerl, mit dem Anivia unterwegs ist», schob Wencke dazwischen.

«Der Typ war irgendwie komisch.»

Wencke horchte auf. «Ach? Und wieso war er komisch?»

«Na ja, bei unserem Spaziergang …»

«Ja?» Wenckes Stimme überschlug sich kurz. Sie war schrecklich nervös.

«Der Jakob hat uns auch vom Wurzelkobold erzählt. Du weißt doch, von dem Zwerg, der in den Baumstümpfen lebt. Ich hab dir doch vorhin das Bild gezeigt, das meine Mama gezeichnet hat. Und der Jakob hatte genau so eins auch dabei. Er hat gesagt, sein Vater habe das gemalt, aber jetzt sei sein Vater tot.»

Das Mädchen mischte sich jetzt ebenfalls ein: «Dann hat er uns dauernd so doofe Fragen gestellt.»

«Doofe Fragen?»

«Er wollte wissen, wie sie aussieht. Da habe ich ihm ein Foto von Mama gezeigt.» Henrike klappte ihr Portemonnaie auf und zeigte ein Porträt ihrer Mutter, es war dasselbe, welches auf den Werbeplakaten abgebildet war.

«Der Typ hat meiner Schwester das Bild aus der Hand gerissen und angestarrt. Und dann war er so komisch. Alles wollte er wissen: Was sie macht. Ob wir ihre richtigen Kinder sind. Voll neugierig.»

«Er hat uns gefragt, ob unsere Mama aus Osnabrück kommt, und wir haben ja gesagt.»

Die Kinder überschlugen sich fast beim Erzählen. «Er wollte wissen, wie unsere Mama hieß, bevor sie geheiratet hat, und wir haben gesagt: Isselmeer. Da ist er noch aufgeregter gewesen.»

«Und warum hat er sich aufgeregt?»

«Er hat gesagt, er hätte früher als kleiner Junge auch mal Isselmeer geheißen. Als ich ihn dann gefragt habe, ob wir vielleicht verwandt sind, hat er ganz komisch gelacht. Ich fand ihn gruselig!»

«Was wollte er noch wissen?»

«Ob sie krank ist.»

«Er hat euch gefragt, ob eure Mutter krank ist?»

«Ja», bestätigte der Junge. «Wir haben ihm dann von den Operationen erzählt. Aber nun ist ja alles gut, und Mama braucht nicht mehr dahin. Es ist alles fertig, haben meine Eltern gesagt.»

«Wisst ihr denn, was die Mama hatte?»

«Och, nichts Schlimmes. Immer was anderes. Mal was am Hals, an der Brust, mal was im Gesicht. Die Knochen haben sie abgesägt und umgesetzt. Wie bei einem Puzzle, wenn die Teile nicht passen, hat Mama gesagt. Dann schnippelt man sich die Stücke eben neu zurecht, und irgendwann ist das ganze Bild fertig.»

«Das ganze Bild fertig …», murmelte Wencke, dann zog sie langsam das Faltblatt aus ihrer Jackentasche, in dem die Moordorfer Skulpturenausstellung beworben wurde. «Gestaltenwechsel – Wechselgestalten …»

Axel Sanders konnte dem Gespräch und Wenckes bruchstückhaftem Monolog nicht ganz folgen. Ihm war klar, dass Wencke ihm wieder einen Schritt voraus war. Ihr Talent, zwischen den Zeilen zu lesen und für den Fall zu verwerten, würde für ihn immer ein Buch mit sieben Siegeln bleiben.

Er zupfte sie am T-Shirt. «Kommst du mal mit raus?»

Wencke nickte ernst.

Als sie sich ein paar Schritte vom Wagen entfernt hatten, wandte sie sich ihm zu. «Ich glaub, ich weiß, was los ist.»

«Das will ich hoffen. Ich kann ja verstehen, dass du dir Sorgen um Anivia und Emil machst, aber was du eben in Erfahrung gebracht haben willst, hat sich mir nicht erschlossen. Was haben die Operationen der Annegret Helliger mit diesem Lager zu tun, nach dem wir hier eigentlich suchen?»

«Das weiß ich auch nicht. Vielleicht gar nichts. Aber was wäre, wenn Annegret Helliger und der Vater von diesem Jakob ein und dieselbe Person sind?»

«Wie bitte?»

«Hast du Annegret Helliger mal kennengelernt? Sie ist groß, kräftig, hat eine tiefe Stimme …»

«Du meinst, sie ist ein Mann?»

«Zumindest war sie mal einer. Ich gebe zu, ich dachte auch, man würde so etwas auf den ersten Blick erkennen. Aber die ganzen Operationen, von denen die Kinder sprachen … Ich kann mir vorstellen, dass man im Falle einer Geschlechtsumwandlung heute ganz viel unternehmen kann, damit es nicht sofort auffällt.»

«Annegret Helliger soll transsexuell sein?»

«Transgender nennt man das heutzutage, Axel. Das Phänomen hat nichts mit einer sexuellen Orientierung zu tun, laut Wissenschaft liegt eine Geschlechtsidentifikationsstörung zugrunde, und es ist gar nicht so selten.»

Die letzten Sätze passten eher zu Meint «Lexikon» Britzke als zu Wencke Tydmers, außerdem fand Axel Sanders, zu viel

Wissenschaft hielt sie in diesem Moment unnötig auf. Er kam lieber zurück auf den eigentlichen Punkt: «Sie war ein Mann?»

«Zumindest körperlich, ja. Warum nicht? Der dicke Hausmeister, der in der Rechtsmedizin Dienst schiebt, war früher auch mal eine Frau, wusstest du das nicht?»

«Nein.»

«Es würde zu so vielem passen. Die Kinder sind adoptiert, Sebastian Helliger sagte, seine Frau könne nach einer Operation keine Kinder mehr bekommen, und im Grund genommen stimmt das ja auch. Und der Name stimmt ebenfalls. Dieser seltsame Jakob hieß als kleiner Junge mit Nachnamen Isselmeer. Annegret Helligers Geburtsname lautet genauso ...»

«Wencke ...»

«Axel, hör mir wenigstens mal zu! Sie beschäftigt sich mit diesem Thema, ihre ganzen Arbeiten erzählen von Umwandlungen, von Veränderungen. Und ihre Hände ... mir ist das gleich aufgefallen, als ich Annegret Helliger das erste Mal gesehen habe, sie hat unglaublich kräftige Hände ...»

«Und du meinst, in ganz Moordorf hat nicht ein Mensch gemerkt, was Sache ist? Ich bitte dich, Wencke ...» Axel Sanders hätte gern bei ihr angeklopft, sich in ihre Gedankengänge eingemischt. Doch seine Argumente nahm sie anscheinend nur am Rande wahr.

«Ich habe mal etwas über einen berühmten Jazzmusiker gelesen, Billy Tippton war sein Name. Er wurde fast achtzig Jahre alt, war fünfmal verheiratet, hatte vier adoptierte Kinder, und erst nach seinem Tod hat der Arzt den völlig überraschten Familienangehörigen erzählt, dass er eigentlich eine Frau ist. Es ist ein Gerücht, dass Männer, die sich als Frauen fühlen, unbedingt falsche Wimpern, grelle Perücken und High Heels tragen. Warum sollten sie sich nicht ganz unauffällig und natürlich geben, so wie du und ich?»

«Ich bin aber hundertprozentig ein Mann, um das mal klarzustellen», versuchte Sanders einen Witz, den Wencke natürlich geflissentlich überhörte.

«Die Helligers haben zurückgezogen auf ihrem Hof gelebt. Die Frau ist Künstlerin und den Menschen wahrscheinlich ohnehin schon suspekt. Sie boten den Leuten einfach keine Gelegenheit, sich ihnen zu nähern.»

«Das große Familiengeheimnis …», sagte Axel ironisch.

Doch Wencke ignorierte seinen Spott. «Vielleicht wollte Annegret Helliger gar nicht sich selbst und ihre Familie schützen, sondern jemand anderen.»

«Jemand anderen?»

«Die Menschen, mit denen sie in der Vergangenheit zusammengelebt hat, als sie noch ein anderer war …»

«Du meinst …»

«Vielleicht ist sie wirklich der Vater von diesem Jakob, der bislang daran geglaubt hatte, Halbwaise zu sein. Was für ein Gefühl es für den Jungen gewesen sein muss …»

«Ich kann dir nicht folgen.»

«Die Kinder haben gesagt, diese merkwürdige Skizze und das Foto von Annegret Helliger hätten Jakob irgendwie wütend gemacht. Was ist, wenn er die Tat im Museum begangen hat? Die Helliger war mit einem jungen Mann verabredet … das könnte er gewesen sein. Und dann packt ihn die Wut, der Frust, was auch immer, er nimmt diesen Knüppel und …»

«… und spaziert dann seelenruhig davon? Ich bitte dich!»

«Vielleicht war der Angriff für ihn eine Erleichterung, eine Beruhigung. Für ihn war die Welt wieder im Gleichgewicht, nachdem er Annegret Helliger tot glaubte. So konnte er unauffällig verschwinden. Im Museum war viel los an dem Tag, vielleicht ist Jakob sogar mir über den Weg gelaufen, ohne dass ich Notiz von ihm genommen habe. Für ihn war der Vater tot, seit Jahren schon, nach seinem Ermessen war alles in Ordnung.»

«An den Haaren herbeigezogen», konnte sich Axel Sanders einen Kommentar nicht verkneifen. Die Geschichte, die Wencke da aus dem Hut zauberte, übertraf an Hirnverbranntheit alles bisher im Laufe ihrer Zusammenarbeit von Wencke Zusammengereimte. Er weigerte sich, an eine solche Story zu glauben und sich den Kopf darüber zu zerbrechen. Leuchtete es Wencke denn nicht ein, dass sie ihre Zeit verschwendeten?

Er fasste sie am Oberarm, als wollte er sie aufwecken. «Wencke, es hat nichts mit Aurel Pasat, mit den verschleppten Rumänenkindern, es hat mit überhaupt gar nichts zu tun.»

Endlich reagierte sie, schaute ihn an, verzog den Mund. «Vielleicht hast du recht.»

Sie holte tief Luft, und er dachte eigentlich, sie sei wieder zur Vernunft gekommen. Doch er täuschte sich, sie nahm nur Anlauf: «Aber es kann doch auch sein, dass der Angriff auf Annegret Helliger im Grunde genommen gar nichts mit dem Mord an Aurel Pasat zu tun hatte. Vielleicht treffen hier zwei verschiedene Geschichten aufeinander, die entweder gar nicht oder wenn, dann nur indirekt zusammenhängen.»

«Und wie?»

«Sebastian Helliger könnte Aurel Pasat aus dem Weg geschafft haben, weil er sich Sorgen machte, dass durch die Schwärmerei das Ganze öffentlich werden könnte.»

Axel Sanders widersprach: «Aber der Au-pair-Junge hatte doch das Ticket für die Heimreise schon in der Tasche. Er wäre nur einen Tag später weit weg gewesen, zu weit, um in Moordorf eine prekäre Sache auffliegen lassen zu können.» Axel stieß mit dem Fuß ein Steinchen ins hohe Gras. «Nein, ich glaube noch immer, dass der Mord etwas mit dem Lager zu tun hat. Aurel Pasat hat herausgefunden, dass Sebastian Helliger in schmutzige Menschenhändlersachen verwickelt ist.»

«Und warum hat ein Mann wie der Moorkönig sich auf ein solches Spiel eingelassen? Du hast ihn erlebt, im Auto auf dem Weg zur Wache, er ist ein ... ein guter Mensch.»

«Wencke, selbst du kannst nicht auf den ersten Blick erkennen, wer ein guter Mensch ist und wer ein schlechter. Schön wär's ja ...»

Sie verdrehte die Augen. «Aber du musst zugeben, er ist nicht der Typ, der sich am Schicksal anderer bereichern will ...Wenn er es getan hat, so muss er zumindest einen guten Grund gehabt haben.»

«Meistens sind es Geldsorgen ...»

Sie nickte heftig. «Ja, das große Haus, die Ländereien, die Wohnung auf Spiekeroog. Helliger hat mir selbst erzählt, dass er längst nicht so reich ist, wie es die Moordorfer von ihm glauben. Dann fördert er noch die künstlerische Arbeit seiner Frau ...»

«Oder seines Mannes, wenn es nach deiner neuesten Theorie geht ...»

«Ach, Axel, kannst du das nicht mal lassen? Ich bin mir sicher, diese ganzen Operationen, die Krankenhausaufenthalte, kosmetische Eingriffe. Die Krankenkassen übernehmen bestimmt nicht immer alles ... Sebastian Helliger hatte nicht das Geld, um seiner Frau das Leben zu ermöglichen, mit dem sie glücklich war. Und dann hat er eben ...»

Axel Sanders brummte in den unvollendeten Satz. Es war ein Geräusch, das ihm entglitt, als er merkte, dass Wenckes Intuitionswirrwarr sich scheinbar, vielleicht – nun ja, allem Anschein nach – als handfest erwies.

«Er hat sein Lager zur Verfügung gestellt. Seinen Lkw. Seine reine Weste», sagte Axel Sanders. Und erntete ein Nicken. Und ein versöhnliches Lächeln.

Sie hörten Britzkes Wagen anrauschen.

«Wir werden die Kollegen gleich noch einmal losschicken, damit sie über Funk die Daten von Annegret Helliger erfragen können.»

«Ja», sagte Wencke erleichtert.

«Und wir werden den Weg nehmen, den Britzke uns jetzt hoffentlich weisen wird.»

«Wird gemacht, Chef.» Sie lächelte noch immer.

Doch als der dunkelrote Zivilkombi hinter dem Fliederbusch auftauchte und Sanders das erschreckte Gesicht von Britzke und der Kollegin wahrnahm, war ihm gleich klar, dass es nicht so einfach werden würde. Dass etwas schiefgelaufen war.

Sanders spähte durch die dunklen Wagenscheiben, von denen das gleißende Sonnenlicht reflektiert wurde. Er legte die Hand vor die Augen. Doch sosehr er sich bemühte, er konnte auf der Rückbank keine Gestalt mehr ausmachen.

Britzke stieg aus. Er schwitzte noch mehr als zuvor.

«Sie ist weg!», stöhnte er. «Als wir auf dem Weg zur Bundesstraße endlich wieder Empfang hatten und stehen geblieben sind, um zu funken, ist sie raus aus dem Auto und auf und davon.»

Die Kollegin sah noch abgekämpfter aus. Ihr Pferdeschwanz hatte sich gelöst, Haarsträhnen klebten auf der verschwitzten Stirn. «Ich bin gleich hinterher. Und zwar mit mächtigem Tempo. Ich bin nicht die Langsamste, aber dieses Biest …» Sie schnaufte. «Tut so, als würde sie schlafen, und nutzt dann die erstbeste Chance, sich zu verpieseln. Und zwar schneller, als die Polizei erlaubt.»

«In welche Richtung?», fragte Wencke.

Die Kollegin zeigte atemlos auf die hohen Büsche, hinter denen sich das Große Meer verborgen hielt. «Ins Moor. Und irgendwo dort liegt auch dieser Schuppen.»

Sanders merkte, wie sich sein Körper auf den Einsatz vorzubereiten schien. Sein Puls ging schneller, seine Muskeln spannten sich fast erwartungsfroh. «Wencke und ich gehen los. Ihr nehmt bitte die Kinder mit, es könnte vielleicht doch zu gefährlich werden. Fahrt nochmal aus dem Funkloch, wir brauchen nämlich noch sämtliche Personalien über Annegret Helliger.»

«Apropos Personalien», fiel es Britzke ein. «Greven hat den Namen von Annegret Helligers Verabredung herausgefunden. Er arbeitet im Naturhaus. Sein Name ist ...»

«Jakob Isselmeer!», kannte Wencke die Antwort.

«Woher wisst ihr das schon?», fragte Britzke erstaunt. «Er nannte ihr nämlich den Namen Mangold – unter dem er hier bekannt ist und den er von seinem Stiefvater bekam –, aber der Name seines Vaters ist tatsächlich Isselmeer.» Britzke verstand die Welt nicht mehr, und Sanders konnte es ihm nicht verübeln, wer war schon in der Lage, Wenckes Gedankengängen so schnell zu folgen. Britzke schaute ihn fragend an.

«Auf geht's, Britzke, du hast doch gehört, was die Chefin gesagt hat!» Dann drehte er sich um. «Also los, Wencke», sagte Sanders. Doch sie war bereits vor ihm.

Auf der Flucht
immer weiter weg

Ich renne.

Mein Herz rast, und meine Augen tränen. Gräser zerschneiden die Haut an meinen Beinen. Es ist meine einzige Chance. Ich weiß, sie denken, ich habe diese Frau umgebracht, darum musste ich flüchten. Ich habe keine Ahnung, was sie in Deutschland mit zweifachen Mördern machen, aber ich bin mir sicher, sie gehen nicht zimperlich mit solchen Verbrechern um. Besonders wenn man illegal im Land ist und niemand davon weiß, dass es einen gibt.

Ich hab es nicht getan.

Ich habe mich doch auch gewundert, warum diese fremde Frau mich so nett begrüßt hat. Dann merkte sie schnell, dass sie mich verwechselt hatte. Sie konnte ein bisschen Rumänisch. Als ich ihr erzählte, ich sei wegen Aurel und Ladislaus gekommen, hat sie mich in diese Hütte geführt. Sie müsse mit mir reden, hat sie gesagt, und obwohl ich normalerweise keine engen Räume betrete, die dunkel und merkwürdig sind und aus denen es nur einen Fluchtweg gibt; obwohl ich sowieso nie mit fremden Menschen irgendwo hineingehen würde, wenn ich nicht unbedingt müsste, ich bin ihr gefolgt. Sie wusste etwas über Aurel und meinen Bruder. Sie war nett. Ich dachte, sie kann mit den Kinderdieben nichts zu tun haben. Eigentlich bin ich nie so unvorsichtig.

Wir setzten uns auf das Strohbett. Doch bevor sie reden konnte, hörten wir eine Stimme. Draußen rief jemand ihren Namen.

«Einen Moment bitte. Ich bin eigentlich verabredet. Aber das kann warten», erklärte sie in gebrochenem Rumänisch.

Sie ging nach draußen. Ich hörte sie reden. Erst ganz freundlich, dann irgendwie erschreckt. Die Männerstimme erwiderte etwas. Es war kein richtiger Streit, es hörte sich eher an, als erteile der andere Befehle, denen sie zu folgen hatte. Mir war klar, das musste ein Polizist sein, die suchten vielleicht schon nach mir, die sind mir auf die Schliche gekommen, haben mich beobachtet. Als ich merkte, dass sie sich der Hütte näherten, versteckte ich mich im Stroh.

Es war kein Polizist, dazu war er zu jung und zu wild. Ich

bin mir sicher, er war verrückt. Er fuchtelte mit einem Zettel herum, hielt ihn der Frau unter die Nase. Sie lachte und weinte gleichzeitig, es war so seltsam. Sie versuchte, ihn zu umarmen, obwohl sie Angst vor ihm zu haben schien. Er stieß sie von sich, sie prallte gegen einen Holzpfeiler. Ich habe nichts verstanden, doch diese fremden Worte hatten die Kraft von Geschossen; was immer er ihr sagte, sie ging in die Knie, als sei sie getroffen worden.

Dann begann sie zu reden. Schnell und ohne Luft zu holen. Er unterbrach sie kaum, ich glaube, er wollte ihr zuhören und gleichzeitig die Ohren vor dem verschließen, was sie ihm zu sagen versuchte. Er starrte sie an, seine Augen waren schrecklich kalt. Ich habe nicht oft solchen Abscheu gesehen. Ich konnte es nicht verstehen. Sie war so freundlich, sie redete leise, manchmal nahm der Klang ihrer Stimme einen liebevollen Ton an, als wolle sie ihn trösten oder um Verzeihung bitten. Ich weiß nicht, warum er auf einmal zum Knüppel griff. Es geschah so plötzlich, ich habe es gar nicht richtig gesehen, weil ich doch mein Gesicht verborgen hielt. Er schlug zu. Immer wieder, auch noch, als sie schon am Boden lag. Ich habe ihn nicht dabei beobachtet, doch ich bin mir sicher, er hat sich dabei wohlgefühlt. Er war so merkwürdig still, während er sie schlug. Kurz dachte ich, sie spielen mir hier nur ein Theater vor, aus welchem Grund auch immer. Aber das Blut war echt. Das Krachen der Schädelknochen auch. Und dann war es plötzlich noch stiller als still, er ließ dieses Holzwerkzeug zu Boden fallen, es landete genau vor meinen Augen. Ich hatte schreckliche Angst, er würde mich jetzt entdecken und dasselbe mit mir anstellen, doch er drehte sich um, atmete tief durch und ging hinaus.

Ich blieb viele Minuten liegen, bis ich endlich die Kraft hatte, mich aufzusetzen. Mir war klar, dass ich unter Verdacht geraten würde. Mir war klar, so kaltblütig könnte ich niemals einen Menschen erschlagen, aber dennoch würde ich in diesem Fall die beste Mörderin abgeben.

Eine Geschichte vom unbekannten Mann glaubt einem keiner. Schon gar nicht, wenn man ein Straßenkind ist.

Deswegen renne ich davon. Die Polizisten waren freundlich, sie haben mich nicht gefesselt, die haben sich Mühe gegeben, meinen vorgetäuschten Schlaf nicht zu stören. Doch ich traue ihnen nicht. Ich traue niemandem mehr.

Seit ich weiß, dass Aurel tot ist, seit ich beobachtet habe, wie diese Frau erschlagen wurde – hier in einem Land, das so freundlich und sauber ist –, seitdem traue ich niemandem mehr.

Wohin ich renne, weiß ich nicht. Es ist kein richtiger Weg. Ich halte mich auch nicht geradeaus, sondern laufe im Zickzack durch diesen Wald. Ich höre außer meinem Atem und dem Tritt meiner Füße auf trockenen Ästen nicht viel. Ein paar Vögel, ein Flugzeug ganz weit oben, weit entfernt das Rauschen einer Straße. Doch dann erkenne ich die Stimmen. Leise, schwach und unmenschlich. Es sind nur wenige, sie weinen. Es sind Kinder. Ein Kind schreit.

Ich biege vom Pfad ab und schiebe einige Äste auseinander. Zwischen den schwarz-weißen Holzstämmen dieser dünnen Bäumchen mit den hellgrünen Blättern ist der Boden feucht, meine Füße spüren warme Nässe durch die undichten Sohlen hindurch. Ich schaue nach unten, die Erde ist dunkel, fast schwarz. Ich gehe weiter und achte darauf, kein Geräusch zu machen. Es ist taghell, und doch habe ich das Gefühl, so wachsam, vorsichtig, auf der Hut sein zu müssen wie in den dunklen Nächten in den Straßen Arads. Es ist diese Ahnung von Gefahr. Ich denke, vielleicht ist es auch ein Instinkt. Ich muss an meine Familie denken, meine Kinder, für die ich verantwortlich bin. Mein Messer liegt in Rumänien. Meine Helfer Iancu und Victor sind ebenfalls weit weg. Ich bin allein. Und ich weiß, es ist ernster als jemals zuvor.

Ich bin mir sicher, sie haben Aurel ermordet, weil er etwas gefunden hat. Und ich befinde mich nun direkt in seiner Spur. Es ist, als würde ich seinen Schatten noch berühren.

Als ich die nächsten Zweige zur Seite schiebe, sehe ich den Lkw. Die Türen sind geöffnet, ich schaue in die gähnende Dunkelheit des leeren Laderaums. Der Motor ist ausgestellt. Kein Mensch ist zu sehen. Der riesige Wagen parkt unter einem großen Baum. Ich überlege, wie dieses Monstrum mit den riesigen Rädern hierher gefunden hat. Auch an dieser Stelle ist der Boden weich, die Reifen versinken eine halbe Armlänge im Schwarz. Der wird nie wieder davonrollen können, der sitzt auf ewig fest. Die Tür zum Fahrerhaus ist geöffnet. Niemand sitzt dort.

Ich schleiche mich zum vorderen Teil des Lastwagens, ducke mich, als ich am Gitter zwischen den Scheinwerfern vorbeihaste. Warum steht der hier? Die Kinderstimmen werden lauter. Sie brabbeln mehr, als dass sie sprechen. Doch die wenigen Worte, die verständlich zu mir herüberwehen, sind – rumänisch.

Ich habe sie gefunden. Mein Herz setzt aus, fünf, sechs Sekunden, und beginnt dann mit einem Donnergetöse zu schlagen, es pumpt mir den Speichel in den Mund, es tut fast weh, das Pochen hinter meinen Augen. Ich habe sie gefunden. Mein Bruder. Ist er hier? Ist Ladislaus hier?

Jetzt schaffe ich es, mich fortzubewegen. Es ist kein Rennen mehr, eher ein Stolpern. Immer den Geräuschen nach. Zu den Stimmen der Kinder mischen sich tiefere Töne, Männer, sie reden deutsch, sie schimpfen nicht laut, aber dennoch bedrohlich. Hinter einem Busch, von dem die sonnengelben Blüten zu tropfen scheinen, verberge ich mich. Sind das Schläge? Dieses dumpfe Knallen, rhythmisch, danach spitze Schreie, Angstgeräusche, auch das heftige Atmen ist inzwischen zu hören, ich bin nah genug dran. Direkt vor mir tritt ein Mann durch die feuchte Erde. Er ächzt. Als ich einen Blick durch die Blätter wage, sehe ich, er trägt ein Kind über der Schulter. Das Mädchen hat langes Haar voller Schmutz, so schlimm sehen noch nicht einmal die schmutzigsten Kinder in den Straßen Arads aus, die Augen sind halb geöffnet, die Pupillen nach oben verdreht. Entweder ist sie tot oder betäubt, ich weiß nicht, was ich ihr mehr wünschen würde. Sie bemerken mich nicht, als sie vorbei sind, sehe ich, dem Mädchen fehlen beide Füße. Ihre stummeligen Beinenden schlackern bei jedem Schritt hin und her. Die narbige Haut ist verhornt und voller Dreck. Wenn sie nicht getragen wird, läuft sie auf diesen Stumpen, denke ich. Wie es wohl aussieht? Schief und krumm und viel zu kurz. Bemitleidenswert für Menschen, denen es gut geht.

Hat Aurel das gesehen? Hat er davon gewusst? Wenn ja, warum hat er nicht gleich eingegriffen und dieses Mädchen befreit?

Ein zweiter Mann kommt in meine Richtung, er hat die Hände in den Hosentaschen, ganz tief, als seien sie dort verwachsen. Ich habe ihn schon einmal gesehen, heute bei diesem Museum, er sieht freundlich aus und traurig. Ich weiß, er hält die Hände verborgen, weil er eigentlich nichts zu tun haben will mit dem, was hier gerade passiert.

Was passiert hier denn eigentlich?

Ich habe den Polizisten von Ladislaus und den anderen Kindern erzählt, von Aurels Vermutung, dass sie nach Deutschland verschleppt wurden. Wir sind dann ziemlich schnell in diese Gegend gefahren. Es ist klar, sie wollen das Lager finden.

Konnte es denn wirklich sein, dass niemand zuvor von dieser Sache gewusst hat? War dieser Ort so geheim, dass man

Kinder – den Stimmen nach waren es nicht wenige –, dass man diese Kinder hier unterbringen konnte, ohne dass ein Mensch es mitbekam? Was war das für ein Stück Erde hier? Oder schauten die Leute einfach nicht richtig hin?

Ich wage mich einen Schritt weiter voran, schiebe mich eng an einem Baum entlang und renne ein kurzes, ungetarntes Stück hinüber zu dem Wald aus hohen Gräsern, die sich ausbreiten und ein besseres Versteck bieten. Jetzt sehe ich das Lager. Ein Holzhaus mit schiefem Dach, die Fenster sind neu und nicht zerbrochen, an einer Seite lehnt sich die Wand gegen einen Hügel aus dunkler Erde. Bänke stehen vor der Tür, Tische, und es gibt sogar eine Fläche aus Sand, in der bunte Spielsachen liegen. Es sieht nicht so schrecklich aus wie in meiner Phantasie. Es wäre sogar ein hübscher Ort, wäre da nicht dieser Zaun, mannshoch mit spitzen Metallenden und einem Draht, der an den Pfählen in farbigen Stromverteilern endet. Dieses Gitter macht den Platz zum Gefängnis. Eine Schaukel hinter Stacheldrahtspiralen. Ein Fahrrad lehnt an einem Holzverschlag, daneben steht ein Kettenhund mit wachsamem Blick, der beobachtet, wie seine Schützlinge nach und nach aus dem Haus getragen werden.

Ein dicker Junge mit verbranntem Gesicht läuft freiwillig hinter dem kräftigen Mann her, der bereits wieder ein Kind, diesmal einen verkrüppelten Jungen, geschultert hat.

Der dünne Mann mit den Händen in den Hosentaschen schaut traurig ins Innere des Hauses. Dann spricht er Rumänisch, fast erschrecke ich, seine leisen, aber eindringlich gesprochenen Worte zu verstehen: «Es tut mir leid. Es geht nicht anders. Wir werden einen neuen Platz finden.»

Ein Junge kommt heraus. Obwohl ich sicher zwanzig Meter von ihm entfernt bin, kann ich seinen zutiefst verschreckten Gesichtsausdruck erkennen. Er hat keine Haare, keine Augenbrauen, seine Lider sehen nackt aus. Das lässt ihn krank wirken. Sonst kann er aber gerade stehen. «Bringen Sie uns nach Hause?», fragt er. Es klingt, als fürchte er sich.

Ich überlege, wovor er Angst hat. Dass die Antwort Nein lautet – oder Ja? Ich weiß, er meint mit seiner Frage, ob sie zurück nach Rumänien fahren. Doch will er das überhaupt? Wo ist sein Zuhause?

Als der Mann mit dem Jungen und zwei anderen Kindern in Richtung Lkw verschwindet, nehme ich meinen Mut zusammen. Ich bin nie besonders ängstlich gewesen. In Arad bringt einen die Angst um, da kann man es sich nicht erlauben, zögerlich zu sein. Doch hier, nach den letzten Stunden und Tagen, entdecke ich dieses längst vergessene Gefühl wieder, wenn man sich wünscht, ganz woanders zu sein, an einem sicheren Ort, ohne Panik, gesehen, entdeckt und geschnappt zu werden. Es kostet mich mehr Überwindung als fast alles, was ich bislang in meinem Leben gemacht habe, denn ich ahne neben der Gefahr auch einen Anblick, der mich verstören wird. Vielleicht ist er da, mein Bruder, den ich so liebe, der mich aber wohl kaum wiedererkennen wird. Er hat mich nie wirklich wahrgenommen, obwohl ich ihm einmal so nah gewesen bin. Er hat mich zum Überleben gebraucht und dennoch kaum Notiz von mir genommen. Seinetwegen habe ich diese Reise auf mich genommen. Es war nicht wegen Aurel, wenn ich ehrlich bin, natürlich habe ich ihn bewundert und meine ganze Hoffnung in ihn gesetzt, aber der wahre Grund, weshalb ich hier stehe und gegen meine Angst kämpfe, bist du, Ladislaus.

Ich renne los. Mir bleiben nur wenige Sekunden, bevor die Männer zurückkehren. Das Scheunentor ist geöffnet, dahinter scheint es dunkel zu sein. Oder habe ich in dem Moment, in dem ich die Schwelle ins Innere passiert habe, instinktiv die Augen geschlossen?

«Teresa!», höre ich eine Stimme, im selben Moment fühle ich eine schwere Hand, die sich von hinten auf meine Schulter legt. «Was machst du hier, Kind?»

Im Metallcontainer
die Tür quietscht

«Was haben wir dir denn getan? He, Jakob? Der Kleine und ich, wir ... wir haben doch nichts getan!»

Sie stemmte sich mit aller Gewalt von innen gegen die Tür. Obwohl er sie an Armen und Beinen gefesselt hatte, war es ihr gelungen, sich in den wenigen Sekunden, die er bis zum Ausgang gebraucht hatte, aufzurappeln und verschnürt wie eine Larvenpuppe hinter ihm herzuhüpfen. Er schob die Pforte zu. Ihre Kraft war zwar enorm, Angst machte stark, doch es würde ihr nicht reichen. Sie hatte keine Chance.

Der rostige Riegel fand nur schwer den Weg in die Verankerung, da sich Tür und Zarge der alten Metallbehausung in den vielen Jahren verzogen hatten. Doch schließlich saß das Schloss so fest, dass Jakob fast Bedenken hatte, ob man es später wieder würde aufschieben können.

Anivia pochte von innen gegen das Blech und brüllte in ihrer Muttersprache. Jetzt rastete sie aus.

«Wenn du weiterhin so schreist, muss ich dir wohl was ins Maul stopfen. Und du willst doch nicht, dass ich mit deinem kleinen Schützling ebenso rabiat umgehen muss, damit er aufhört zu plärren, hm?»

Die Drohung verfehlte ihre Wirkung nicht, Anivia verstummte endlich, bis auf ein klägliches Wimmern, nicht lauter als das Weinen des Kindes, das bewegungsunfähig in seinem Buggy festgeschnallt war. Aber ein bisschen Jammern wollte er ihr auch zugestehen. Immerhin musste es nun im Innern des alten Containers stockfinster sein. Die Fensterläden waren geschlossen, und die Stromversorgung war in diesem brachliegenden Lager schon seit Ewigkeiten gekappt. Ein scheußlicher Ort. Nicht zu vergleichen mit dem kunterbunten Kindergarten, den Sebastian Helliger nur wenige Kilometer entfernt eingerichtet hatte.

Jakob rannte mit dem Kinderwagen los, die Handtasche seiner Gefangenen, die er ihr vor dem Fesseln gewaltsam hatte entreißen müssen, legte er dem verängstigten Kind in den Schoß. Vielleicht hatte sie neben dem ganzen Weiberkram auch etwas Wertvolles im Gepäck. Kohle, ein weiteres Handy, einen Fotoapparat, er konnte alles gut gebrauchen. Er hastete den versteckten Weg entlang, er musste sich beeilen. Es bestand die Gefahr, dass die Polizei auf der Suche nach dem Lager auch auf den alten Asylantenkasten hier stieß. Dann wäre seine kleine «Fluchtversicherung» hinfällig. Solange Anivia unentdeckt war und er diesen Jungen in seiner Gewalt hatte, blieb ihm die Chance, zu entkommen.

Er war sich sicher, zuerst würden die Bullen sich heute den Schuppen des Moorkönigs vornehmen. Und was sie dort finden würden, wäre Grund genug für einen Riesenaufstand und die vorläufige Unterbrechung der Suche. Obwohl es sein konnte, dass es Holländer in der Zwischenzeit gelungen war, die Kinder zu evakuieren. Es war schon eine ganze Weile her, seit er Anivia in letzter Sekunde ins Gebüsch gezerrt hatte und der Lkw an ihnen vorbeigefahren war. Sie würden nicht alles mitnehmen können. Aber wie er Helliger einschätzte, würde dieser zuerst die Blagen entsorgen. Bis die Polizei eintraf, war vielleicht alles menschenleer, aber die Beamten würden mit Sicherheit eine ganze Weile suchen, nach Zurückgebliebenen, nach Hinweisen. Und dann würden sie sich erst auf den Weg zu den umliegenden, als Versteck tauglichen Gebäuden machen. Diese Zeit musste er nutzen, musste zur Bank nach Moordorf gelangen, sein Konto räumen und schließlich gemeinsam mit dem Kind zum Flieger rasen. Bremen war am nächsten. Aber er kannte sich besser im Osnabrücker Raum aus, vielleicht würde er zum Flugplatz nach Münster fahren. Und dann? Erst mal weg. Und wenn es nur Mallorca war. Den Jungen würde er im Boardingbereich zurücklassen. Scheißegal. Das Geld, das er für seine Kooperation bekommen hatte, reichte jedenfalls für ein paar Flüge, und vielleicht konnte er den alten Gaunertrick anwenden und seine Spur verwischen, indem er gleich mehrere verschiedene Tickets löste und auch zum Flug nach London, Paris und Rom eincheckte. Hauptsache, er gewann Zeit. Und wenn es ihm all das Ersparte kostete. Das tat nicht wirklich weh. Schließlich war es ohnehin ein Glücksfall für ihn gewesen, dass er hier am Großen Meer auf diese bequeme Einnahmequelle gestoßen war.

Dafür würde er Aurel immer dankbar sein. Dass er ihn so naiv und unschuldig auf die Spur von Helliger und seinen Leuten gebracht hatte. Damals hatte Jakob noch nicht geahnt, dass er auf diese Weise geschäftlich mit der neuen Familie seines Vaters zu tun hatte. Doch Helliger wäre ohnehin nie dahintergekommen, der Name Mangold, der als Empfänger auf den Überweisungsträgern stand, würde ihm sicher nicht bekannt sein. Und alles nur wegen Aurel.

«Weißt du was von einem Lager? Du kennst dich doch hier in der Gegend aus. Kann es sein, dass hier Bettelkinder versteckt werden?» So hatte der fremde Radfahrer ihn gelöchert. Und Jakob war gleich der Schuppen hinten im Schilf eingefallen. Er hatte die große Holzhütte unter den hohen Bäumen stets nur von weitem gesehen, sie lag nicht auf der Route, die er bei seinen Führungen machte, lag auch nicht in einem der interessanteren Vogelbrutgebiete. Das Lager lag im Prinzip mitten im Nirgendwo.

«Nein, das kann ich mir nicht vorstellen», hatte er Aurel geantwortet. Und war dann selbst an einem frühen Morgen dorthin unterwegs gewesen. Gerade als die Kinder zur Arbeit abgeholt wurden. Nicht einen Gedanken hatte er daran verschwendet, hier einzugreifen oder die Polizei zu benachrichtigen. Ihm war gleich die Alternative zum Reden eingefallen: das bezahlte Schweigen. Und als am späten Abend dieser Mann, den alle Holländer nannten, zurückkam, mit zwei geistig Behinderten im Schlepptau, da hatte er ihn am verstachelten Zauntor begrüßt. Und ihm seine Diskretion und seine Kooperation in Sachen Aurel angeboten. Für zehntausend Euro. Vorerst.

Es hätte mehr werden können, wenn dieser Aurel nicht so ein verdammt moralischer Scheißkerl gewesen wäre. Jakob hätte Monat für Monat eine kleine Summe Schutzgeld kassieren und sich damit seine Zukunft ganz weit weg von allem hier finanzieren können. Aber Aurel hatte darauf bestanden, die Sache auffliegen zu lassen, sobald er einige Sachen geklärt hatte. Auch wenn es den Kindern hier vielleicht besser ging als jemals zuvor in ihrem Leben. Gut, sie mussten dafür arbeiten, mussten ihre Gebrechen in irgendeiner größeren norddeutschen Stadt zur Schau stellen, mussten auch mal stundenlang im Regen herumsitzen, aber dann gab es auch am meisten Mitleid, ergo am meisten Kleingeld in der Büchse. Und das viele Geld kam doch letztlich auch ihnen zugute und den vielen anderen Kindern, die von der Organisation aus ihrem Elend freigekauft und nach Deutschland geholt wurden. Es war eine vernünftige Sache. Alles, was der Moorkönig machte, war vernünftig. Doch gutes Zureden, freundschaftliche Überzeugungskraft – es hatte alles nichts genutzt, Aurel Pasat wollte die Kinder aus dem Lager wieder mit nach Rumänien nehmen. Er habe es dort jemandem versprochen. Jemandem, der ihm wichtig sei. Seiner Familie.

Dieser Idiot. Natürlich hatte Jakob das getan, wofür er bezahlt worden war: Er hatte die Pläne seines rumänischen «Freundes» verraten. Sebastian Helliger hatte seine Familie auf die Insel geschickt. Holländer hatte dafür gesorgt, dass Aurel an diesem Tag nur eine halbe Portion an Kraft und Kampfgeist war. Sie wollten das Lager räumen, alle Beweise vernichten, damit Aurels Aussage wie ein Hirngespinst, wie die kranke Phantasie eines unglücklichen Au-pair-Jungen aussah. Von Mord hatte eigentlich keiner gesprochen. Das war nicht Helligers Gebiet. Denn der Moorkönig hatte in diesem Spiel nie wirklich wie ein Verbrecher gedacht und gehandelt. Na klar, Aurel musste mundtot gemacht werden bis zu seiner Abreise. Aber tot – auf keinen Fall.

Was war schiefgelaufen? Warum hatte es so enden müssen, in diesem anderen Lager, ganz in der Nähe des Helliger-Hofes?

Nur Jakob kannte die Antwort. Aber er hatte keine Zeit, sich den Kopf darüber zu zerbrechen. Vielleicht, wenn er dort war, wo er hinwollte, vielleicht würde er da einmal einen Gedanken daran verschwenden, warum es ihm nicht gereicht hatte, Aurel einfach nur verschwinden zu lassen.

Er trat aus dem Wald. Die Kühe standen wieder am Gatter und glotzten. Der Junge zeigte mit seinem speckigen Finger auf die Tiere und sagte: «Da! Muh!» Er schien die Situation inzwischen als wenig bedrohlich zu empfinden. Ein kleiner Querfeldeinspaziergang mit seinem neuen Babysitter.

Jakobs Rad lag neben dem Auto, mit dem Anivia gekommen war. Ihm kam eine Idee, natürlich, auf diese Weise würde er Zeit sparen, und Minuten waren für ihn gerade die härteste Währung. Das Auto der Kommissarin.

Er brauchte nicht lange in der verschnörkelten Handtasche

zu wühlen. Zwischen Nagelpfeile und Feuerzeug lag der Schlüssel.

Mit dem umständlichen Kindersitz kam er nicht zurecht, und die Zeit, das Prinzip der verschiedenen Bänder und Schnallen zu durchschauen, hatte er nicht. Also setzte er den Knirps einfach neben sich.

Er blinzelte ihn möglichst freundschaftlich an. «Darfst mal vorne fahren, toll, oder?» Und drückte aufs Gaspedal.

In Wenckes Kopf
rasend

Kinder. Alles voller Kinder. Speichel läuft aus den Mundwinkeln. Die Augen verdrehen sich derart, dass nur noch das Weiße zu sehen ist. Krallenförmige Hände umfassen die Fesseln. Die Haut ist an den Liegestellen wund gescheuert, so dünn wie Butterbrotpapier, rissig und teilweise mit Schorf übersät. Und dieses Schreien, dieses Brüllen und Heulen. Nach der Mutter, immer nach der Mutter.

Wencke hatte Angst vor dem Bild, das sie erwarten könnte. Sie hatte Angst vor dem Anblick durchgelegener Pritschen, dreistöckig, schmutzig, doch die einzige Behausung. Es gab diese Berichte, was hatte sie nicht alles schon gesehen vom Elend der Welt. In den Zeitschriften hatte sie weitergeblättert, im Fernsehen das Programm gewechselt, wenn es nicht zu ertragen gewesen war. In ihrem Job hatte sie irgendwie auf Durchzug gestellt, nicht viel war hängen geblieben von den Toten ihres Lebens. Sie hatte sich immer herausgewunden, es war Wencke immer gelungen, sich von allem einigermaßen zu befreien.

Aber jetzt war es anders. Sie näherten sich der Stelle, die Meint Britzke ihnen genannt hatte. Den Wagen hatten sie inzwischen stehen gelassen, sie wollten niemanden aufschrecken. Seit einem halben Kilometer schlichen Axel Sanders und sie durch das Moor. Und sie wussten, sie würden gleich etwas zu sehen bekommen, was sich nicht abstreifen, nicht umblättern und nicht wegzappen ließ. Und trotzdem rannten sie weiter. Gleich würden die Kollegen hier auftauchen. Sanders hatte eine ganze Kompanie bestellt. Es war ihm ernst. Er hatte begriffen, dass er die ganze Zeit danebengelegen hatte. Und jetzt fasste er Wenckes Hand, vielleicht, weil er ihre Angst spürte, vielleicht, weil er seine eigene in den Griff kriegen wollte. Es war klar, sie würde ihm verzeihen. Sie würde ihn nicht in die Pfanne hauen, weil er es erst vermasselt hatte. Jetzt war er hier, an ihrer Seite, und das zählte.

Ein Brummen. Hatten sie dieses Geräusch nicht auch vorhin wahrgenommen, als sie noch auf dem Grasstück geparkt hatten?

«Das ist ein Lkw, scheint sich festgefahren zu haben», flüsterte Sanders.

Einige Male jaulte etwas auf, ein gequältes Motorendröhnen, als wenn die Räder durchdrehen. Noch zwei, drei Versuche, wie Sirenengeheule.

«Helliger räumt das Lager. Wir müssen da sein!»

Der Befreiungsversuch des Wagens schien geklappt zu haben, der Motor klang nun anders, Gänge wurden eingelegt, hochgefahren, das Geräusch wurde lauter, immer lauter.

«Der kommt auf uns zu!», schrie Sanders. «Und zwar in einem Affenzahn!»

So schnell wie ein angriffslustiges Dschungeltier näherte sich zwischen den Bäumen der Riesenwagen.

«Wir müssen ihn stoppen!», rief Wencke und stellte sich mit ausgebreiteten Armen auf den Weg.

«Bist du wahnsinnig?» Sanders starrte sie an, nur wenige Sekunden. Denn dann war der Lastwagen direkt vor ihnen. «Spring! Verdammt nochmal, Wencke, spring!»

Sanders hechtete auf sie zu und riss sie mit sich, beide stoben nach rechts in die Brennnesseln, er fiel über sie, drückte sie nieder. Das Dröhnen direkt neben ihnen war ohrenbetäubend.

«Der hätte dich platt gefahren wie einen dieser armen Igel auf der B 72», schimpfte Sanders, als man wieder ein Wort verstehen konnte. «Du bist die unvernünftigste Person, die mir je untergekommen ist.»

«Dann geh doch einfach runter von mir. Du zerquetscht mich sonst, dann wäre dein Einsatz doch für die Katz gewesen.»

Als sie sich wieder sortiert hatten, die Schmerzen lokalisiert waren und das Brennen des Unkrauts zu wüten begann, war der Lkw schon längst zwischen den Bäumen hinter ihnen verschwunden. Wie verschluckt, immer leiser werdend, als Wencke wieder stand, kam es ihr fast vor, als wäre er nie da gewesen. Und doch war ihr klar, Sanders hatte recht, diese Schrecksekunde hätte auch ihre letzte sein können.

Sanders umarmte sie von hinten. Sein schneller Atem kitzelte sie.

«Du verrückte Heldin», sagte er leise.

Nur ganz kurz standen sie so da, nicht viel länger als der Moment eben auf dem Weg. Dann rannten sie weiter. Vielleicht waren sie noch nicht zu spät und fanden dort hinten etwas.

Sanders war vor ihr. «Wenn wir Glück haben und die Kollegen sind schnell genug, dann fährt er unseren Leuten direkt in die Arme. Und dann hat dieser Moorkönig endgültig ausgespielt!»

«Das war nicht Helliger am Steuer. Ich glaube, ich habe

den Hausmeister erkannt.» Wencke bekam einen Schlag ins Gesicht. Wie ein ausgestreckter Arm hatte ein Ast den Weg versperrt. Sie schrie kurz auf.

«Was ist, Wencke?»

«Egal, renn weiter, Axel, renn weiter!»

Sie passierten noch einige mannshohe Büsche, dann lichtete sich das Gestrüpp, der Weg wurde breiter, wie aus dem Nichts befanden sie sich auf einmal in einer schattigen, fast waldähnlichen Schonung.

Da war es, das Holzhaus, beinahe identisch mit dem, in dem Wencke vor drei Tagen die Leiche von Aurel Pasat betrachtet hatte. Nur weniger verfallen, weniger verlassen. Dieses Lager schien in gutem Zustand zu sein. Ein Sonnenstrahl fiel durch die Bäume hindurch auf das Dach, in dem man keine undichten Stellen ausmachen konnte. Sollte das der Ort sein, vor dem ihr graute? Etwas Schilf am anderen Ende, Goldregen und Flieder wuchsen wie in einem Vorgarten, so hübsch, dass es wehtat.

Es war still. Und leer. Sie waren zu spät gekommen. Nichts bewegte sich.

Noch nicht einmal Sebastian Helliger, der im Eingang stand, die Hände wie immer in den Taschen. Ohne ein gastfreundliches Lächeln diesmal. Aber immer noch mit einem Gesicht, dem man nicht zutrauen mochte, dass es ihm soeben allem Anschein nach gelungen war, in letzter Sekunde ein Kinderlager zu räumen.

Ihm war weder Genugtuung noch Panik anzusehen. Er strahlte noch immer diese Gelassenheit eines Menschen aus, der sich sicher war, nichts verbrochen zu haben.

Sollte Wencke sich dermaßen täuschen?

War er nicht ein Menschenhändler? Wärter eines Gefangenenlagers? Wahrscheinlich auch ein kaltblütiger Mörder?

Wie konnte er dann nur so unschuldig wirken?

Die Schritte, mit denen er ihnen entgegenkam, waren langsam. Er blickte zu Boden. Erst als er direkt vor ihnen stand, erhob er den Kopf.

«Wohin haben Sie die Kinder gebracht?», fragte Sanders atemlos. «Sie Arschloch, glauben Sie nicht, dass es Ihnen gelingen wird, auf diese Weise den Kopf aus der Schlinge zu ziehen. Unsere Leute sind auf dem direkten Weg hierher. Sie werden Ihren Transporter schon zu stoppen wissen. Und dann ...» Sanders hatte sich kaum noch im Griff. Wencke hielt ihn am Arm fest und spürte, dass seine Muskeln bis aufs äußerste gespannt waren. Er würde Helliger am liebsten an den Hals gehen, dachte sie. Und sie konnte ihn verstehen.

«Und dann?», hakte der Moorkönig in gelassenem Ton nach. «Was glauben Sie, was dann passiert?»

«Dann werden wir diesen armen Kindern ihre Freiheit zurückgeben.»

Sebastian Helliger schüttelte mit traurigem Lächeln den Kopf.

«Warum grinsen Sie so widerlich?» Sanders spuckte bei jeder Silbe vor Wut.

«Ich habe auch einmal so hier gestanden», antwortete Helliger schlicht und nach wie vor seelenruhig. «Genau wie Sie. Ich war empört, außer mir. Als ich dahinterkam, dass mein Verwalter die Hilfstransporte nach Rumänien nutzte, um auf dem Rückweg Bettelkinder nach Deutschland zu schmuggeln, da war ich so wütend wie noch nie zuvor in meinem Leben, das müssen Sie mir glauben.»

Jetzt konnte auch Wencke nicht mehr stumm bleiben. «Und dann haben Sie erkannt, dass sich damit eine Menge Geld verdienen lässt, mehr als mit Komposthaufen zumindest, und sind mit eingestiegen? Meinen Sie, dass macht Sie irgendwie besser?»

Helliger schaute sie an wie ein gütiger Lehrer, der einer begriffsstutzigen Schülerin zum x-ten Mal das Einmaleins erklärt. «Aber nein. Sie verstehen nicht. Natürlich war meine erste Reaktion, die ganze Sache auffliegen zu lassen. Ich hätte diesen Mann am liebsten standrechtlich erschießen lassen.» Er hob die Arme in hilfloser Geste. «Aber was wäre dann geschehen? Überlegen Sie doch mal. Gut, mit ihm hätte ich einen Drahtzieher dieser Horde an den Galgen gekriegt. Er hatte sich bei mir als Verwalter beworben, als er von den Spenden-Konvois gelesen hatte. Ein wirklich durchtriebener Hund. Ließ sich von mir für einen Spottlohn zur Beaufsichtigung unserer Lager anheuern, übernahm die Organisation der Hilfstransporte, tat fleißig und bescheiden. Und in Wirklichkeit stand er mit einem organisierten Bettlerring in Verbindung und kassierte dort mehr als das Zehnfache. Ich hasse Menschen wie ihn.»

«Sie hätten die Polizei rufen können. Unsere Kollegen hätten diesen Kerl und seine Komplizen sicher gern in die Mangel genommen», sagte Sanders. «War es Holländer?»

«Holländer? Nein, der hatte damit nichts zu tun. Er war nur für den Helliger-Hof verantwortlich.»

«Aber wir haben Ihren Hausmeister eben am Steuer des Lkws erkannt. Er hätte meine Kollegin um ein Haar totgefahren.»

«Er ist in Panik gewesen. Ich kann ihn verstehen. Schließlich wusste er ganz genau, worauf er sich einließ, als ich ihn bat, den Posten meines fristlos gefeuerten Verwalters zu übernehmen und sich um die Kinder zu kümmern.»

«Sie haben also nur die Jobs neu verteilt? Holländer als Lagerchef, Sie im Hintergrund. Helliger, das macht sie keinesfalls besser als den Mann, den sie rausgeschmissen haben. Was sollte das Ganze?»

Wenke kochte. «Wollten Sie lieber selbst die fetten Gewinne einstreichen?»

«Nein! Natürlich nicht!» So barsch hatte Helliger in Wenckes Ohren noch nie geklungen.

«Sondern?»

«Meine Güte, überlegen Sie doch. Zwanzig Kinder, einige davon schwerkrank, aber andere auch – bis auf äußere Verletzungen – kerngesund. Und was passiert mit ihnen, wenn ich das Lager von der Polizei – also von Ihnen und Ihren Kollegen – räumen lasse? Wissen Sie das?»

Nein, Wencke wusste es nicht genau, und auch Sanders schien nur zur vermuten und murmelte: «Krankenhaus?»

«Ja, für ein paar Tage, vielleicht nur wenige Stunden. Sie vergessen: Die Kinder sind arm, illegal hier und somit ohne jede Versicherung. Keine Klinik ist scharf auf solche Patienten. Eventuell wären sie eine Zeit lang in einem Heim untergebracht worden, dann hätte es geheißen: ‹Ab nach Hause. Dorthin, wo dich keiner haben will. Deine Eltern haben dich verkauft, von Rückgaberecht war nie die Rede. Sieh zu, wie du klarkommst. Rumänien freut sich auf dich.›»

«Deswegen haben Sie es für die bessere Lösung gehalten, mitzuspielen? Freiheitsentzug und Kinderarbeit als gnädige Alternative? Ich bitte Sie, Helliger, wenn Sie so ein Samariter sind, dann verkaufen Sie Haus und Hof und adoptieren die ganze Bande!» Wencke schickte ein bitteres Lachen hinterher.

«Ja, Sie sagen das so, Frau Kommissarin. Aber ich weiß, Ihr Sarkasmus soll lediglich überspielen, dass Sie die Realität nur allzu gut kennen.»

«Unterlassen Sie es bitte, mich zu analysieren. Fakt ist, dass Sie sich anmaßen, zu entscheiden, was für einen Haufen Kinder – entschuldigen Sie diesen Begriff, aber ich bin mir nicht so sicher, ob wir hier über junge Menschen oder eine Ware, eine Investition reden –, Sie wollen entscheiden, was für diese das Richtige ist. Und da überschätzen Sie sich, Helliger, und zwar bei weitem.»

«Manchmal sind Umstände, die uns hier unzumutbar erscheinen mögen, grausam und menschenverachtend, für andere eine gute Lösung. So ist es nun mal. Zwischen Schwarz und Weiß findet man jede Menge Nuancen, und wie ein Mensch das Ganze wahrnimmt, hängt auch oft von der Perspektive ab. Für Sie ist das hier ein Lager, aber für meine Kinder ist es fast ein Zuhause geworden.»

Wencke entwich ein verächtliches Schnauben. Was bildete sich dieser Mann eigentlich ein? Zu gern hätte sie ihm ihren Spott gegen den Kopf geknallt, doch ihr fehlten einfach die Worte. Es reichte nur für eine lahme Wiederholung: «Ein Zuhause ...»

Dann geschah etwas Unerwartetes. Etwas, dass so gar nicht in das heftige Wortgefecht der letzten Minute, sondern eher zu dem altbekannten braven, biederen Sebastian Helliger, dem Moorkönig, passte. Er breitete einen Arm in einladender Geste aus, genau so, wie er es bei ihrer ersten Begegnung auf dem Helliger-Hof getan hatte, er räusperte sich, nickte höflich. «Vielleicht wollen Sie sich die Räume einfach mal anschauen?»

Sanders sah ungläubig von ihm zu Wencke. «Eine Führung durch Ihr Lager? Aber Sie waren doch bestimmt schnell genug, alles Verdächtige zu entfernen. Für wie beschränkt halten Sie uns eigentlich?» Dennoch folgte Sanders der Einladung, und auch Wencke trottete widerwillig hinterher. Das Scheunentor war weit geöffnet. Sie gingen hindurch.

Wencke kamen wieder die Bilder in den Sinn. Die Pritschen, das abgestoßene Chromagangeschirr, der pampige Brei im Teller. Doch sie sah etwas ganz anderes. Etwas, mit dem sie nicht gerechnet hatte, was aber alles zu erklären schien.

Die Wände waren mit kunterbunten Tapeten beklebt, Bordüren mit Teddybären säumten die niedrigen Wände, dasselbe Muster kehrte auf den Vorhängen wieder. Die Möbel waren neu, hatten lustige Formen, kleine Tische wie aus einem Comicfilm, dazu die Stühle, es fehlten nur noch Schneewittchen und die sieben Zwerge. Auf dem Boden lag rotes und gelbes Linoleum in breiten Streifen. Man sah, dass einige Kinder vor kurzem aus dem Spiel gerissen worden waren. Kleine Spielfiguren, Piraten und Indianer kreuz und quer, waren in einer Ecke aufgestellt worden. Aus einem anderen Raum hörte man Musik tönen. Biene Maja, von Karel Gott, so fröhlich und süß.

«Es ist hübsch», sagte Wencke. Und sie merkte es erst, als der Satz bereits ausgesprochen war.

«Nicht wahr?», sagte Sebastian Helliger. Er hatte die Hände wieder in den Taschen vergraben, und ein dünnes Lächeln wagte sich auf seine Lippen.

«Ein wirklich hübsches Kindergefängnis», ergänzte Wencke und ging zum Fenster. Der hohe Zaun und der Stacheldraht dort draußen waren nicht zu übersehen. Sie ließ sich nicht täuschen von ein paar bunten Tapeten. Dennoch war sie bereit, sich Helligers Geschichte anzuhören. Es musste einen Grund geben, dass er einen so seltsamen Ort geschaffen hatte, hier, mitten in Ostfriesland.

«Ich bin erst eine ganze Zeit später hinter diese Sache gekommen. In den letzten Jahren war bei uns viel los. Die Kinder und meine Frau ... Ich nehme an, Sie wissen inzwischen, was mit meiner Frau ...»

«Sie wurde als Andreas Isselmeer geboren ...», wagte Wencke ihre Vermutung als Tatsache zu formulieren.

«Ja, als wir uns in Osnabrück kennenlernten, hatte sie sich gerade von ihrer Familie getrennt und die ersten Hormontabletten verschrieben bekommen. Für mich war sie immer eine Frau, das stand nie infrage, aber zu Beginn unserer Beziehung war sie noch voller Angst vor den Schritten, die ihr

256

bevorstanden. Aber wir haben es gemeinsam geschafft, zwölf Jahre lang, immer ein bisschen weiter in Richtung Glück. Und bald, so hoffe ich, bald ist Annegret endlich in ihrem Körper zu Hause. Ich würde alles dafür tun.»

«Sie haben bereits alles dafür getan, ist es nicht so? Ihr gesamtes Vermögen haben Sie in diese Sache investiert.»

«Nun, die Kasse hat nicht alles übernommen. Ein Prinzip kann ich hinter den Entscheidungen nicht erkennen, wenn man zwar die Amputation bezahlt, aber die Gestaltung einer weiblichen Brust als unnötig abtut. Barthaarepilierung ja, Adamsapfel verkleinern nein. Aber ich will Sie damit nicht belasten, es ist auch eine Geschichte, die eigentlich nicht hierher gehört. Sie war nur lange Zeit der Dreh- und Angelpunkt in unserer Familie. Und darum war ich froh, dass mein Verwalter die Hilfstransporte und sämtliche Arbeiten an unseren Lagerschuppen übernahm. Bis ich, mehr durch Zufall, nach Jahren mal wieder hier zum Großen Meer kam und entdeckte, dass Menschen in diesem Schuppen hausten. Kinder, gehütet wie eine Herde von einem rumänischen Wachmann und einem Rudel bissiger Hunde. Es war eine Katastrophe. Die Kinder waren alle krank, sie vegetierten in dunklen Verschlägen vor sich hin, sie waren hungrig und voller Schmutz. Ich war verzweifelt. Dieses Elend auf meinem Hof.»

«Das war ihr einziges Problem? Dass sich die Sache auf Ihrem Grundstück abspielte?»

«Nein, es ging um viel, viel mehr. Wenn an die Öffentlichkeit gekommen wäre, was hier geschehen ist, dann wäre alles aus gewesen. Dann wäre der Name der völlig unbeteiligten *Primăvară* ebenso in den Dreck gezogen worden wie der meiner Familie. Die Sache mit meiner Frau wäre in der Presse breitgetreten worden, Henrike und Thorben wären als rumänische Adoptivkinder nicht verschont geblieben von Mutmaßungen und Spekulationen. Und wofür? Für eine Handvoll

Ganoven, die im Knast gelandet, wobei die wahren Täter beim organisierten Verbrechen ohnehin ungeschoren davongekommen wären. Für ein gänzlich unbekanntes Schicksal der Kinder, die man zurückgeschickt hätte, sobald sie kräftig genug gewesen wären. Hätte ich alles aufs Spiel setzen sollen?»

Sebastian Helliger schwieg lange. Die Musik aus dem Nebenzimmer war längst schon verstummt. Es war jetzt sehr still. Wencke überlegte, welche Geräusche wohl sonst in diesen Räumen zu Hause gewesen waren. Kinderlachen? Gemurmel während des Spielens? Weinen? Heimwehschluchzen? Alles war unvorstellbar.

«Ich habe mich entschieden, die Kinder hierzubehalten. Holländer musste mit den Auftraggebern seines Vorgängers verhandeln. Ich zahlte pro Kind, und Sie müssen mir glauben, ich habe selten etwas so widerstrebend gemacht. Nicht wegen der Summe. Sondern wegen dem, was ich mir da zu kaufen schien. Zweiundzwanzig Menschenleben. In Holländer hatte ich einen Vertrauten, ich habe ihm in einer Schuldensache mal aus der Patsche geholfen, und er ist mir loyal zugetan wie kein Zweiter. Es gab keinen anderen Weg.»

«Und damit haben Sie sich strafbar gemacht.»

«Das war mir klar. Den Paragraphen nach bin ich nicht ein Stück besser als diese Bande, die die Kinder aus Rumänien verschleppt hat. Aber ich habe hier alles renoviert. Habe mich um besseres Essen, vernünftige Toiletten und alles, was Sie hier sehen, gekümmert. Das heißt: Holländer hat das getan, mit Hilfe von ein paar Leuten, deren Namen ich nicht kenne. Mir war klar, ich würde die Schulden, die ich mir mit der ganzen Aktion aufgehalst hatte, nie im Leben wieder loswerden, es sei denn ...»

Wieder verloren sich der Blick und die Stimme des Sebastian Helliger im Nirgendwo.

«Es sei denn, Sie schickten die Kinder weiterhin zum Betteln …», ergänzte Wencke fast tonlos für ihn. Helliger nickte.

Sanders, der schon die ganze Zeit regungslos im Türrahmen gelehnt hatte, stöhnte, als habe er Schmerzen. Er kniff die Augen zusammen und legte die Hand auf die Stirn. Es ging ihm wie Wencke. Er wünschte, er wäre ganz woanders. Er wünschte, er wäre niemals mit diesem Fall hier in Berührung gekommen. Ein Fall, bei dem die Grenzen zwischen richtig und falsch, zwischen gut und böse so verwischt waren, dass man das Gleichgewicht verlor, wenn man versuchte, darüber nachzudenken.

Der Fall Aurel Pasat. Der Selbstmord des lebensmutigen Jungen, der diese Kinder hatte retten wollen und dann erkennen musste, dass sie vielleicht gar nicht auf einen wie ihn warteten. Dass sie ihrem Erlöser schon begegnet waren und dieser ausgerechnet ihr Kerkermeister war.

Es war ein Grund. Ein wirklicher, verständlicher, passender Grund, weswegen Aurel Pasat hätte verzweifelt sein können.

Und das destillierte Wasser? Die falsche Erde im Fahrradreifen? Egal, dachte Wencke, egal, warum und weshalb, ich glaube nun daran, dass es Selbstmord war. Und alles andere wird sich klären.

Sebastian Helliger kam von sich aus auf das Thema. «Aurel hat das Lager gefunden. Er ist nur wegen der Kinder nach Deutschland gekommen. Der Zwillingsbruder seiner Freundin wurde verschleppt.»

«Teresas Bruder.»

«Ja, das nehme ich an. Dadurch ist Aurel auf die Sache gestoßen, und er hat nicht lockergelassen, bis er sie hier gefunden hat.»

«Aber er hat Sie nicht verpfiffen.»

«Nein, im Gegenteil. Mit meinem Einverständnis hat er

sich um die Kinder gekümmert, hat Medikamente besorgt, mit ihnen gespielt. Ich nehme an, er hat verstanden, dass er den Kindern keinen Gefallen tun würde, wenn er sie rettete.»

Sanders schaltete sich wieder ein. Während er sprach, drehte er einen Brummkreisel in den Händen. «Und mit dieser Wahrheit konnte er nicht in sein Land zurückkehren. Was hätte er Teresa sagen sollen? Also brachte er sich um.»

«Ja, das glaube ich auch. Ich habe mich die ganze Zeit gefragt, was er wohl machen würde, wenn seine Zeit abgelaufen war. Wir haben auch überlegt, ihm wenigstens Ladislaus zu überlassen, ausgestattet mit ein bisschen Geld, damit er seine Freundin besänftigen könnte. Es ist schrecklich, dass Selbstmord ihm als einzige Alternative diente, aber es erscheint mir irgendwie … verständlich.»

«Aber seine Freundin reiste hierher, um sich zu rächen. An Ihrer Frau, Helliger, von der sie wahrscheinlich annahm, sie sei in den Fall verwickelt.»

«Das glaube ich, ja!», sagte Helliger. «Haben Sie schon etwas von ihr gehört? Geht es ihr besser? Wird sie es schaffen?»

Sanders zuckte die Schultern. «Wir sind hier schon eine ganze Weile im Gebüsch unterwegs und haben keine Handyverbindung, sind also ohne Kontakt zur Außenwelt. Deswegen können wir leider …»

Lange war es weg gewesen, doch nun, als Sanders das Funkloch erwähnte, nahm es wieder von ihr Besitz, dieses ungute Gefühl, die Angst, was mit Emil war. Zwar hatten sich die Ereignisse überschlagen, und inzwischen sah es so aus, als sei die Sache mit Jakob und dass Gefahr von ihm ausging doch nur ein Hirngespinst. Aber warum breitete sich die Panik nun trotzdem in ihr aus wie das heiße Gefühl, wenn man, aus dem Schnee kommend, eine Hundertgradsauna betrat?

«Wencke, was ist los?» Sanders starrte sie an. Wahrscheinlich war sie rot oder bleich oder sonst wie im Gesicht geworden, die Hitze prickelte auf Stirn und Wangen.

«Können wir nach Emil suchen? Jetzt? Sofort?»

Im Lkw
auf der Ladefläche

Ladislaus, bist du hier? Vielleicht ...

Als es eben noch hell war, dieser kurze Moment, als der Muskeltyp mich hier reingewuchtet hat, da habe ich in alle Gesichter geschaut. Ängstliche Gesichter, gleichgültige Gesichter, sogar ein paar fröhliche Gesichter. War deines dabei?

Eines der Kinder – ich kann es in der Dunkelheit nicht erkennen, aber ich glaube, es ist der kahlköpfige Junge – kann sprechen. Er sagt, ja, du seist normalerweise hier gewesen. Bis vor ein paar Tagen. Da habe der starke Mann dich mitgenommen und nicht wieder zurückgebracht. Sie hätten dich vermisst und nach dir gefragt. Der sanfte Mann, der mir vorhin die Hände auf die Schultern gelegt hat, es ist Aurels Gastvater, dieser Mann hat gesagt, du seist wieder nach Hause zurückgekehrt. Aurel werde dich mitnehmen. Und jedem der Kinder stehe es frei, ebenfalls nach Rumänien zu gehen, wenn es wolle. Aber es habe niemand «Hier» geschrien. Also seiest nur du – Ladislaus – gegangen. Und ich bin mir sicher, du hast auch nicht ausdrücklich gesagt, dass du heimkehren willst. Du konntest doch noch nicht einmal deinen Namen aussprechen.

Das ist ein fauler Trick. Sie haben dich verschwinden lassen, weil sie wussten, Aurel wäre nicht ohne dich gegangen.

Ladislaus. Ich bin so allein. Es wäre so schön, wenn ich dein Haar streicheln könnte.

Der Wagen beschleunigt so stark, dass ich ein Stück nach hinten rutsche. Einige Kinder schreien erschreckt auf. Ich halte mich an einer Bodenschlaufe fest. Es ist sehr laut. Dann werde ich mit einem Mal von einem gewaltigen Ruck nach vorn geschoben, zum Glück kann ich mich halten, aber die anderen Kinder prallen gegeneinander, sie weinen noch lauter. Der Wagen scheint zu schlingern, von links nach rechts, immer heftiger, es tut in meinen Handflächen weh, wenn ich das Befestigungsseil zu halten versuche und es mir die Haut zerreißt. Wir kreischen jetzt alle. Die Bewegung verändert sich, wir stoppen abrupt, alles dreht sich, schleudert uns herum, nichts ist mehr da, was ich halten könnte. Jetzt sterbe ich, schießt es mir durch den Kopf. Noch nie habe ich so etwas gedacht. Das Leben ist vorbei, das war es, gleich knalle ich gegen die Wand, die Decke, was auch immer, meine Knochen werden splittern und krachen wie bei der Frau im Museum, aber ich werde es nicht mehr hören, weil ich dann schon tot bin. Habe ich Angst? Nein, ich bin wie aus Luft. Die Zeit perlt an mir herunter. Wir drehen uns im Kreis. Oben und unten gibt es nicht mehr. Ein Bein trifft meine Schläfe. Tut das weh? Gibt es Schmerz? Ich fasse nach einer Eisenstange, kann mich halten. Schließe die Augen, aber es ist genauso dunkel, wie wenn ich sie geöffnet halte, meine Arme knicken nach hinten.

Dann ist es still. Wir liegen. Das, worauf ich jetzt zum Liegen komme, war vorher mal eine Seitenwand oder die Decke. Die Eisenstange ist verbogen, die Metallwand zerrissen, Gras liegt unter mir, feuchte Erde. Ich kann mich atmen hören, mein Herz schlägt noch. Also habe ich es überlebt. Ein paar andere auch, ich höre leises Wimmern. Und jetzt?

Die Türen lassen sich anscheinend nicht mehr öffnen, ich

sehe Hände, die von außen daran zerren, es werden immer mehr, und der Spalt, durch den das Licht eindringt, wird immer größer. Eine Stange schiebt sich hindurch, verkeilt sich im Inneren, das Metall ächzt. Die Tür ist auf.

Neben mir und unter mir liegen Kinder. Die meisten schreien. Ich habe keine Kraft zu schauen, ob Ladislaus unter ihnen ist. Ich schaue in Richtung Eingang.

Das stehen so viele Polizisten. Sie schauen herein. Sie haben Angst, dass kann ich sehen. Ich habe auch Angst. Aber ich mache nichts mehr. Ich bleibe liegen.

Ich werde nicht mehr wegrennen.

Es war alles umsonst.

Naturhaus Südbrookmerland
zwischen Infotafeln und ausgestopften Vögeln

«Ja, ich erinnere mich. Sie haben gesagt, sie wollten sich am Heikeschloot treffen. Weil wir dort immer diesen Au-pair-Jungen mit dem Mountainbike gesehen haben. Meistens fährt Jakob bis zu dieser Kuhweide und lässt dort sein Rad stehen.»

Das Mädchen mit den verrückten Haaren und dem gebatikten Rock hieß Anette. Sie war Jakobs Mitbewohnerin und war Anivia bei ihrem gestrigen Besuch begegnet.

Zum Glück war Axel Sanders auf die Idee gekommen, erst einmal zum Naturhaus zu fahren, bevor sie weiterhin orientierungslos durch das Gewirr des Großen Meeres getigert wären. Im Ausstellungsraum war gerade eine Schulklasse unterwegs, Wencke riss das Mädchen mitten aus seinem mäßig interessanten Vortrag über Meedenlandschaften, zerrte es beinahe in eine Nische und löcherte diese Anette hektisch und ungeduldig, sie musste denken, es ginge um Leben und Tod. Ging es das nicht vielleicht auch?

«Fährt Jakob ein Hollandrad? Dunkelblau? Mit Anti-Atomkraft-Logo auf dem Schutzblech?»

«Ja, das ist unser Dienstrad. Wieso?»

«Wir haben es an einem Zaun stehen sehen. Aber das Auto war nicht mehr dort. An den Spuren im Gras konnte man sehen, dass es dort geparkt hatte, aber jetzt ...»

«Ich weiß nicht, wo er steckt. Er hat heute frei. Vielleicht sind die beiden ja nur ein Eis essen gefahren, was weiß ich.»

Wenigstens war das Handy wieder einsatzfähig, Wencke hatte wie verrückt losgetippt, sobald sie in Richtung Badeufer des Sees gekommen waren und auf dem Display eine Netzverbindung erschien. Ohne Erfolg natürlich, sonst wären sie ja nicht hier aufgekreuzt. Doch immerhin hatte sich nach einem Anruf bei den Kollegen ihre so verquer klingende Vermutung, dass Annegret Helliger der biologische Vater von Jakob war, bestätigt. Eine zweite Heirat von Jakobs Mutter hatte die Namensänderung von Isselmeer zu Mangold bewirkt. Der Junge schien unauffällig durch sein bisheriges Leben gegangen zu sein. Trotzdem glaubte Wencke nicht an einen harmlosen Spaziergang, schon gar nicht an ein gemeinsames Eis, wie es diese nette Anette vermutete.

«Nein, hören Sie, wir haben Grund zur Annahme, dass Jakob etwas vorhat.» Hatten sie das wirklich? War es nicht einfach nur ein undefinierbares Gefühl, welches einfach aus Wenckes schlechtem Gewissen resultierte, weil sie einen freien Tag mit Emil drangegeben hatte, um einen Fall zu klären? Und selbst wenn ... es war egal. Sie musste dick auftragen, nur dann würde diese Anette sich Mühe geben und vielleicht an Einzelheiten erinnern. «Wir befürchten, dass die junge Frau und das Kind in Gefahr sind.»

«Wegen Jakob? Ich lache mich kaputt», und das tat sie wirklich, kurz und heftig, bis sie die starren Gesichter von Wencke und Sanders registrierte und augenblicklich verstummte, auch wenn noch immer ein Lächeln ihre Lippen umspielte. «Jakob ist ein ganz Harmloser. Ein Softie. Ein Muttersöhnchen vor dem Herrn. Fast täglich schickt seine Mama ihm Süßigkeiten aus der Heimat. Und er gibt uns nie was davon ab.» Wieder bekam sie keine Reaktion von den beiden, und dann wurde auch Anette endlich ernst. «Na ja, obwohl, bei Hitchcocks *Psycho* . . .»

«Haben Sie ein Foto von ihm?»

Sie zögerte nur kurz. «Ja, klar, vom letzten Moorfest. Er hat die Hüpfburg beaufsichtigt, da gibt es ein nettes Porträt, auch wenn er einen Regenbogen auf die Wange gemalt bekommen hat.» Sie eilte zum Tresen hinüber, dessen Fläche übersät war mit Tausenden von Faltblättern zum Thema Natur. Trotzdem suchte sie erstaunlich kurz in dem scheinbaren Chaos und kam mit einem Foto zurück, welches sie Wencke reichte. «Das ist er.»

Wencke schaute nur kurz auf das Bild. Der Mann mit dem Ziegenbart und rötlichen Haaren. Das war er. Sie hatte es geahnt. «Ich habe ihn schon einmal gesehen», sagte sie leise zu Sanders. «Heute Morgen. Im Moormuseum. Er ging durch die Pforte, als ich kam. Er war es, todsicher!»

Sanders verstand gleich, was es bedeutete: Sie waren noch nicht am Ende des Falles angelangt. Wenn sie eben im Kinderlager einen kurzen Moment geglaubt hatten, der Wahrheit auf die Schliche gekommen zu sein, hatten sie sich getäuscht. Teresa hatte ihnen mit ihrer Geschichte vom fremden Mann keine Lüge aufgetischt. Sie hatte Jakob Mangold gesehen. Sie hatte ihn dabei beobachtet, wie er seinen Vater, wie er Annegret Helliger hatte töten wollen.

Und was hatten sie über den Täter gewusst? Dass er voller

Wut gewesen sein musste, unzurechnungsfähig, rücksichtslos. Es war Jakob.

O Gott, Emil. Wencke sackte fast in die Knie und hielt sich gerade noch an einer Glasvitrine aufrecht. Sie glaubte, keine Luft mehr zu bekommen.

Sanders blieb glücklicherweise bei Verstand. «Sie müssen uns helfen», sagte er mit eindringlichem Blick. «Hat er Ihnen gegenüber vielleicht einmal etwas erwähnt? Was er vorhat? Ob er ein Ziel verfolgt?»

Jetzt überlegte Anette, ihre Augen rollten von der einen zur anderen Seite, sie kaute an der Unterlippe herum. «Hm, er war ein Eigenbrötler, hat immer mehr allein unternommen, ist auch abends noch manchmal in die Natur und so. Und was mir noch zu ihm einfällt: Er war geizig, hat jeden Cent gespart.»

«Wofür, wissen Sie nicht zufällig?»

«Er wollte nach dem Öko-Jahr ins Ausland. Bei den Aktivisten mitmachen, glaube ich. Aber das ist normal, das wollen alle hier. Doch er war irgendwie verbissener bei der Sache, hat immer geschwärmt von Kanada und Alaska und so weiter. So, als wären wir hier am Großen Meer gar nicht real, sondern nur eine Zwischenstation. Weg wollte er, ganz weit weg. Er sagte mal, ganz weit weg, da sei die Freiheit.»

«Hat er sich in letzter Zeit verändert?»

«Ach, das ist schwer.» Sie zögerte. «Ja, kann sein. Er ist vielleicht etwas lockerer geworden. Hat auch mal einen ausgegeben. Da haben wir uns in der WG schon gefragt, ob er im Lotto gewonnen hat. Er sagte, er habe einen Nebenjob, da verdiene er ganz gut.» Sie schüttelte den Kopf und lächelte wieder etwas spöttisch. «Aber so viel Kohle kann es auch nicht gewesen sein. Er hat nur einmal seine Spendierhosen angehabt, und da hat es auch nur für ein paar Plastikflaschenbiere vom *Penny* gereicht.»

Da können wir ihn packen, fuhr es Wencke in den Sinn. «Wissen Sie, bei welcher Bank Jakob ist?»

«Ich? Was?» Endlich begriff sie. «Ach so, ähm, die meisten Kollegen sind bei der *Fresena*-Bank in Moordorf.»

Wencke griff zum Handy und wählte Strohtmanns Nummer. Als der Kollege am anderen Ende abnahm, ging sie ein paar Schritte abseits. «Wir brauchen dringend Informationen über die Kontobewegungen von Jakob Mangold, wahrscheinlich bei der *Fresena*-Bank in Moordorf. Wenn's geht, bis vorgestern …»

Strohtmann murmelte unfreundlich, ob sie den Tonfall inzwischen bei Sanders abgekupfert hätte. «Was willste überhaupt von diesem Jakob Mangold? Wir haben die Daten durchwühlt und nichts gefunden. Der Junge hat 'ne Weste, weiß wie Schnee.»

Wencke legte wortlos auf. Seit ihrer Unterhaltung mit Sebastian Helliger im kleinen Wald am Großen Meer hatte sie den Glauben an eine wirklich weiße Weste vermutlich für immer verloren.

«Aber was soll Jakob denn eigentlich getan haben? Sie sind doch nicht etwa wegen des Rumänenjungen gekommen?», fragte Anette verstört.

«Hat er Ihnen gegenüber mal von seinem Vater gesprochen?»

«Ja, der ist doch tot. Oder nicht?»

«In gewisser Weise», bestätigte Wencke, dann zupfte sie an Sanders' Ärmel. «Lass uns aufbrechen. Ich glaube, Jakob hat es jetzt ziemlich eilig. Er muss ahnen, dass wir ihm auf die Schliche kommen. Und er wird schneller sein wollen.»

«Und wohin?», fragte Sanders.

«Zu dieser Bank nach Moordorf.»

B 210 kurz vor Emden
noch fünf Minuten bis zur Autobahn

Der Schlipsträger auf der Bank hat nur einmal kurz erstaunt geguckt und nachgefragt: «Die ganzen zwölftausendfünfhundert, Herr Mangold?»

«Mein Neffe begleitet mich zum ersten Autokauf. Und mit Bargeld in der Tasche kriegt man immer satte Prozente.» Der Junge, den er ganz vertraulich auf den Arm genommen hatte, schaute mit großen Augen in der kleinen Filiale herum. Ein gutes Argument und dieser Kinderblick hätten ihm vielleicht sogar noch einen Kredit beschert, wenn er mehr Zeit gehabt hätte. Doch das Bündel an Hundertern fühlte sich schon gut an in der Tasche. Es würde reichen. Wenn er erst einmal am Ziel war, fände sich schon eine Gelegenheit zum Geldverdienen. Das Ganze hatte keine fünf Minuten gedauert. Kurz nach Georgsheil war der Kleine eingeschlafen, was Jakobs letzte Befürchtungen in puncto Hindernisse, die sich ihm noch in den Weg stellen könnten, aus der Welt räumte.

Er bemühte sich, nicht zu schnell zu werden, hier in Emden blitzten sie gern und häufig. Obwohl, wenn man ihn schon wegen Mordes suchte, würde eine Geschwindigkeitsüberschreitung nicht mehr ganz so ins Gewicht fallen. Die Auricher Straße zog sich scheinbar endlos hin, und es war immer seine Spur, auf der es zögerlich voranging, egal, ob er sich links oder rechts eingeordnet hatte.

Er stellte das Radio an. Na klar, diese Anivia hörte schrecklichen HipHop auf *N-Joy*, er versuchte, den Sender zu wechseln. Wie ging das überhaupt? Ein Hupen riss ihn aus der Unachtsamkeit, und er trat hektisch auf die Bremse. Vor ihm war ein Auto eingeschert, und er stoppte nur um Haaresbreite vor dessen Stoßstange.

«Ja, ja, schon gut», quittierte er den bösen Blick des Vordermannes. «Hab den Führerschein noch nicht so lange wie du, alter Sack!»

Die kurvige Autobahnzufahrt nahm er schnell, der Junge kippte seitlich um und erwachte kurz. «Penn weiter, Kleiner. Wir sind noch 'ne Weile unterwegs.»

Jakob hielt die Arme durchgedrückt und blickte auf die Straße.

«Was meinst du, Kumpel? Bremen oder Münster? Wohin sollen wir beide mit unserem Rennauto? Sag mal!»

Der Junge schlief wieder. Die Kommissarin hatte zwar eine alte Karre, aber es kam beachtlich viel, wenn man auf das Pedal drückte. Jakob kannte sich eigentlich nur mit dem schlappen Japaner seiner Mutter aus, und auch mit dem war er nur selten unterwegs gewesen. Er fuhr jetzt hundertsechzig. So schnell war er noch nie gefahren.

Jetzt nur noch die richtige Musik, dachte er. Wie wechselt man denn nur den Sender?

B 210 kurz vor Emden
noch fünf Minuten bis zur Autobahn

«Vor zwanzig Minuten war er in der Bank, Axel. Und Anivia war nicht dabei. Er hatte meinen Emil auf dem Arm. Hat was von Autokauf gefaselt. Und dann ist er los. Zwanzig Minuten. Axel, du musst das schaffen ...»

«Mein Auto hat ein paar mehr PS als deine Rübe. Ich tu, was ich kann.»

Wencke spürte die Kraft, mit dem sie in den Ledersitz gedrückt wurde.

«Mein Gott, ich will nicht daran denken ... Er ist erst neunzehn. Er ist so ein typischer Fahranfänger, der sich selbst überschätzt. Er wird Emil bestimmt nicht richtig angeschnallt haben. Er wird ...»

«Wencke, reiß dich zusammen. Ich habe ja auch Angst. Aber wenn ich nervös werde, sind es vielleicht wir, die im nächsten Graben landen.»

«Warum hast du denn Angst? Du hast doch eben noch gesagt, ich male den Teufel an die Wand, ich leide unter typischen Mutterängsten, alles übertrieben, alles nur auf die Instinkte zurückzuführen ...»

«Und was glaubst du denn? Dass mir Emil egal ist? Dass ich mir keine Sorgen um den kleinen Kerl mache? Immerhin wohnen wir zusammen.»

Wencke blickte in Sanders' Gesicht. Er war aschfahl, der dünne Schweiß auf seiner Stirn glänzte. Doch er war konzentriert, behielt die Nerven, schaute stur geradeaus, schaltete wie ein Berserker die Gänge rauf und runter und schlängelte sich durch den Emder Verkehr. Sie war so froh, dass er neben ihr saß.

«Statt mich verrückt zu machen, könntest du den Kollegen doch die Fahndungsmeldung durchgeben, Wencke.»

Sie griff nach dem Funkgerät und gab ihre Daten an die Zentrale durch. «Wencke hier. Wir suchen dringend nach Jakob Mangold, unterwegs mit meinem silbernen Passat Baujahr 98. Kennzeichen AUR-WT 71»

«Du musst sagen, wo wir ihn vermuten», half Sanders ihr auf die Sprünge.

«Ähm, wahrscheinlich fährt er auf der A 31 von Emden in Richtung Leer.»

«Und wohin?», hakte Sanders nach.

«Ich weiß nicht, wohin er will. Keine Ahnung. Ganz weit weg, hat er gesagt. Also ...»

«Flugplatz Bremen», sagte Sanders.

«Nein. Der fährt eher nach Münster.»

«Woher weißt du das?»

«Woher wohl …»

«Intui…»

«Er kommt aus der Gegend. Er wird den Weg zum Flugplatz leichter finden. Darum.»

«Dann sag es den Kollegen», forderte Sanders sie auf. Sie bogen gerade in die enge Kurve, die auf die Autobahn führte. Wencke klebte fast an der Tür.

«Hallo? Zentrale? Wir vermuten, er will zum Flughafen Münster, es könnte aber auch sein, dass er nach Bremen fährt.»

Das Funkgerät in der Hand gab ihr ein kleines bisschen das Gefühl, Herrin der Lage zu sein. Aber hatte sie es tatsächlich im Griff? Tat sie alles, was in ihrer Macht stand, um Emil zu helfen? Hätte sie es nicht von vornherein verbieten müssen, dass Anivia sich mit Emil im Schlepptau in den Fall eingemischt hatte? War das verantwortungslos von ihr gewesen?

«Wencke, nun komm mal wieder zu dir. Du musst die Ruftaste loslassen, damit die Zentrale deine Fahndung bestätigen kann.»

Ihre feuchte Hand ließ das Funkgerät in den Schoß fallen.

Gleich kam die Meldung aus dem Gerät: «Verstanden, Wencke. Wir geben die Sache weiter. Wie sollen die Kollegen verfahren, wenn sie das Objekt im Visier haben? Verfolgen?»

«Was?» Wenckes Gedanken rasten. Sanders schüttelte langsam den Kopf. Sie drückte wieder auf die Sprechtaste. «Auf keinen Fall verfolgen. Die Person darf nichts merken. Er hat ein Kind im Wagen. Mein Kind!»

Die Meldung wurde bestätigt. Sie war froh darum, denn in diesem Moment floss alle Kraft aus Wencke heraus, sie hätte keinen einzigen Knopf mehr betätigen können.

«O Gott, Axel ...» Sie schaute zu ihm hinüber. Er wagte ein kleines Lächeln, welches ihr wohl Mut machen sollte. «Ich halte das nicht aus.»

«Doch, Wencke, du hältst das aus.» Seine Hand ruhte kurz auf ihren Oberschenkel. «Du bist eine verdammt starke Frau.»

Dann legte er wieder beide Hände ans Steuer. Das war besser bei Tempo zweihundert.

A 31 kurz nach dem Emstunnel
170 km / h

Die Bullen standen vor dem Emstunnel mit einem mobilen Blitzgerät. Als es aufleuchtete, verriss Jakob vor Schreck beinahe das Lenkrad. Vielleicht sollte er doch etwas langsamer fahren? Es war schon das dritte Mal auf dieser kurzen Strecke, dass er richtig Kraft anwenden musste, um den Wagen wieder geradeaus zu lenken. Doch dann sah er im Rückspiegel den großen dunkelblauen VW, der eben noch in der Haltebucht beim Blitzgerät gestanden hatte. Die Scheiben waren verdunkelt, aber er war sich sicher, die Zivilbullen hatten seine Verfolgung aufgenommen.

Dabei hatte er das Tempolimit am Emstunnel doch höchstens um dreißig Sachen überschritten. Achtzig waren erlaubt, er hatte auf dem Tacho nicht mehr als hundertzehn abgelesen. Veranstalteten die wegen dem Pipifax einen solchen Aufstand? Oder waren sie ihm schon auf den Fersen? So schnell? Das konnte nicht sein. Das durfte nicht sein.

Er drückte das Gaspedal bis zum Anschlag durch. Die Kiste rumpelte, als würde sie gleich in alle Einzelteile zerspringen. Knapp einhundertachtzig. Mehr ging nicht. Der Motor dröhnte wie der eines Flugzeugs beim Start. Hoffentlich wachte der Junge nicht auf. Kinder waren unberechenbar. Wenn er ihm nun ins Steuer griff? Er hatte den Knirps nicht angeschnallt, der konnte überall hinklettern.

«Schlaf, Kindchen, schlaf ...», summte Jakob, wie früher sein Vater gesummt hatte, wenn er sich nicht beruhigen konnte, «... dein Vater hütet die Schaf' ...» Das Lied verfehlte seine Wirkung. Es machte ihn unglaublich nervös.

Aurel Pasat war auch eines der Schäfchen gewesen, das sein Vater gehütet hatte. Das Lieblingsschäfchen. An dem Tag, als Aurel erzählte, er wolle die Lagerkinder auf jeden Fall mitnehmen, weil Freiheit immer unbezahlbar sei und nichts auf der Welt das Tun von Helliger rechtfertigen könne, an diesem Tag hatten sie auch über Annegret Helliger gesprochen. Aurel hatte gesagt, mit ihr habe er am meisten Mitleid. Sie sei eine so wunderbare Frau, eine Künstlerin, eine tolle Mutter. Die Wahrheit über die Machenschaften im Moor würde ihr Leben zerstören, und er wünschte, er könne das verhindern. Aber es gebe keine andere Möglichkeit. Aurel hatte erzählt, dass er einen Abschiedsbrief geschrieben habe, einen für die ganze Familie, in dem er sich für sein Handeln entschuldigte, und einen für Annegret allein. Es sei ein Liebesbrief gewesen. Ja, Jakob solle nicht so seltsam schauen, er habe sich in diese Frau verliebt. Er sei bereit, mit ihr ein neues Leben zu beginnen, wenn alles so weit sei. Auch wenn sie seine Mutter hätte sein können. Aurel war geschwächt gewesen, als er das sagte. Holländer hatte seinen Getränkevorrat mit destilliertem Wasser gefüllt, damit er kraftlos wurde. Helliger hatte die Idee gehabt, denn die Sache war ungefährlich und bot eine Chance, diesen selbstgerechten Aurel so lange zu lähmen, bis er endlich im Flieger nach Bukarest saß. Um mehr war es eigentlich nicht gegangen. Die Überzeugungsarbeit sollte Jakob leisten. Er hatte das Vertrauen des Au-pair-Jungen, schließlich hatte er sich die ganze Zeit als Aurels Mitstreiter ausgegeben.

Bei ihrer letzten Begegnung im Moor hatte Jakob ihn regelrecht stützen müssen. Aurel hatte über Kopfschmerzen, zitterige Knie und Schweißausbrüche geklagt.

«Ich glaube, ich verdurste gleich. Meine Trinkflasche ist leer. Hast du zufällig ...»

Jakob hatte natürlich Wasser dabei, Holländer hatte es am Vormittag gebracht.

«Mein Gott, wie soll ich die Kinder alle da rauskriegen, wenn ich noch nicht mal gerade stehen kann. Was ist nur los mit mir? Ich fühle mich, als hätte ich gestern einen Kasten Bier allein getrunken. Mir ist schlecht, schwindelig ...» Aurel hätte das nicht sagen müssen, man hatte ihm unschwer angesehen, dass es ihm miserabel ging. Und trotzdem hatte er nicht aufgehört, über seine Befreiungsaktionen zu reden.

«Lass mal, Aurel, du bist krank. Ich werde die Sache mit der Polizei schon erledigen.»

«Nein, die Kinder warten auf mich. Dich haben sie nie gesehen. Sie sind krank, sie haben viel mitgemacht, du kannst kein Wort ihrer Sprache, Jakob, es ist nicht so einfach, ihr Vertrauen zu gewinnen ...»

«Was willst du denn machen? Schau dich an, du bist total fertig. Bestimmt wirst du krank. Ich werde ihnen schon irgendwie mitteilen, dass ich zu dir gehöre, dass ich dein Freund bin ...»

«Versprochen?»

«Klar. Ich bringe dich mit dem Wagen zurück, dein Fahrrad holen wir später. Du musst dich hinlegen. Bestimmt bist du zu schnell gefahren, hast vor Aufregung nicht genug gegessen, und da klappt man schon mal zusammen.»

«Ich habe ein Seil mitgebracht. Die Kinder, die selbst laufen können, sollen sich daran festhalten, damit sie zusammenbleiben und die Schwächeren mitziehen. Hier, nimm es!»

«Mache ich!»

«Bist ein echter Freund, Jakob. Wie gut, dass es Menschen wie dich und Annegret Helliger gibt.»

Das war zu viel gewesen. Nur ein Satz von vielen, nur ein Fehler, ihn im selben Atemzug zu nennen mit dieser ... Ja, was war Annegret Helliger in diesem Moment für Jakob gewesen? Eine Erscheinung, ein Vater, eine Mutter? Die Geliebte dieses Jungen? Die Schuldige an seinem Leid, von dem niemand etwas ahnte? Nachvollziehen konnte Jakob nicht genau, warum gerade in diesem Moment etwas in ihm zersprang. Ein Gefühl, als verlasse seine gute Seite durch einen freigesprengten Ausgang für einen Augenblick den Körper und überließ diesem fremden, bösen Jakob die Regie. Diesem Jakob, der noch immer dahockte, in der Enge seiner Kindheit, in diesem kleinen, schwitzigwarmen Nest der Mutterliebe, der noch immer nicht glaubte, dass Kanada weit genug entfernt war, um sich jemals frei zu fühlen.

Und dann das Seil in der Hand, der Junge vor seinen Füßen schwärmte von Annegret, nannte sie einen guten Menschen, genau wie ihn – Jakob. Das Seil und die Augen, die hervortraten, als die Luft eng wurde. Die Spur, die der Körper machte, als er zum nächsten Baum gezogen wurde. Der Knoten, der sich so schwer hatte nachträglich binden lassen, sich dann aber doch zuzog, als er das andere Seilende über den Ast geworfen und nach unten gezogen hatte. Das ewige Röcheln des immer schwächer werdenden Jungen, schließlich die Ohnmacht. Die Anstrengung, einen Körper mit festgezurrtem Strick auf die Rückbank des Dienstwagens zu wuchten, dann das Rad auf die Ladefläche des Kombis, die kurze Fahrt zum Helliger-Hof, die ewig währte. Der Plan – kurzfristig und genial –, ihn dort aufzuhängen, denn schließlich gab es doch diese Abschiedsbriefe, deren Wortlaut Aurel ihm vorhin fast auswendig aufgesagt hatte. Die letzten Bewegungen, eher Reflexe, denn eigentlich war Aurel schon längst nicht mehr bei Bewusstsein. Die Brille, die er ihm in die Brusttasche steckte, das Fahrrad, das er, weil es abgeschlossen war, tragen musste und unweit des Schuppens an einen Baum lehnte. Die erste Minute, nachdem alles geschafft war und er durchatmen konnte. Dann war der gute Jakob Mangold wieder in ihn zurückgekehrt und hatte ihn gelobt für die saubere Arbeit.

Er war nahezu wehrlos gewesen. Es war nicht schwer gewesen, ihm das Seil um den Hals zu legen, ihn auf den Stuhl zu wuchten und fallen zu lassen. Natürlich, Jakob hatte geächzt und geflucht, als er sich der schwachen Gegenwehr entgegensetzen musste. Aber die Wut hatte ihm Stärke verliehen. Eine nie gekannte Stärke. Es hatte ihm nichts ausgemacht, das kurze Zappeln des Jungen am Seil zu beobachten. Erfreut hatte es ihn auch nicht. Es ließ ihn kalt. Er fühlte nichts.

Und dieser Aurel konnte nun auch nichts mehr fühlen. Das war gut. Es gab Gefühle, die musste man abtöten. Die Liebe zu Annegret Helliger gehörte dazu.

A 31 kurz nach dem Emstunnel
210 km / h

«Wir haben das Fahndungsobjekt gesichtet, er rast auf der A 31 in Richtung Süden. Momentan sind wir auf der Höhe Ausfahrt Papenburg. Scheint kein besonders guter Fahrer zu sein. Ende.»

Axel Sanders hatte Wencke das Funkgerät aus der zitternden Hand genommen.

«Bitte keine Verfolgungsjagd, am besten wäre es, ihr macht
euch unsichtbar. Ende.»

«Versuchen wir ja. Aber wir glauben, der Kerl hat unseren
Wagen schon erkannt. Wir waren mit dem Kasten unterwegs
und haben einen schönen Schnappschuss von eurem Misse-
täter gemacht. Und da war er natürlich schon gewarnt.
Ende.»

«Ist er schneller geworden? Ende.»

«Ja, ich glaube, mehr gibt die Möhre nicht her. Wir sind
ihm schon dicht auf den Fersen. Und zwischen Papenburg
und Aschendorf wird es einspurig, Baustelle, dann sollten
wir ihn haben. Ende.»

«Trotzdem, lasst es ruhig angehen. Das Kind meiner Kollegin sitzt mit im Wagen. Ende.»

«Ach du Scheiße! Ende.»

A 31 1,5 km nach Abfahrt Papenburg – Baustelle
180 km / h

Die orangefarbenen Lichter blinkten, die rotweiß gestreiften
Begrenzungspfosten waren schon aus der Entfernung gut
auszumachen.

Was war das? Warum bauten die hier? Diese Autobahn
war brandneu, was hatten die neonfarben bekleideten Idio-
ten denn nun schon wieder zu tun?

Ein Schild kündigte an, gleich würde es eng werden. Zwar
hatte der Zivilwagen seinen Abstand auf einmal vergrößert,
aber er war nicht dumm, sie hatten mit Sicherheit nicht die

Fahrt gedrosselt, weil er ihnen zu schnell gewesen war. Sie hatten gebremst, weil sie sich auf den Straßen dieser Gegend besser auskannten und wussten, dass er gleich in ein Nadelöhr gelangen würde, aus dem es für ihn kein Entrinnen gab. Raste er auf seiner Fahrt in die Freiheit tatsächlich in die erstbeste Falle? So etwas konnte auch nur ihm passieren. Jakob Mangold, der absolute Versager, zu blöd zum Davonrennen, zu dämlich zum Leben. Hatte er tatsächlich geglaubt, er könne es schaffen?

Die Geräte auf dem Armaturenbrett verschwammen vor seinen Augen. Er heulte. So ein Mist. Warum ausgerechnet jetzt? Alles hatte er so cool gemeistert. Um Aurel Pasat hatte er sich gekümmert, ganz allein, es hatte perfekt geklappt. Alle hatten an Selbstmord geglaubt, alle – sogar Helliger und sein Hausmeister, zumindest wollten sie daran glauben –, er hatte alle hereingelegt bis auf diese Anivia und ihre übereifrige Gastmutter. Und auch der Tod im Moormuseum wäre irgendwie glimpflich für ihn ausgegangen. Wahrscheinlich hätten sie das Rumänenmädchen dafür in den Knast geschickt. So viel Glück musste man auch erst mal haben, dass sich eine Tatverdächtige einfach so dazumogelte, wie um ihm einen Gefallen zu tun. Aber trotzdem hatte er versagt. Hatte es vermasselt. Saß jetzt hier, schob sich langsam auf die Spur, die an der vier Kilometer langen Baustelle vorbeiführte. Hundert Meter vor ihm war ein Bus. Hinter ihm keine Sau. Noch nicht. Gleich wären sie da, das wusste er. Die erste Träne machte sich von seinen Wimpern los, perlte über sein Gesicht. Wann hatte er das letzte Mal geweint? Hatte er überhaupt schon mal Tränen vergossen? Weil alles so beschissen war, sein ganzes Leben, die ganze Lügerei? Nein, er hatte nie geheult, weil da ja immer noch der Traum von Freiheit gewesen war. Der Traum, der nun feststeckte auf der A 31, irgendwo zwischen Ostfriesland und Osnabrück.

Er hielt an. Der Wagen brauchte nicht lange, um von einhundert runter auf null zu kommen, aber der plötzliche Ruck weckte den Jungen auf. Er rutschte vom Sitz und landete im Fußraum. Sofort heulte er los, dicke Tropfen flossen an seinen speckigen Wangen herunter.

«Heul ruhig, kleiner Mann», sagte Jakob Mangold. «Das ist gut, wenn du weinen kannst.»

Dann stieg er aus dem Wagen, lief zur Beifahrertür, öffnete sie, nahm das Kind auf den Arm und trug es zum Seitenstreifen. «Bleib hier am Rand stehen, deine Mama kommt gleich.»

Der Junge nickte, als habe er verstanden.

Jakob winkte noch kurz, dann setzte er sich wieder ins Auto. Noch einmal aufs Pedal drücken, noch einmal Tempo hundertachtzig, noch einmal den Lärm hören, wenn der Wagen zu zerbersten droht, noch einmal einen Moment an die Freiheit glauben.

Auf Wenckes Terrasse
Bilderbuchfeierabend

«Anivia, bringst du bitte noch den kühlen Wein mit raus? Den Salat habe ich schon auf den Tisch gestellt.»

Wencke rückte das Geschirr zurecht, setzte eine Stoffserviette gerade und zündete die Kerze im Windlicht an. Ab morgen sollte das Wetter wieder schlechter werden. Aber heute Abend wollte sie die ungewöhnliche Wärme dieses Monats noch einmal nutzen. Eigentlich war sie nicht der Typ, der Kochbücher wälzte, um dem nach Hause kommenden Mann ein perfektes Dinner inklusive Tischdekoration zu servieren. Und für Axel Sanders hatte sie das ja sowieso nie gemacht, obwohl sie schon mehr als ein Jahr zusammenlebten.

Aber heute war eine Ausnahme. Der Fall Aurel Pasat war, zumindest für die Polizei, abgeschlossen. Jakob Mangold hatte sich der strafrechtlichen Verfolgung wegen Mordes, schwerer Körperverletzung und Freiheitsberaubung entzogen, indem er ihren Wagen mit vollem Tempo gegen einen Brückenpfeiler gefahren hatte. Kerstin und ihre Truppe hatten bei der Spurensicherung in seinem Zimmer allerlei Indizien gefunden, die auf eine wirklich schwere Persönlichkeitsstörung des jungen Mannes hatten schließen lassen. Ein fehlender Vater, eine besitzergreifende Mutter, der Naturbursche hatte es nicht leicht gehabt und wäre vielleicht mit einer milderen Strafe und einer damit einhergehenden Therapie davongekommen. Doch, wie gesagt, er hatte sich für einen anderen Weg entschieden.

Am härtesten traf sein Freitod Annegret Helliger, die erst eine Woche nach dem Vorfall im Museum wieder ansprechbar war, sich aber an nichts erinnern konnte. Hin- und hergerissen zwischen Schuldgefühlen, Trauer und Wut auf die Machenschaften ihres Mannes hatte sie einer ausgiebigen Reha-Kur zugestimmt und war für einige Zeit im Odenwald untergebracht.

Sebastian Helliger setzte alles daran, ihr Vertrauen wiederzugewinnen. Bis seine Rolle im Bettelkinderskandal restlos aufgeklärt war, wurde er von der Untersuchungshaft verschont und kümmerte sich um die beiden Kinder. Nebenbei versuchte er vehement, den entstandenen Schaden zu begrenzen. Er kümmerte sich um die Rückführung der kranken Kinder, unter ihnen übrigens auch Teresas Bruder Ladislaus, der eben erst eine schwere Bronchitis durchgemacht zu haben schien und sehr geschwächt war. Helliger tat alles, was er konnte, er organisierte mit Hilfe der Medien deren Einweisung in vernünftige Heime und verhalf zudem Teresa zu einem der renommiertesten Strafverteidiger Rumäniens. Ob und inwiefern sein Engagement ihn vor der zu erwartenden Haftstrafe bewahrte, blieb abzuwarten.

Holländer wurde mit weniger Feingefühl behandelt. Er saß in der JVA Lingen. Schließlich war er es gewesen, der die Kinder zu ihren Betteljobs nach Bremen, Oldenburg, Wilhelmshaven und in die umliegenden Kleinstädte gebracht hatte. Auf Anweisung Helligers zwar, aber er war nicht immer so zimperlich mit den Kindern umgegangen, wie es seinem Chef gefallen hätte.

Nie hatte es heißere Diskussionen in Aurich und Umgebung gegeben, was denn nun Gerechtigkeit und was in diesem Fall richtig und falsch sei. Wäre es den Kindern zu Hause in Rumänien besser ergangen, wenn Helliger nach Entdeckung des Lagers die Polizei alarmiert hätte? War Helliger wirklich schuldig, wenn er das ganze Geld, das die Kinder erbettelt hatten, in ihr Wohlergehen investierte? Sowohl in den Medien wie auch in den Justizbehörden kam man irgendwann zu dem Schluss, dass sich darauf wohl keine Antwort finden ließe.

Von dem organisierten Bettelkinderring, dem Helliger die Kinder damals abgekauft hatte, fehlte noch immer eine konkrete Spur. Indizien führten zu zwei kleineren Kinderlagern in den Niederlanden. Auch hier hatten sich die Menschenhändler abgelegene Provinzen ausgesucht, um ihre «Arbeiter» unterzubringen. Doch es blieb zu befürchten, dass diese Ermittlungserfolge dem bestens funktionierenden und ungemein einträglichen «Betrieb» nicht wirklich etwas anhaben konnten. Wencke zweifelte daran, dass man jemals alle Verantwortlichen zu fassen kriegte.

Das erste Dezernat der Polizei Aurich war derweil schon längst wieder mit anderen Dingen beschäftigt. Neuen Erkenntnissen im *Penny*-Fall zum Beispiel. Man arbeitete wieder, Tag für Tag, Greven, Britzke, Strohtmann und all die anderen. Und Axel Sanders und sie.

Es hatte keine Aussprache gegeben über die wüsten Beschimpfungen, die sie sich an den Kopf geworfen hatten. Sie waren einfach wieder zur Tagesordnung übergegangen.

Auch zu Hause. Anivia hatte sich von ihrem Abenteuer erstaunlich schnell erholt und fand es bereits wieder spannender, am Wochenende Discobekanntschaften zu schließen. Emil schien die ganze Verfolgungsjagd nichts ausgemacht zu haben. Die Kollegen hatten ihn verheult, aber friedlich am Rande der A 31 im Sand der Baustelle buddelnd vorgefunden.

Und Axel war nett, freundlich, ab und zu auch gut gelaunt und hin und wieder lustig.

Wencke konnte nicht vergessen, wie er sich um Emil gesorgt, aber im Gegensatz zu ihr einen klaren Kopf bewahrt und somit die Situation gerettet hatte. Nie zuvor war ihr bewusst gewesen, wie wunderbar der Mann war, an dessen Seite sie nun schon so lange arbeitete und lebte. Manchmal war er ein unerträglicher Kotzbrocken, aber vielleicht lag das dann auch einfach nur an den Umständen.

Jetzt musste bald der Pizzadienst kommen, nach langem Überlegen, was sie kochen sollte, hatte sie Axels Lieblingspizza bestellt, obwohl es bei Weitem die teuerste war – mit Gambas, Mozzarella und Ruccola –, während sie und Anivia sich auch gern mit einer klassischen *Salami e Funghi* zufriedengaben.

Im Wohnzimmer hörte man Carlos Santanas Gitarre. Emil schlief schon seit einer Stunde selig. Gott sei Dank, die ersten Zähnchen waren durch.

Es würde ein schöner Abend werden. Ein ruhiger Abend. Ein Bilderbuchfeierabend.

«Tre pizze per le belle donne!» Axel Sanders, offensichtlich in für ihn außergewöhnlich guter Laune, balancierte drei Pappkartons in den Garten. «Ich hab dem italienischen Schönling viel Geld zahlen müssen, damit er euch nicht weiter belästigt. Was bestellt ihr euch auch gleich den Mercedes unter den belegten Teigfladen ...»

Wencke konnte die Enttäuschung nicht verbergen. «Och, Axel, das sollte eine Überraschung sein. Und ich wollte die Zeche zahlen. Dass du dich auch immer in meine Angelegenheiten einmischen musst.»

Erst jetzt schien er den gedeckten Tisch und den ganzen anderen Pomp zu bemerken. Seine Gesichtszüge fielen augenblicklich in sich zusammen. «Überraschung?»

Wencke stand auf und stellte sich vor ihn. Er hatte sich chic gemacht. Ob er sich schon im Büro umgezogen hatte? Ein türkis Hemd, eine sandfarbene Hose, dazu passend das Sakko lässig über die Schulter geworfen. Wow! Und er roch gut, ausgesprochen gut. Hatte es nicht etwas mit der Nase zu tun, ob zwei Menschen zusammengehörten oder nicht?

«Ja, Überraschung, Herr Kollege. Wann haben wir das letzte Mal zusammen gegessen? Okay, es ist nicht das *Twardokus*, dein Lieblingslokal, aber es ist unser Zuhause, oder nicht? Gib zu, es ist hier wunderschön!»

Er blickte sie nur an, wie er sie noch nie angeblickt hatte. Ganz tief in sie hinein. Einmal durch die Augen, durch den Körper, bis es aus den Zehenspitzen wieder herauszukommen schien. «Wunderschön!», bestätigte er.

«Also ...» Wencke war verlegen. Das geschah selten. Sie wippte auf und ab wie ein Schulmädchen, das seinem Schwarm begegnete. Was war nur los?

«Aber warum ausgerechnet heute?», fragte Sanders dann.

«Warum nicht? Ist dieser Tag nicht so gut wie jeder andere? Oder muss man sich bei dir vorher schriftlich einen Termin geben lassen?»

«Nein, das nicht, eigentlich ...»

«Aber ...»

«Aber heute kann ich nicht. Ich bin schon zum Essen verabredet.»

«Ach ...»

«Muss gleich los. Kann ich nicht verschieben. Kerstin hat sich für heute Abend extra einen Babysitter genommen.»

«Das ist schade», brachte Wencke nur heraus. Diese dumme Gans von der Spurensicherung. Das war abzusehen. Sie war doch schon immer scharf auf Axel gewesen. Suchte den idealen Ersatzvater, oder was?

«Finde ich auch», sagte Axel und blieb noch einen Moment stehen. Erst nach einem tiefen Seufzen schaffte er die Hundertachtziggraddrehung, verschwand in Richtung Auffahrt und fuhr mit seinen vielen, vielen PS davon.

Danksagung

Für Inspiration, Beratung und Fachwissen danke ich:
Anita Krehlikova und Livia Czismarova, Peter Veckenstedt,
Mathilde und Thido Heeren, Markus und Sabine
Hildebrand, Elfi Perrey, Jürgen Kehrer, Georg Simader
und meiner Lektorin Grusche Juncker.

Sandra Lüpkes

«Ein Nachwuchsstar der deutschen Krimiszene.»
Jürgen Kehrer in der *Süddeutschen Zeitung*

Fischer, wie tief ist das Wasser
Küstenkrimi
rororo 23416

Halbmast
Kriminalroman
rororo 23854

Inselkrimis mit Kommissarin Wencke Tydmers:

Das Hagebutten-Mädchen
Shantychöre und Döntjeserzähler der sieben ostfriesischen Inseln treffen sich auf Juist. Doch der feuchtfröhliche Abend endet tödlich: Wer hat den Antiquitätenhändler Kai Minnert in seinem Laden ermordet? Die impulsive und oftmals chaotische Kriminalkommissarin Wencke Tydmers versucht das Rätsel um ein altes Instrument und eine fast vergessene Sturmflutsage zu lösen. Die fieberhafte Suche nach dem Mörder beginnt ...
rororo 23599

Die Sanddornkönigin
rororo 23897

Der Brombeerpirat
Norderney. Die 14-jährige Leefke: tot, Wenckes Bruder: verschwunden. Besteht ein Zusammenhang?
rororo 23926

Die Wacholderteufel

rororo 24212

Weitere Informationen in der Rowohlt Revue oder unter www.rororo.de